I0573520

IL RISCATTO DI SARAH

Ace Security, Libro 5

SUSAN STOKER

Questo libro è un'opera di fantasia. Nomi, personaggi, luoghi ed eventi sono il prodotto dell'immaginazione dell'autrice o sono rappresentati in modo immaginario. Qualunque riferimento a eventi, luoghi o persone reali (presenti o passate) è puramente casuale.

Quest'opera non può essere sfruttata, riprodotta o trasmessa, in tutto o in parte, senza il permesso scritto dell'editore, con l'eccezione di brevi estratti a scopo di recensione, secondo quanto permesso dalla legge.

Questo libro è concesso in licenza per uso esclusivamente personale, non può essere rivenduto o ceduto a terzi. Per condividere questo libro con altri, si prega di acquistare una copia per ciascun ricevente. Se stai leggendo questo libro e non lo hai comprato, oppure questa copia non è stata acquistata per il tuo utilizzo, dovresti acquistare la tua copia personale.

Grazie per aver rispettato il duro lavoro di questa autrice.

Copyright © 2021 di Susan Stoker
Titolo originale: *Claiming Sarah*
Traduzione dall'inglese: Eleonora Maggi per Well Read Translations
Correzione bozze: Emanuele Mazzola
Prodotto negli Stati Uniti
Versione inglese già pubblicata da Amazon Publishing

CAPITOLO UNO

CAPITOLO UNO

"Non ho davvero tempo per queste stronzate."

Sarah trasalì, ma tenne gli occhi sulla borsa che aveva in grembo. Era esausta dopo un estenuante turno di dodici ore, ma non aveva nemmeno considerato di annullare la riunione. *Ne aveva bisogno.*

Era entrata alla Rock Hard Gym in perfetto orario, aveva detto alla receptionist chi era e che aveva un appuntamento con Cole Johnson. La giovane donna era sembrata sorpresa, ma le aveva detto di sedersi: sarebbe andata ad avvertirlo.

Sarah si era seduta su una sedia sorprendentemente comoda nell'atrio della palestra, mentre la receptionist le passava accanto, percorreva un lungo un corridoio a sinistra dell'atrio per poi entrare in un ufficio.

Aveva chiuso la porta, ma non era chiusa a chiave, quindi fu facile per Sarah sentire la conversazione tra la ragazza e Cole.

"C'è Trina? Può pensarci lei?"

"Hai detto che oggi poteva andare via prima, ricordi? È il suo compleanno e il suo ragazzo voleva portarla fuori."

"Dannazione. Proprio così. Dov'è il programma?"

"L'ultima volta che l'ho visto, era sull'angolo della tua scrivania, ma è stato circa cinque chili di carte fa."

Sarah sentì l'umorismo nel tono della voce della receptionist, ma non riuscì nemmeno a raccogliere abbastanza energia per sorridere. Il peso del mondo sembrava gravare sulle spalle di Sarah, non era sicura di poter mantenere la sua solita facciata allegra.

L'uomo con cui aveva un appuntamento e la receptionist continuarono a parlare.

"Dio, questo posto è un casino. Quanto tempo dovrebbe durare questo incontro?"

"Credo che sia previsto per un'ora."

"Dannazione. Non ho davvero un'ora. Ho un'intervista tra mezz'ora!"

Probabilmente la ragazza le aveva lanciato un'aria di rimprovero, perché Cole disse sulla difensiva: "Ehi, pensavo di essere libero. Inoltre, non poteva venire prima a causa del suo altro lavoro part-time."

"Cosa vuoi che le dica?"

"Dille che ho avuto un'emergenza e vedi se può rimandare."

Sarah aveva sentito abbastanza. L'ultima cosa che voleva era essere un peso per qualcuno. Ma non aveva nemmeno intenzione di stare seduta più a lungo ad ascoltare quel tizio che inventava scuse e bugie sul perché non volesse mantenere il loro appuntamento.

Per evitare che la povera receptionist dovesse mentirle, Sarah si alzò in silenzio e si diresse verso la porta d'ingresso della palestra. Probabilmente, era comunque meglio così. Stava diventando buio fuori, odiava stare in giro dopo il tramonto. Non si sentiva sicura.

Non che si sentisse particolarmente sicura in qualsiasi ora del giorno.

Stava spingendo le porte quando sentì la receptionist chiamarla per nome. Per una volta, Sarah non si preoccupò di essere educata. Continuò ad andare avanti senza voltarsi.

Castle Rock, in Colorado, era una città piuttosto piccola. Il centro della città era eclettico e accogliente. C'era un parco a un'estremità, con un piccolo ristorante italiano di cui aveva sentito parlare benissimo. C'era anche una caffetteria che si trovava di fronte alla Rock Hard Gym, e un bar chiamato Rock 'N' Roll qualche isolato più in là. Diversi altri negozi indipendenti componevano il resto del centro.

Guardandosi intorno, Sarah non vide nessuno in agguato. Tirò fuori il portachiavi, inserendo il medio e l'indice nei fori del piccolo tirapugni mascherato da innocente gattino. Le orecchie appuntite avrebbero ferito seriamente chiunque avesse cercato di afferrarla mentre si dirigeva verso la sua auto. Una delle infermiere dell'ospedale aveva quello strumento di autodifesa nel suo portachiavi, così Sarah lo aveva ordinato il giorno stesso in cui lo aveva visto.

Detestando il fatto di sentirsi così vulnerabile e insicura (non viveva in stato di allerta da sempre), Sarah accelerò il passo mentre si affrettava verso il parcheggio alla fine dell'isolato. Anche se non era ancora del tutto buio, gli alti lampioni illuminavano il marciapiede. A ogni passo le sembrava di camminare nella melassa. Era esausta dopo aver lavorato tutto il giorno e non desiderava altro che infilarsi nel letto e dormire per otto ore di fila.

"Sarah! Aspetta!"

Sorpresa dal suono di qualcuno che la chiamava per nome, si voltò e vide un uomo che correva verso di lei sul marciapiede.

Avrebbe dovuto scappare, invece di lasciarlo avvicinare. Non lo conosceva. Non l'aveva mai visto prima. Se l'avesse visto, se ne sarebbe ricordata. Ma poteva solo fissarlo, mentre lui si avvicinava. Era più alto di lei di almeno quaranta centimetri. Aveva i capelli neri e la barba corta. L'intensità dei suoi occhi verdi la bloccò.

Indossava un paio di pantaloni della tuta e una maglietta nera, con una specie di logo in bianco. Aveva le braccia coperte di tatuaggi, ma lei non riusciva a vedere quali fossero i disegni, perché lui si muoveva troppo velocemente. Gli si gonfiavano i bicipiti mentre correva verso di lei, Sarah non aveva dubbi che fosse muscoloso dappertutto.

Strinse la presa nel suo portachiavi felino, e trattenne il respiro mentre lui si avvicinava. Avrebbe dovuto ignorarlo. Avrebbe dovuto continuare a camminare... ma era affascinata da quanto lui le ricordasse immediatamente suo padre. Non necessariamente nell'aspetto, ma nel modo in cui la fissava, come se fosse l'unica persona al momento sulla faccia della terra. Erano anni che non riceveva uno sguardo del genere.

La prima volta che aveva incontrato suo padre, quando aveva sei anni, si era inginocchiato davanti a lei e le aveva promesso che sarebbe stata al sicuro con lui. Qualcosa nei suoi occhi le aveva fatto credere subito a quelle parole.

In quel momento vedeva la stessa promessa negli occhi dell'uomo che la stava raggiungendo. Era pazzesco... vero?

"Sarah, giusto? Sarah Butler?" le chiese, fermandosi davanti a lei.

Sarah annuì.

"Sono Cole Johnson." Le tese la mano.

Sarah abbassò lo sguardo e deglutì. Non voleva farlo, ma non poteva essere scortese. Sfilò le dita dal gatto d'ottone e se lo passò alla mano sinistra. Poi allungò la mano destra e strinse quella di Cole.

Le dita di lui erano calde e callose, le strinse la mano delicatamente. "Mi dispiace," disse lui in tono sommesso. "Presumo che tu abbia sentito la mia conversazione con Carrie."

Non era una domanda, ma Sarah annuì comunque. Cole le teneva ancora la mano, come se avesse paura che nel momento in cui l'avesse lasciata, lei sarebbe scappata.

"Le ho detto un milione di volte di assicurarsi che la porta del mio ufficio sia chiusa quando viene a parlarmi, ma evidentemente se n'è dimenticata."

Sarah provò a ritirare la mano, non era sicura che Cole l'avrebbe lasciata andare. Ma alla fine lui allentò la presa abbastanza da permetterle di tirarsi indietro.

Non era sicura di quello che lui voleva sentire, così tenne la bocca chiusa. Mike e Jackson le avevano detto abbastanza spesso che se non aveva niente di carino da dire, non doveva dire proprio niente. Lei aveva preso a cuore le loro parole e molto raramente diceva ciò che pensava.

Cole si scusò di nuovo. "Sono stato uno stronzo. Mi dispiace. In mia difesa, la mia partner è stata fuori città nell'ultima settimana e sto annegando nelle pratiche amministrative di cui lei si occupa di solito. Inoltre non sapevo che fossi tu... Carrie non mi ha detto il tuo nome, quando ha detto che eri qui. Non è una buona scusa, comunque."

Sarah serrò le labbra e annuì. Aveva ragione, non era una buona scusa. Avevano un appuntamento. Non era una passante qualunque che pretendeva di passare un'ora con lui.

Lui trasalì. "Senti, hai il diritto di essere incazzata. Voglio farmi perdonare. Torna in palestra e potremo parlare."

Sarah fece un respiro profondo e trovò la voce. "Va tutto bene. Sei occupato e non hai tempo adesso. Tornerò un'altra volta."

Cole la guardò per un lungo momento prima di dire astutamente: "Ho la sensazione che se ti lascio andare adesso, non tornerai più."

Sarah si rifiutò di sentirsi in colpa. Aveva ragione, non aveva intenzione di tornare alla Rock Hard Gym per le lezioni di autodifesa di cui aveva così tanto bisogno. Ma non voleva nemmeno mentirgli. Così, ancora una volta, tenne la bocca chiusa e si limitò a fissarlo.

Cole sospirò. "Guarda, non posso mentire, sono occupato. Ho un milione di cose da fare e stasera ho raddoppiato i miei impegni. Ma il giorno in cui sono troppo occupato per aiutare una donna che ha bisogno di lezioni di autodifesa per sentirsi al sicuro, è il giorno in cui potrei anche licenziarmi e trovare un'altra occupazione. Inoltre, sono il capo, ma faccio schifo a delegare. Il fatto che tu mi parli in questo momento mi eviterà di dover fare altro lavoro amministrativo che ho rimandato."

Lei lo guardò scetticamente.

Lui sorrise – Sarah sentì le ginocchia improvvisamente deboli. Aveva già pensato che fosse bello, ma nel momento in cui le regalò quel sorriso genuino, divenne stupendo.

"Per favore?"

"E l'intervista che hai organizzato?"

Cole fece spallucce. "La farò fare a Carrie. Ci penserà lei. Ho già stampato le domande che avevo intenzione di fare, quindi gliele darò e lei potrà condurre l'intervista. Andrà bene."

Sarah esitò. Il suo letto la chiamava. Non desiderava altro che andare a casa e seppellirsi sotto le coperte.

"Per favore? Mi sentirò malissimo tutta la settimana, se non mi permetti di rimediare," la implorò Cole.

Lei sospirò. "Bene."

"Grande!" esclamò Cole, che poi fece un passo indietro e tese una mano, indicando il marciapiede dietro di lui. "Dopo di te."

Con la stranissima sensazione che quella decisione le avrebbe in qualche modo cambiato la vita, Sarah passò accanto a Cole e tornò di nuovo verso la palestra.

———

Cole si lasciò sfuggire un silenzioso sospiro di sollievo. Quando Carrie lo aveva informato che era libero, dato che il suo appuntamento era appena uscito dalla porta, era andato nel panico. Si era reso conto che Carrie non aveva chiuso la porta del suo ufficio, quando lui aveva sbraitato che non aveva tempo per vedere nessuno, la ragazza lo aveva ovviamente sentito, si era offesa e se n'era andata.

Respingere le donne che volevano lezioni di autodifesa non era il suo solito modo di fare. Si era sempre fatto in quattro per aiutare come poteva. Specialmente considerando che la sua migliore amica era stata in una situazione in cui era stata perseguitata e terrorizzata per anni. Felicity era ormai salva, si era recentemente sposata con Ryder Sinclair, fratellastro dei tre fratelli Anderson.

Logan Anderson aveva chiesto personalmente a Cole di occuparsi delle lezioni di Sarah e lui aveva accettato senza esitazione. Il pensiero che lei se ne andasse senza ricevere l'aiuto di cui ovviamente aveva bisogno era ripugnante.

Non aveva mentito a Carrie, però; non aveva un'ora da passare con una nuova cliente, ma non sapeva che si trattava di *Sarah*, non si sarebbe mai perdonato se fosse successo qualcosa alla giovane donna perché lui l'aveva respinta. Non poté fare a meno di notare (e approvare) le nocche d'ottone che lei aveva in pugno. Sì, avevano la forma di un bel gattino, ma le punte delle orecchie su quell'aggeggio di metallo avrebbero sicuramente fatto del male e le avrebbero dato la possibilità di scappare, se si fosse arrivati a uno scontro.

Lui le era corso dietro e per fortuna lei aveva accettato di tornare in palestra.

Camminarono in silenzio, il che gli diede l'opportunità di studiare la donna accanto a lui. Aveva i capelli castani, raccolti in uno chignon disordinato, e bellissimi occhi color nocciola. Avrebbe scommesso tutto quello che aveva che cambiavano colore in base alla luce che la circondava. Indossava un camice stropicciato, quindi lavorava nel campo medico. Teneva le spalle ingobbite e si assicurava di stare abbastanza lontana da lui in modo che le loro mani non si toccassero accidentalmente.

Arrivarono di nuovo alla palestra, Cole aprì la porta a Sarah e la seguì all'interno. Il suo sguardo professionale le valutò la forma generale da dietro. Era molto diversa dai tipici clienti della palestra, che odiavano i carboidrati e amavano le proteine. Forse non aveva la forza muscolare per eseguire alcune delle mosse di autodifesa più avanzate, ma poteva ancora fare danni a qualcuno intenzionato a farle del male.

Ignorando il modo in cui Carrie lo stava fissando in stato di shock (Cole non aveva mai inseguito una cliente prima, pregandola di tornare dopo aver affermato di non avere tempo per vederla), Cole fece segno a Sarah di andare nel suo ufficio.

Lui trasalì di fronte al disordine quando entrò dietro di lei. Felicity lo rimproverava sempre per le condizioni del suo ufficio, ma la cosa non gli aveva mai dato fastidio... fino a quel momento. Voleva impressionare quella donna, per qualche strana e sconosciuta ragione.

Si affrettò a passarle accanto fino alla piccola poltrona contro il muro e raccolse i fogli accatastati sui cuscini. "Prego, accomodati. Devo andare a dare a Carrie le domande per l'intervista."

Lui stava pazientemente al centro del suo ufficio, aspettando che lei si sedesse. Sarah si abbassò con cautela fino al bordo del divano, come se fosse pronta a scappare se lui avesse fatto anche un solo movimento nella sua direzione. Teneva ancora le chiavi strette nella mano sinistra, Cole sentì del fastidio. Non per il fatto che lei fosse pronta a difendersi, ma che sentisse il bisogno di armarsi contro di *lui*. Non conosceva la sua storia, solo quel poco che Logan gli aveva raccontato, ma aveva la sensazione che qualsiasi cosa la preoccupasse fosse grave.

"Possiamo davvero rimandare, Cole," disse lei, alzando gli occhi su di lui. "Se questo disturba tutti, posso tornare più tardi."

"Va tutto bene," le rispose subito, cercando di rassicurarla. "Il mio staff è abituato alle cose folli qui intorno. Torno subito."

Aspettò che lei annuisse, poi lasciò cadere i fogli che aveva raccolto dal divano sulla sua scrivania, ne mischiò alcuni fino a trovare le domande per l'intervista e si diresse fuori dalla stanza.

Tornò in meno di cinque minuti e vide che Sarah non si era mossa di un centimetro dalla sua posizione. Era ancora appollaiata sul bordo del cuscino e aveva ancora le chiavi in mano. Ma aveva gli occhi chiusi e ondeggiava il busto, come se stesse lottando per restare sveglia.

Cole la guardò per un attimo, inaspettatamente pieno di emozioni che non provava da molto tempo.

Si trattava di più della mera preoccupazione per una donna che era ovviamente giunta al limite. C'era qualcosa in Sarah, nella sua diffidenza, nella sua vulnerabilità, che lo toccava nel profondo. Gli ricordò immediatamente Felicity. Inquieta, spaventata, appesa a un filo... ma lui percepiva una spina dorsale d'acciaio, più forte di quanto *lei* stessa potesse mai sapere.

Tuttavia, anche dopo aver passato solo pochi minuti in presenza di Sarah, Cole capì che era molto diversa dalla sua migliore amica.

Felicity non aveva mai esitato a dire a qualcuno quello che pensava. Se qualcuno la faceva incazzare, glielo faceva sapere. Non era cattiva, ma non aveva problemi a parlare. Spesso camminava anche per la palestra rimproverando i clienti per non aver pulito l'attrezzatura dopo che ci avevano sudato sopra. Se qualcuno raccontava una storia e i conti non tornavano, lei era la prima a farlo notare. Era estroversa e schietta, si era aperta ancora di più dopo che lo stalker che la perseguitava da più di dieci anni era stato sconfitto.

Sarah sembrava molto più sottomessa. Aveva tutto il diritto di cantargliene quattro, ma non l'aveva fatto. L'aveva educatamente lasciato andare, anche se lui era stato uno stronzo. Sì, era stanco e oberato di lavoro, ma questo non gli dava il diritto di fare lo stronzo. Invece lo era stato.

"Sarah?" disse a bassa voce, mentre prendeva una sedia e si sedeva di fronte al divano.

Avrebbe anche potuto urlare, per l'effetto che scatenò. Sarah spalancò gli occhi e raddrizzò la schiena. Cole colse l'attimo esatto in cui lei capì dove si trovava e chi aveva parlato, rilassandosi leggermente, anche se nascose rapidamente le sue emozioni. "Sì?"

"Mi dispiace di averci messo così tanto."

"No, mi dispiace, credo di essermi appisolata un attimo. È stata una lunga giornata."

Cole si ritrovò a volere più informazioni. Voleva sapere dove lavorava, cosa faceva... se c'era qualcosa che poteva fare per migliorare la sua giornata. Invece arrivò al motivo per cui lei era lì, in primo luogo. Prima finivano, prima lei poteva andare a casa e dormire un po'.

"Non ho molte informazioni sulla tua situazione. Logan Anderson ti ha mandata da me. Tutto quello che so è che hai un ex-marito che ti sta molestando."

Lei scosse la testa. "No, non sono mai stata sposata."

"Oh, mi dispiace. Logan deve aver capito male," disse Cole. Era possibile. La Ace Security riceveva ogni giorno una tonnellata di e-mail e messaggi che chiedevano informazioni sui servizi offerti. Quando Logan aveva mandato un'e-mail a Cole per parlargli di Sarah e chiedergli se le avrebbe insegnato qualche tecnica di autodifesa, probabilmente Logan aveva confuso il suo caso con uno degli altri di cui si era occupato. Ma per qualche ragione, qualsiasi cosa le stesse succedendo, aveva colpito Logan, se aveva chiesto l'aiuto di Cole.

In definitiva, non importava se era un ex marito o un ex fidanzato a molestarla, o un perfetto sconosciuto. Era comunque in pericolo, indipendentemente da chi le stesse dando la caccia.

Sarah deglutì a fatica. "Ho solo... Ho bisogno di essere in grado di proteggermi... non si sa mai."

Cole attese che lei continuasse, ma quando lei rimase semplicemente seduta sul divano, in silenzio, capì che aveva finito di parlare. Era tutto quello che lei gli avrebbe dato. Se fosse stato qualcun altro, probabilmente sarebbe stato sollevato e avrebbe finito in fretta, fissando un orario per la loro prima lezione.

Ma quella volta, Cole spinse per ottenere di più. "Chi ti sta molestando, Sarah?"

Lei lo fissò per un lungo momento, Cole fece del suo meglio per cercare di sembrare il meno minaccioso possibile, il che era una specie di scherzo, considerando il suo fisico muscoloso pieno di tatuaggi.

Alla fine, lei fece un respiro profondo. "È una stupidaggine."

"Se qualcuno ha fatto qualcosa per farti sentire il bisogno di prendere lezioni di autodifesa, *non* è una stupidaggine."

"Non penserai che sia qualcosa per cui essere nervosi."

"Perché non lasci giudicare a me," le disse Cole, ancora più preoccupato. Aveva la sensazione che, se lei stava minimizzando la minaccia, probabilmente era molto peggio di quanto lui avesse immaginato.

"È solo che... sono stata alla polizia, il tipo con cui ho parlato mi ha detto chiaramente che non c'era niente che potesse fare e che probabilmente stavo immaginando un pericolo dove non ce n'era. Anche i miei colleghi pensano che io sia pazza."

Cole si chinò in avanti. Voleva coprirle le mani con le sue per confortarla, ma si accontentò di fare quello che poteva per rassicurarla con le parole. "Se quella vocina nella tua testa ti sta dicendo che sei in pericolo, allora lo sei. Ci sono state molte volte nella mia vita in cui ho percepito che qualcosa non andava o era sbagliato, e alla fine ho sempre avuto ragione. Ma a prescindere dal fatto che tu stia immaginando le cose o meno, non spetta a me dirlo. Se vuoi imparare come proteggerti per sentirti meno vulnerabile, allora posso insegnarti le tecniche per fare proprio questo. Non è questione che io ti creda o meno. Ma detto questo... puoi fidarti di me, Sarah. Se mi dici che sei in pericolo, allora ti crederò al cento per cento."

"Perché?"

La domanda era schietta e diretta, lo fissò dritto negli occhi.

"Perché la mia migliore amica è stata perseguitata per dieci anni da un uomo che gli altri consideravano perfettamente normale. Perché ho visto, caso dopo caso, che la Ace Security ha preso in carico situazioni in cui degli uomini giuravano che le loro ex mogli o fidanzate erano pazze da legare, la polizia non credeva alle denunce... e alla fine saltava fuori che avevano ragione a denunciare perché erano attaccati dalle stesse donne che le autorità consideravano 'normali' e 'docili'."

"Perché, soprattutto, quando ti guardo, posso dire che sei giunta al limite e hai bisogno di aiuto. Lascia che ti aiuti, Sarah."

Lei rimase immobile. Non agitava le mani. Iniziò a parlare.

"Ho incontrato Owen Montrone sei mesi fa. Sua madre era nell'ospedale dove lavoro ed era molto malata. Sono stata gentile con entrambi, come lo sono con tutti. Owen è... lento."

"Cosa vuoi dire? Ha dei ritardi?" chiese Cole.

"Non proprio. Voglio dire, non ne sono sicura. Penso che abbia solo un quoziente intellettivo molto basso. Sua madre mi ha detto che a scuola andava in classi speciali, ha vissuto con lei per tutta la vita. Comunque, sembrava da solo, in ospedale. Un po' perso. Una volta siamo andati a pranzo insieme in mensa, dopo che sua madre mi ha supplicato di passare un po' di tempo con lui. Qualche settimana dopo, ho saputo che sua madre era morta. Non molto tempo dopo, ho iniziato a ricevere lettere da Owen."

"Non ero sicura di come avesse avuto il mio indirizzo, finché non ne ho parlato al lavoro. La receptionist ha detto che glielo aveva dato quando lui aveva chiamato, un giorno. Lui le aveva detto che voleva ringraziarmi per tutto l'aiuto che avevo dato a sua madre, lei aveva pensato che fosse una cosa dolce. Ha ricevuto un rimprovero, ma ormai era troppo tardi. Dopo le lettere, cominciarono ad arrivare i regali. E a volte l'ho visto in giro... negli stessi posti in cui faccio acquisti. Gli ho chiesto di smetterla, ma non l'ha fatto."

"Che tipo di regali?" chiese Cole.

"Fiori. Caramelle. Animali imbalsamati. Qualsiasi cosa."

Cole corrugò la fronte. "Niente di palesemente minaccioso?"

"No."

Sarah disse quella parola con una punta di ostilità, Cole capì perché la polizia le aveva praticamente dato una pacca sulla testa e l'aveva mandata via. "E le lettere?"

"Sono sconclusionate, ma non c'è niente di sessuale o altrimenti ostile. La polizia ha ritenuto che non ci fosse nulla che costituisse in qualche modo una minaccia. Parla solo della sua giornata e di come lo faccio sorridere, e cose del genere. I poliziotti mi hanno detto che sembra che abbia una cotta per me e che probabilmente è innocuo." Le nocche le divennero bianche, mentre stringeva le mani in grembo. "Ma si sbagliano," proseguì a bassa voce. "Non chiedermi come lo so. È una strana sensazione, quando ricevo uno dei suoi regali... sento che c'è qualcosa che non va.."

"Ti credo," disse Cole.

Lei lo guardò, per la prima volta con un bagliore di speranza negli occhi.

"Anche se non ha fatto altro che darmi regali e biglietti?"

"Gli hai chiesto di smettere e non l'ha fatto. Sembra che sia ossessionato," le disse Cole. "Può passare dall'essere gentile all'infuriarsi in un attimo, solo perché non hai ricambiato il suo affetto."

Sarah annuì.

"No significa no. Questo vale per chi chiede un appuntamento, non solo per il sesso. Non importa se è un ragazzo o una ragazza a dire di no. Gli hai detto che non eri interessata a un appuntamento, che volevi che la smettesse con i regali, e lui non l'ha fatto. Sarei più preoccupato se tu *non fossi* preoccupata per questo ragazzo."

Lei abbassò le spalle, lasciando scivolare un po' di tensione. "Quindi mi aiuterai a capire cosa fare, se mai decidesse che le note e i regali non sono abbastanza?"

"Assolutamente sì. Farò tutto quello che posso per aiutarti, e questo include coinvolgere la Ace Security, se sarà necessario!"

"Non mi ero resa conto dei costi coinvolti," disse Sarah. "Penso che sia questo il motivo per cui Logan ti ha contattato in primo luogo."

Cole si avvicinò ancora di più, soddisfatto quando notò che lei non si tirò indietro. "Conosco Logan e i suoi fratelli. Credimi quando ti dico che, una volta che avranno sentito quello che ti hanno detto i poliziotti e i dettagli del tuo caso, i soldi non saranno un problema."

"Grazie," gli disse.

Cole annuì, poi si alzò e si diresse verso la sua scrivania. Rovistò per un minuto, prima di tirare fuori l'agenda degli appuntamenti e tenerla in mano con aria di trionfo.

"Sai, ci sono queste nuove cose che sono uscite qualche anno fa, chiamate computer. Puoi creare la tua agenda virtuale, così non ti fanno fare prenotazioni in eccesso."

Cole sbatté le palpebre a quella presa in giro, poi sorrise. Preferiva di gran lunga quel lato di lei rispetto alla donna spaventata e sconfitta che aveva incontrato poco prima. "Davvero? Forse qualche volta puoi spiegarmi come funzionano."

Ancora sorridendo, Sarah scosse semplicemente la testa verso di lui.

"La mia amica dovrebbe tornare la prossima settimana, quindi avrò molto più tempo libero. Che ne dici di lunedì prossimo per iniziare le tue lezioni?"

"Bene. Però lavoro fino alle cinque."

"Va bene. Facciamo alle sei e mezza, per darti il tempo di cenare prima di arrivare qui?"

Sarah scosse la testa. "Se per te va bene, preferirei farlo subito dopo il lavoro. Prima che faccia buio."

A Cole non piacquero le implicazioni di quella richiesta, ma tenne la bocca chiusa.. per il momento. "Ok, ti segno per le cinque e mezza. Se sei in anticipo, va bene; se il lavoro va avanti e arrivi un po' dopo, va bene lo stesso. Sarah?"

"Sì?"

"Grazie per avermi dato una seconda possibilità. Di solito non sono così incasinato."

"Va tutto bene," disse lei a bassa voce. "Non sei neanche lontanamente meschino come la maggior parte delle persone con cui vengo a contatto."

Con quella bomba, Sarah si alzò. "Ci vediamo la prossima settimana."

"La prossima settimana," le fece eco Cole, che poi la seguì fuori dal suo ufficio e la guardò, mentre lei sorrideva e faceva un cenno a Carrie, per poi scomparire dalla porta principale.

Cole pensò a tutte le cose che voleva sapere di lei: in quale ospedale lavorava e cosa ci faceva, perché la gente era cattiva con lei... perché sentiva il bisogno di essere sempre così gentile.

Quando capì che avrebbe dovuto accompagnarla alla macchina, era troppo tardi.

Scuotendo la testa per la sua stupidità, Cole giurò di fare meglio la prossima volta.

Colo si fece una nota mentale per parlare con Blake e Alexis e vedere cosa potevano scoprire su quell'idiota di Owen Montrone, Sarah Butler e la sua situazione, poi fece un respiro profondo, prima di affrontare i dieci milioni di altre cose di cui doveva ancora occuparsi, prima di poter concludere la serata.

CAPITOLO DUE

CAPITOLO DUE

SARAH SI SENTIVA abbastanza bene sul risultato della sua visita alla Rock Hard Gym, quando arrivò a casa. Non era iniziata bene, ma Cole Johnson le piaceva davvero. Si era scusato subito; una volta che lei aveva spiegato la sua situazione, sembrava sinceramente preoccupato. Era sollevata dal fatto che avrebbe potuto imparare alcune tecniche per proteggersi... meglio essere sempre pronti.

Ma quella buona sensazione scomparve in un lampo quando vide l'enorme scatola adagiata sul gradino fuori casa.

Non aveva ordinato nulla, di recente, quindi sapeva chi aveva lasciato il pacco.

Fu subito pervasa da frustrazione e paura. Non volendo affrontare qualsiasi cosa Owen avesse mandato quella volta, aprì la porta d'ingresso e spinse la scatola dentro casa con un calcio, ma la lasciò nell'atrio senza degnarla di un secondo sguardo. Mentre tornava a casa le era venuta fame, ma il solo vedere quel regalo le fece passare l'appetito.

Odiava che Owen continuasse a presentarsi a casa sua. Odiava che lui sapesse persino dove lei viveva.

Attraversando il soggiorno, andò direttamente verso le scale. C'erano tonnellate di cose che avrebbe dovuto fare, comprese le faccende domestiche, ma non riusciva a trovare l'energia per farle.

La sua casa era troppo grande per lei, ma era l'unica casa che avesse mai conosciuto e conteneva tutto quello che le era rimasto dei suoi papà. Mike e Jackson Butler l'avevano adottata quando aveva sei anni. All'epoca aveva paura della sua stessa ombra e aveva già vissuto in tre famiglie adottive.

Allora non sapeva cosa significasse essere gay, non sapeva che era molto insolito che due uomini potessero adottare. Sapeva solo che quando Mike la prendeva tra le braccia, non aveva più paura. E quando Jackson le sorrideva con i suoi denti leggermente storti, in qualche modo, metteva tutto a posto.

Dopo la loro morte, il loro odore era lentamente svanito dalla casa. L'anno precedente, Sarah aveva finalmente trovato la forza di iniziare a rovistare tra le loro cose per donare quello che poteva. Dormiva ancora nella stessa stanza in cui aveva dormito per la maggior parte della sua vita, non voleva trasferirsi nella camera da letto principale.

Ma col passare del tempo, la casa si faceva sempre più ostica. Aveva bisogno di una verniciatura, i tappeti dovevano essere sostituiti e l'erba era sempre troppo lunga. Era finalmente arrivata al punto in cui poteva ammettere che era troppo impegnativa, per lei. Non solo, ma con Owen che si presentava per lasciarle dei "regali", non si sentiva sicura a girare da sola in quella casa grande. C'erano troppi posti dove qualcuno poteva nascondersi, se avesse voluto.

Ah, Sarah desiderava tanto avere ancora i suoi padri. Loro non avrebbero mai lasciato che Owen la passasse liscia. Lo avrebbero affrontato e gli avrebbero fatto smettere molto rapidamente di inviarle regali e lettere. Jackson e Mike erano stati i suoi paladini e l'avevano protetta dal momento in cui le avevano aperto la loro casa. Le mancavano ogni giorno, ma mai come in quel momento.

Ricacciando le lacrime, Sarah andò nella sua stanza; dopo essersi assicurata che le tende fossero ben chiuse e che nessuno potesse vedere all'interno, si spogliò del camice e si diresse verso il bagno degli ospiti. Fece una doccia calda e rilassante, rimanendo sotto il getto molto tempo dopo essersi pulita.

Sentendosi marginalmente meglio, tornando un po' più l'ottimista che era di solito, Sarah indossò la vestaglia e si mise a letto. Era presto, ma non aveva niente di particolare da fare. Inoltre, doveva alzarsi alle quattro e un quarto per arrivare all'ospedale in tempo per il suo turno delle cinque. Aveva ancora un giorno con un turno di dodici ore, poi aveva un paio di giorni liberi.

Mentre si infilava a letto, vagò con la mente fino a Cole Johnson.

Lei era stata pronta a dargli buca, a vedere se poteva trovare qualcun altro che le insegnasse l'autodifesa, ma poi lui si era fatto in quattro per riconquistare la sua fiducia. Dopo averlo sentito parlare con la sua receptionist, si era immaginata un vecchio imprenditore che si credeva molto più importante di chiunque altro. Ma vederlo era stata una piacevole sorpresa. Era giovane, all'incirca della sua età, e di bell'aspetto. *Molto* bello.

Probabilmente c'erano donne che si facevano in quattro per ottenere la sua attenzione. Era circondato da donne in forma tutto il giorno, sicuramente una di loro aveva catturato il suo sguardo. Cole Johnson era probabilmente molto occupato, sia con il suo lavoro che con la sua vita sociale.

Lei invece *non* aveva praticamente *alcuna* vita sociale. Lavorava a orari strani e quando aveva del tempo libero si ritrovava a recuperare le faccende di casa che aveva rimandato o si sedeva sul divano a guardare un programma in TV, o attività simili.

Ma anche prima di iniziare a lavorare come infermiera, non era stata esattamente una persona mondana. Aveva studiato duramente al liceo, cercando di rendere i suoi padri orgogliosi di lei, e aveva continuato così anche all'università.

Dopo la laurea biennale, Sarah aveva subito trovato lavoro come assistente infermiera. Lavorava nel campo da quasi dieci anni, ormai. Amava il suo lavoro e non voleva fare nient'altro. Molte delle infermiere con cui lavorava l'avevano incoraggiata a tornare a scuola per prendere la laurea in infermieristica, ma onestamente lei era felice del livello di responsabilità che aveva al momento. Aveva anche la possibilità di passare più tempo con i pazienti e le loro famiglie, per condividere le loro gioie e i loro dolori.

Sarah provò a ripensare all'ultimo ragazzo che aveva avuto; trasalì quando si rese conto che erano passati anni. Letteralmente. Josh... no, John, era stato l'ultimo, ed era stato... quattro anni prima.

Scosse la testa. Non era davvero sorpresa, dato che i suoi padri erano stati uccisi nel periodo in cui aveva rotto con John, quindi lei aveva dovuto affrontare la polizia, gli avvocati e il dolore. Ma ad ogni modo...

Aveva vissuto a Parker, in Colorado, dal giorno in cui Jackson e Mike l'avevano accolta in casa loro. La periferia di Denver era stata la sua casa per quasi tutta la vita, ma le piaceva lavorare all'ospedale di Castle Rock. Non era così folle come gli ospedali di Denver e ci metteva solo una ventina di minuti per andare al lavoro. Castle Rock l'aveva conquistata. Le piaceva l'atmosfera della piccola città.

Ma poiché non era cresciuta a Castle Rock, non conosceva i pettegolezzi della piccola città.

Un giorno, al lavoro, Sarah aveva raccontato di Owen a una delle infermiere, e lei le aveva suggerito di contattare la Ace Security. Aveva continuato a raccontarle che i tre fratelli, nonché proprietari, erano cresciuti nella zona prima di trasferirsi, dopo la laurea. La collega era stata anche più che felice di raccontare a Sarah di come la madre dei ragazzi avesse ucciso il loro padre e dei guai in cui si era imbattuta ciascuna delle loro ragazze.

Si era anche bonariamente lamentata di aver perso per sempre la possibilità di mettersi con uno dei tanto decantati fratelli, dopo che un fratellastro si era presentato e si era subito infatuato di una donna che veniva pedinata.

Sarah si rese conto che la socia di Cole doveva essere la donna che aveva sposato l'ultimo fratello Anderson.

Pensare di nuovo a Cole la fece arrossire inspiegabilmente. Non era il tipo di uomo da cui era attratta, di solito. Era molto più alto di lei, ma aveva occhi vivaci. Tante volte, gli uomini guardavano oltre o attraverso di lei, come se non fosse abbastanza importante per il loro tempo, indegna della loro attenzione. Ma non Cole. Lui le aveva prestato *tutta* la sua attenzione, facendole capire che la stava ascoltando. L'aria di intensità che lo circondava era una sorpresa. Anche i suoi tatuaggi lo facevano sembrare un duro, ma lui l'aveva sicuramente trattata con delicatezza.

E se prima di incontrarlo aveva immaginato che fosse in forma, visto che gestiva una palestra... non aveva capito bene cosa significasse *in forma*.

I bicipiti di Cole erano quasi troppo grandi per la maglietta che indossava. In effetti, non aveva mai visto muscoli così grandi su nessuno, prima di quel momento. Il completo di tatuaggi accentuava quella forza. Aveva cosce

ancora più muscolose; poteva vedere che riempiva definitiva-
mente i pantaloni della tuta che indossava.

Ma quello che la sorprese davvero fu come si era sentita,
mentre era in piedi accanto a lui. Probabilmente avrebbe
dovuto sentirsi a disagio. Lui avrebbe potuto facilmente
schiacciarla come un insetto; lei stessa non era esattamente in
forma. Ma invece di essere spaventata dalla sua evidente
forza, si era sentita al sicuro.

Nessuno avrebbe osato mettersi contro di lei, con Cole al
suo fianco.

Era un pensiero scomodo.

Sarah si era presa cura di se stessa per gran parte dei
suoi trent'anni di vita. Non aveva mai pensato di stare
con qualcuno semplicemente per quello che poteva fare
per lei. Ma nel momento in cui aveva incontrato gli occhi
di Cole, tutto dentro di lei si era semplicemente...
sciolto.

Era sconcertante.

E la ragione per cui non aveva esitato a tornare in palestra
con lui?

Fosse stato chiunque altro, sapeva che gli avrebbe detto
con fermezza (ma educatamente) che aveva cambiato idea e
poi se ne sarebbe andata per la sua strada. Ma c'era qualcosa
in Cole che le faceva desiderare di lasciargli combattere tutte
le sue battaglie per lei.

Considerazione stupida.

E pericolosa.

L'unica che poteva tenerla al sicuro era lei stessa.

Affidarsi a qualcun altro sarebbe stato un disastro.

Poi i suoi pensieri tornarono a Owen, come avevano fatto
troppo spesso negli ultimi tempi: si chiese cosa avrebbe
potuto lasciarle quella volta.

La scatola era grande.

Merda. E se avesse deciso di prenderle un cucciolo? Nelle

sue lettere, aveva accennato che li vedeva sposati che vivevano felici e contenti con un mucchio di bambini e cani.

Non lo avrebbe fatto davvero.

O forse sì?

Sarah non aveva idea se Owen avesse capito che la stava terrorizzando. Immaginava di no.

Capì che non sarebbe stata in grado di dormire finché non avesse almeno controllato che non ci fosse nulla di vivo nella scatola che le aveva lasciato, quindi gettò indietro le coperte e prese il suo cellulare, per sicurezza. Si diresse di nuovo giù per le scale, assicurandosi di accendere ogni luce che trovava.

In nessun modo si sarebbe spostata in casa al buio. Non era pazza.

Prese un paio di forbici mentre si dirigeva verso l'ingresso. Posò gli occhi sulla scatola e fece un respiro profondo.

Muovendosi lentamente, fece scorrere attentamente le forbici lungo il nastro che teneva chiusa la scatola. Aprì i lembi e fissò il contenuto in modo confuso.

Raggiungendo l'interno, sollevò l'oggetto sorprendentemente pesante e lo mise sul pavimento accanto alla scatola. Non si preoccupò delle impronte digitali, o cose del genere. Sapeva chi aveva mandato il regalo.

Sarah fissò per un lungo momento la casa delle bambole di legno, artigianale.

Era incredibilmente dettagliata e probabilmente costosa. Era ovviamente fatta su misura. Si sedette sul pavimento al centro dell'atrio e la fissò con costernazione.

Un lato della casa mancava, permettendole di vedere all'interno e di giocare con le bambole, se voleva. C'erano tre stanze: un grande spazio aperto al primo piano e due stanze più piccole al secondo. Una bambolina era appoggiata in cucina davanti ai fornelli, un ometto era seduto sul divano vicino, di fronte alla televisione.

Le pareti della casa sembravano tronchi e il tetto era di

paglia. Non c'era nessun dettaglio che fosse stato trascurato, dai piccoli piatti nel lavandino, ai tappeti sul pavimento e ai quadri sulle pareti. I mobili erano fatti di legno e dipinti da qualcuno che era ovviamente molto paziente e attento ai dettagli. Un letto in miniatura era sistemato ordinatamente in una stanza al piano superiore, con una scrivania e un computer nella seconda stanza, ovviamente era un ufficio.

Sarah iniziò a pensare. Era un regalo insolito... e la metteva estremamente a disagio. Non era minaccioso, corrispondeva ai biglietti d'amore che Owen le aveva mandato, quelli in cui lui sognava che si sarebbero sposati e che avrebbero vissuto felici e contenti.

Una corrente d'aria fredda sembrò uscire dal nulla. A Sarah scoppiò la pelle d'oca sulle braccia e sentì un brutto presentimento. Afferrando il telefono, scattò un paio di foto della casa. I poliziotti non erano esattamente interessati al suo caso, ma se gli amici di Cole avessero deciso di aiutarla, avrebbero voluto vedere quello strano regalo.

Sarah raccolse rapidamente la casa delle bambole e la rimise nella scatola. Il giorno successivo l'avrebbe portata all'ospedale e l'avrebbe donata al reparto pediatrico. Lei certamente non la voleva.

Decidendo di lasciare tutte le luci accese, Sarah corse praticamente di nuovo al piano di sopra nella sua stanza. Chiuse a chiave la porta prima di tornare a letto. Mettendo il suo telefono sul piccolo comodino, si sdraiò sul fianco e lo fissò per un lungo momento.

Non aveva letteralmente nessuno da chiamare. Aveva molti conoscenti al lavoro, ma erano "amici di lavoro". Non certo il tipo di persone che chiamava quando aveva paura o voleva solo chiacchierare. I suoi padri erano morti. Non aveva fratelli e sorelle.

Per la prima volta, da secoli, Sarah si sentiva completamente sola. Era orfana già da un po', ma quella sera si sentiva davvero tale.

Se il giorno successivo si fosse alzata e fosse scomparsa, qualcuno se ne sarebbe accorto... a parte Owen? Ebbe la sensazione che lui fosse l'unico a cui sarebbe importato.

Chiudendo gli occhi per cercare di fermare le lacrime, Sarah si rese conto che era inutile. Piangendo in silenzio, cadde in un sonno inquieto dopo alcuni minuti.

CAPITOLO TRE

CAPITOLO TRE

"EHI, COLE! COM'È ANDATA LA SETTIMANA?"

Cole alzò gli occhi dalla scrivania e guardò la sua cara amica e co-proprietaria della Rock Hard Gym con aria di scherno. "Non ti è più permesso di andartene."

Felicity ridacchiò. "Così male, eh?"

Cole sospirò e studiò Felicity. Aveva un bell'aspetto. Certo, aveva sempre pensato che fosse una bella donna, ma vederla rilassata e felice sottolineava quanto fosse stata stressata nei cinque anni in cui l'aveva conosciuta. Sposare Ryder Sinclair le aveva fatto sicuramente bene... così come il fatto di non dover essere alla ricerca dello stronzo psicopatico che l'aveva perseguitata per così tanto tempo. "Beh, è stata una settimana folle. Com'era Chicago?"

Felicity sorrise tristemente. "Difficile, ma è andata bene. È stata dura vedere la tomba di mia madre, ma è stato anche catartico. Questa volta non ho dovuto nascondermi nell'ombra."

"Questo è un sollievo." Cole si alzò, andò verso Felicity e

tese le braccia. Mentre l'abbracciava, si rese conto che aveva circa la stessa taglia di Sarah.

Il pensiero non lo sorprese molto. Per giorni, aveva pensato spesso all'intrigante donna che aveva incontrato la settimana prima.

Felicity si tirò indietro e guardò Cole. "Cosa c'è?"

"Cosa c'è, cosa?" rispose lui.

"È successo qualcosa mentre ero via, vero?"

"Sono successe molte cose," rispose Cole.

Felicity restrinse gli occhi in due fessure, fece un passo indietro e mise le mani sui fianchi. "Non scherzare con me, Cole. Hai un aspetto... *strano*. Cos'è successo?"

"Perbacco, grazie," scherzò Cole.

"Non sto scherzando," disse Felicity, abbassando la voce. "Sembri... super serio. E di solito non sei serio. A meno che tu non stia cercando di convincermi a non lasciare la città." Lei sorrise per fargli capire che stava scherzando, poi disse: "Che succede?"

Cole sospirò. "Ho incontrato qualcuno. Una ragazza."

Felicity sollevò le sopracciglia mentre sussultava e si mise una mano sul petto. "Una ragazza vera? Wow, non ci credo!"

"Smettila," le disse Cole, dandole una leggera pacca sul braccio. "Sono abbastanza sicuro che sia nei guai."

Felicity divenne subito seria. "Cosa c'è che non va? Devo chiamare Ryder?"

Cole scosse la testa. "Non ce n'è bisogno. Ho già organizzato una riunione con tutti i fratelli della Ace Security."

"Davvero?"

"Sì."

"Deve essere in un mondo di dolore, se hai chiamato tutti."

"Non saprei. Ecco il motivo per cui li ho chiamati. Non so esattamente quale sia la sua situazione. L'ho incontrata solo una volta, ma mi ha detto abbastanza da scatenare il mio sesto senso."

"Chi è?"

"Si chiama Sarah Butler."

"E...?"

"E niente. È più o meno tutto quello che so. Oggi dovrebbe iniziare le lezioni di autodifesa con me."

"Senz'altro saprai più di questo," si lamentò Felicity.

"So che non si sente al sicuro. Ha un ammiratore che la mette a disagio. I poliziotti non lo ritengono una minaccia, ma lei sì."

Felicity si acciglò. "I poliziotti non le credono?"

Cole scosse la testa. "A essere onesti, non ci sono molte prove che indichino che sia pericoloso."

"Questa è una stronzata," sbottò Felicity.

"Non possono indagare ogni volta che una singola donna riceve una lettera d'amore e non ricambia l'ammirazione di chi gliela scrive."

Felicity studiò Cole. "Non riesco a capire da che parte stai. Il tuo tono dice che pensi che lei stia agendo con troppa cautela, ma il fatto che tu abbia una riunione con Ryder e gli altri la dice diversamente."

"È spaventata a morte," disse Cole, ragionando ad alta voce su ciò che aveva pensato da quando aveva incontrato Sarah. "All'apparenza, sono d'accordo con i poliziotti." Alzò la mano per fermare la protesta di Felicity, conoscendola. "Ma non ho visto le lettere o i regali che dice di aver ricevuto. Ho visto in prima persona quanto fosse spaventata. E dubito che avrebbe chiesto aiuto alla Ace Security, se la cosa non fosse stata seria."

"Se ha già chiamato i ragazzi, tu come *sei* stato coinvolto e perché stai chiedendo di incontrarli per lei?"

"Logan l'ha indirizzata a me per prendere lezioni di autodifesa."

"Non ha preso il suo caso?"

"Penso che sia stata una questione di soldi. Sarah ha scoperto quanto sarebbe costato assumerli e si è tirata indietro. Sai com'è lui, non le avrebbe permesso di ritirarsi senza nulla in mano. Così l'ha indirizzata a me."

"E ora la rimandi da *loro*," concluse Felicity.

"Questo non è un caso normale, non credo. Mi incontrerò con Sarah questa sera, cercherò di ottenere più informazioni sul tizio che pensa di essere innamorato di lei. Cercherò di convincerla a parlare con Logan e gli altri. Se non altro, possono indagare su quell'impiastro e farle sapere cosa ne pensano gli altri o quanto può essere pericoloso."

"Se stai già dando a questo tizio uno dei tuoi caratteristici soprannomi del cazzo, allora so come la pensi sulla questione," disse lei con un sorriso.

"C'è qualcosa che non mi torna, in questo caso. E non hai visto Sarah! Non voleva incontrarmi troppo tempo dopo essere uscita dal lavoro perché sarebbe stato buio. Sulle nocche stringeva un affare a forma di gatto, come se fosse l'unica cosa che stava tra lei e una morte certa. E vorrei *davvero* chiamare questo tizio 'stronzo' e con altre dieci parolacce, ma sto cercando di ridurre il mio linguaggio sboccato in modo che i bambini di Grace non dicano *cazzo* o *merda* come prime parole. Sto diventando creativo."

Felicity non disse nulla per un momento, poi finalmente annuì. "Sei un bravo ragazzo, Cole."

"Uh... grazie?" le disse, con la fronte aggrottata.

"Dico sul serio. Non hai mai esitato a intervenire, quando le cose si mettono male. Guarda la *mia* situazione. Semmai, penso che il tuo cuore sia troppo grande, a volte. Vuoi sempre aiutare tutti."

"È un male?"

"No," disse lei immediatamente. "Mi preoccupo solo per

te. Spero che questa donna ti apprezzi e non approfitti del tuo cuore generoso."

Cole sorrise a Felicity. Si erano conosciuti cinque anni prima, quando si erano letteralmente scontrati mentre correvano nel parco. Si erano trovati subito. Nessuno dei due aveva mai provato qualcosa di romantico per l'altro, ma avevano deciso di mettersi in affari insieme. Era stata la migliore decisione che lui avesse mai preso.

"Grazie. Ma non sono sicuro che dovresti chiamare quel predicatore che ha sposato te e Ryder, e anche Blake e Alexis, almeno per il momento. Non conosco nemmeno Sarah."

"Ma lei ti piace," insistette Felicity.

Cole aprì la bocca per negare, ma sapeva di non poterlo fare. "Forse. C'è qualcosa di diverso, in lei."

"Fai attenzione," lo avvertì Felicity. "Se ha uno stalker, qualcuno che pensa che dovrebbe essere sua, potresti essere in pericolo se lui pensa che vi stiate frequentando. L'ultima cosa che voglio è che tu *venga coinvolto* nella sua situazione. Credimi, so meglio di chiunque altro quanto sia orribile che qualcuno a cui tengo sia in pericolo a causa dei miei problemi."

"Non erano i tuoi problemi," le disse Cole. "È stato Joseph Waters a rapire il bambino di Grace."

"Perché stava cercando di arrivare a me," disse Felicity dolcemente.

Cole fece un passo verso Felicity e le prese la testa tra le mani, costringendola a guardarlo. "Non. Era. Colpa. Tua."

Lei esitò, ma alla fine annuì.

"Comunque starò attento," continuò Cole, dopo aver lasciato cadere le mani e aver fatto un passo indietro. "Inoltre, questo tipo potrebbe non essere altro che un ammiratore che si spinge troppo in là; quando si renderà conto che Sarah non ricambia il suo affetto, si tirerà indietro."

"Lo spero, per il bene di entrambi."

"Anch'io."

"Allora... posso incontrarla?" chiese Felicity con un sorriso.

Cole alzò gli occhi al cielo. "Dipende."

"Da cosa?"

"Se hai intenzione di comportarti bene o no."

Felicity scoppiò a ridere. "Farò la brava. Promesso. Posso almeno chiamare Grace e darle lo scoop?"

"Quale scoop?"

"Che hai incontrato una ragazza e che dovremmo iniziare a pianificare il tuo matrimonio per l'anno prossimo, prima o poi."

Cole raggiunse Felicity, ma lei saltò di lato, ridendo.

"Scherzo!" gli disse, mentre scompariva uscendo dalla porta dell'ufficio. "Più o meno. Ci vediamo dopo la mia lezione di aerobica!"

Ridacchiando ancora, Cole tornò alla sua scrivania e si sedette. Come al solito, c'erano fogli ovunque. Diede un'occhiata al suo ufficio e quasi gli venne un colpo. Lo scaffale lungo una parete era pieno di libri, la poltrona situata contro l'altra parete aveva un sacco di robaccia sopra. Doveva davvero ripulire il suo spazio di lavoro. Mettere in ordine non era mai stato in cima alla sua lista delle priorità... ma da quando Sarah era stata lì la settimana prima, era diventato sempre più consapevole di quanto il suo ufficio fosse diventato un porcile.

Decidendo che non c'era tempo migliore del presente per fare ciò che poteva per dare di lui un'impressione migliore, Cole si alzò ancora una volta.

Non voleva ammettere che stava pulendo solo perché Sarah doveva arrivare per la loro prima lezione, quella sera. No, non era quello il motivo per cui si stava improvvisamente dando da fare per organizzare le cose. Per niente.

———

Sarah camminava velocemente sul marciapiede verso la palestra. Non riusciva a decidere se stava camminando così velocemente perché era nervosa di essere all'aperto, o a causa dell'uomo che la stava aspettando alla Rock Hard Gym.

Aveva passato l'ultima settimana a castigarsi per aver pensato così tanto a Cole. Ma ciò non le aveva impedito di cercarlo su internet. Non era riuscita a trovare molto su di lui, perché sembrava che ci fossero migliaia di uomini corrispondenti al nome di Cole Johnson, ma quando aveva abbinato il suo nome con quello della palestra, era riuscita a trovare alcune informazioni generali.

Lui e Felicity Jones, ora Sinclair, avevano aperto la Rock Hard Gym circa cinque anni prima. Erano noti per l'organizzazione di feste con luci fluorescenti, dove la gente andava vestita di bianco e passava la serata ballando e socializzando, con i vestiti che brillavano sotto luci ultraviolette.

Scoprì che aveva trentuno anni, solo un anno più di lei. Aveva un fratello che viveva nello Stato di Washington, i suoi genitori vivevano in Arizona. Ecco cos'era riuscita a scoprire. Naturalmente, la ricerca di informazioni su Cole la portò a leggere sulla sua amica Felicity e di suo marito Ryder, del dramma che aveva avuto luogo in un passato non molto lontano. Ciò rappresentò la proverbiale caduta nella tana del coniglio, portandola a spendere troppo tempo a leggere di tutti i fratelli Anderson e delle loro mogli.

Dire che era intimidita era un eufemismo.

La sua situazione non era affatto come quella che avevano passato quelle donne. Probabilmente avrebbe dovuto chiamare Cole e scusarsi, per dirgli che aveva cambiato idea e che non aveva bisogno di lezioni di autodifesa, dopo tutto.

Ma non lo fece.

Era così fuori dalla sua portata. Lui possedeva la sua attività e aveva un sacco di buoni amici, e lei era... solo Sarah. Nessuno di speciale. Un'orfana senza amici.

Inoltre, probabilmente pensava che lei stesse comunque esagerando, proprio come i poliziotti e la maggior parte dei suoi colleghi.

All'inizio di quel giorno, Justine, una delle colleghe di Sarah, le aveva detto che avrebbe dovuto sfruttare l'infatuazione di Owen per ottenere tutto ciò che voleva, insinuando che avrebbe dovuto usarlo per ottenere regali più costosi. Ma anche se non fosse stata spaventata da quelle attenzioni, non era una cosa da lei. Non aveva bisogno di "roba" dalle persone a cui teneva: aveva solo bisogno del loro amore e del loro affetto.

Scuotendo la testa, Sarah fece un respiro profondo e aprì la porta della palestra.

Fu quasi investita da un uomo che usciva.

Questi mormorò "Mi scusi" sottovoce e la superò senza voltarsi.

"Va tutto bene," disse Sarah, anche se sapeva che l'uomo non l'avrebbe sentita, dato che era già a metà dell'isolato.

Entrò nella palestra, dirigendosi verso il bancone anteriore, ma si fermò.

In piedi dietro la scrivania c'era nientemeno che Felicity Sinclair in persona. Sarah l'aveva riconosciuta dalle sue ricerche online. Aveva i capelli corti e biondi e indossava una canottiera che metteva in mostra la moltitudine di tatuaggi sulle braccia. Le sfoggiò un enorme sorriso mentre Sarah si riprendeva dal suo scontro.

"Tu devi essere Sarah," le disse, ancora sorridente.

"Uh... Sono io. Come lo sai?"

"Solo un'ipotesi. Cole ti sta aspettando!" Felicity guardò il camice che indossava. "Hai portato qualcosa per cambiarti?"

Sarah andò nel panico. Aveva pensato di poter indossare il camice perché era largo e comodo. Avrebbe dovuto portare qualcos'altro? "No. Avrei dovuto?" chiese. "Posso tornare un altro giorno." In effetti, sembrava fantastico. Forse quella non era una buona idea, dopo tutto.

Come se potesse leggerle il pensiero, Felicity fece il giro del bancone e mise una mano sul braccio di Sarah. "Quello che hai addosso va bene. Diamine, probabilmente dovresti venire a una delle lezioni con i tacchi e un VNA."

"VNA?" chiese Sarah.

"Vestitino Nero Attillato. Voglio dire, questa è autodifesa, non indosserai vestiti comodi come quelli in ogni momento. Devi essere pronta a difenderti, indipendentemente da quello che indossi."

Sarah voleva dirle che indossava praticamente sempre il camice, non aveva nemmeno un VNA, ma si limitò ad annuire. Felicity la stava già precedendo lungo il corridoio, quindi la sua finestra di fuga si era chiusa. L'altra donna continuò a chiacchierare di niente in particolare mentre la conduceva dove Sarah supponeva che Cole la stesse aspettando.

"Divertiti," le disse Felicity mentre apriva una porta.

Sarah le sorrise e disse: "Grazie." Poi varcò la soglia.

E si bloccò per fissarlo.

La stanza non era eccessivamente grande, anche se era ovviamente usata come sala aerobica o come spazio per qualche altro tipo di allenamento di gruppo. C'era uno specchio che copriva la parete più lontana, faceva sembrare la stanza più grande di quanto fosse in realtà. C'erano dei tappetini sul pavimento di legno... ma era stato Cole ad attirare immediatamente la sua attenzione.

Lui non l'aveva vista entrare e al momento stava facendo trazioni su una barra lì vicino. Le stava dando la schiena, così lei poteva fissarlo a suo piacimento.

Gli osservò i bicipiti tatuati gonfiarsi mentre si tirava su, poi si abbassava. Indossava un paio di pantaloncini neri, una canottiera bianca, calze e scarpe da ginnastica. Il suo corpo era imperlato di sudore.

Era letteralmente un sogno erotico che si allenava, Sarah deglutì a fatica. Non era sicura di potercela fare. L'idea di imparare a proteggersi per ogni evenienza era una cosa; la realtà di dover stare vicina a Cole mentre lui la allenava era tutta un'altra cosa.

Poteva ammetterlo.

Era ufficialmente intimidita.

Sarah si girò per andarsene, ma il movimento nello specchio probabilmente attirò l'attenzione di Cole, che si buttò a terra e si girò immediatamente.

"Sarah," le disse con un sorriso mentre si avvicinava.

Lei gli sorrise goffamente. Non c'era dubbio che Cole fosse bello, ma quando le rivolgeva quel sorriso luminoso, era devastante.

"Ciao," gli disse, in modo impacciato.

"Ciao," le rispose. "È bello vederti!"

"Uh... Anche per me."

"Com'è andata al lavoro?"

"Bene. Era lavoro."

Cole si era avvicinato abbastanza da poterlo toccare. Lui allungò una mano, Sarah automaticamente alzò la sua per stringerla. Lui le strinse la mano delicatamente e lei si ritrovò a chiedersi, scioccamente, cosa avrebbe fatto se lui si fosse chinato e le avesse fatto scorrere la lingua sul lato del collo.

Castigandosi per quel pensiero bizzarro, Sarah cercò di concentrarsi su quello che Cole stava dicendo, e non su quanto sembrasse delizioso nei suoi abiti da allenamento, o se avesse o meno tatuaggi... ovunque.

Santo cielo, quella non era lei. Sarah non era così!

Non aveva la minima idea del perché Cole la stava influenzando in quel modo, ma doveva rimettersi in sesto.

Sembrava che Cole le tenesse la mano più a lungo di

quanto fosse appropriato, ma forse se lo stava immaginando. Lui le lasciò la mano prima che lei potesse farsi troppe domande e le chiese: "Cosa fai esattamente?"

"Sono un'operatrice socio-sanitaria. Aiuto i pazienti in tutto e per tutto. Li sistemo, prendo la pressione del sangue e la temperatura, rispondo alle loro chiamate, spiego le cose mediche che non capiscono, li nutro, pulisco le stanze e le lenzuola, assisto alle procedure mediche, disinfetto le ferite... solo per dirne qualcuna."

Cole fece un cenno al suo abbigliamento. "Questo spiega il camice."

Sarah fece spallucce. "Sì."

"Ti piace?"

Lei sollevò le sopracciglia, confusa. "Mi piace?"

"Il tuo lavoro."

Sarah annuì.

"Non vuoi fare carriera e diventare un'infermiera? O un medico?"

Sarah apprezzò il fatto che lui avesse aggiunto *medico* alla fine della domanda. La maggior parte della gente pensava che i medici fossero uomini, ma era semplicemente stupido. C'erano un sacco di dottoresse. Scosse la testa. "No. Mi piace parlare con la gente. Mi piace passare del tempo con loro, conoscerle. Specialmente quelle che non hanno molti parenti in visita. Tante persone sono sole, mi piace pensare di fare la differenza nelle loro vite, a modo mio."

"Le infermiere e i medici non passano del tempo con i loro pazienti?"

"Oh, sì," spiegò lei. "Ma non è la stessa cosa. Si concentrano sui sintomi e sui trattamenti. Io ho un po' più di tempo per conoscere personalmente i pazienti. Molte volte mi dicono qualcosa che hanno dimenticato di dire all'infermiera o al dottore, poi io sono in grado di capire se stanno mentendo su quanto dolore provano o se c'è qualcosa che non va."

Sarah notò il modo in cui Cole era concentrato su di lei, mentre gli parlava. Non si guardava intorno, dandole metà della sua attenzione, non sembrava fare domande solo per essere educato. Si capiva che era davvero interessato a quello che lei stava dicendo.

"Ma potresti fare più soldi con una promozione, giusto?" le chiese.

"Certo. Ma non si tratta di soldi. Guadagno abbastanza per vivere, questo mi basta. Non ho mai avuto aspirazioni di essere ricca, o altro. Voglio solo vivere una vita decente, magari andare a mangiare fuori ogni tanto, essere semplicemente felice. Inoltre, i pagamenti dell'assicurazione sulla vita dei miei padri mi hanno lasciato abbastanza tranquilla."

Non appena finì di pronunciare quelle parole, Sarah desiderò rimangiarsele.

Era nervosa e parlava senza pensare. Avere due padri non era esattamente la normalità, il fatto che sputasse fuori cose personali, come la sua situazione finanziaria, con uno sconosciuto non era intelligente.

Ma invece di commentare immediatamente, Cole le mise la mano sulla tracolla della borsa che le pendeva da una spalla. "Posso?" le chiese.

Sarah annuì e lo guardò mentre lui le prendeva la borsa e l'appendeva su un piolo vicino alla porta. Poi lui le fece un gesto verso i tappetini posti al centro della stanza. "Vogliamo sederci mentre parliamo? So che il pavimento non è esattamente il posto più comodo del mondo, ma..."

"Certo," gli disse subito Sarah. "Il pavimento va bene." Lo seguì per qualche passo, sforzandosi di non fissargli il sedere marmoreo mentre camminavano, poi si sedette a gambe incrociate su un tappetino di fronte a lui.

Lui imitò i suoi movimenti e si chinò in avanti, appoggiando i gomiti sulle ginocchia. Il linguaggio non verbale del corpo indicava che era completamente coinvolto nella loro conversazione. Ciò le piacque.

"Allora... i tuoi padri?"

Sarah sospirò. "Sono stata adottata a sei anni da Mike e Jackson. Mi hanno insegnato cosa significa avere una famiglia amorevole." Sorrise leggermente. "Aspiro ad avere un rapporto come il loro, un giorno."

"Non ci sono più?" chiese Cole gentilmente.

"Ricordi l'attentato al nightclub di Denver, circa quattro anni fa?" chiese Sarah.

Cole annuì, poi sollevò le sopracciglia. "No! Merda."

"Sì. Non uscivano quasi mai, ma quella sera era il loro anniversario, così hanno deciso di festeggiare. Stavano semplicemente cercando di divertirsi, quando quel tizio ha deciso di mostrare la sua disapprovazione per lo stile di vita gay e ha fatto esplodere il club. Mike e Jackson erano due delle dieci vittime."

"Mi dispiace tanto," disse Cole gentilmente, prendendole la mano.

Sarah combatté le lacrime. Non piangeva la morte dei suoi padri da molto tempo. "Sì, è stato uno schifo. Dato che le loro famiglie non accettavano quello che erano, ho ereditato tutto io. La casa è pagata, quindi non ho un mutuo, il resto dei soldi mi permette di continuare a fare ciò che amo senza dovermi preoccupare."

"Sembra che ti abbiano voluto molto bene. E dalla tua voce posso percepire quanto *li* hai amati."

"Mi hanno letteralmente salvato la vita. Non è stato facile per loro... due uomini gay che adottano una bambina non era esattamente normale, più di vent'anni fa, ma non mi hanno mai, nemmeno una volta fatto sentire come se fossi un peso. Anche se ... c'erano momenti in cui mi sentivo ancora come un'estranea, anche con loro. Voglio dire, erano decisamente una coppia unita. A causa del loro orientamento sessuale, a volte sembravano loro contro il mondo. Forse è un'impressione dovuta all'affidamento. Loro mi volevano bene e io ne volevo a loro, ma c'erano momenti in cui non potevo fare a meno di sentirmi come se mi stessi intromettendo nelle loro vite, in qualche modo."

Cole le strinse la mano. Non la lasciò andare, Sarah non aveva alcuna fretta di ritrarla. Non aveva idea del perché stesse condividendo pensieri così intimi, ma c'era qualcosa nella piccola connessione tra le loro mani che la faceva sentire abbastanza sicura da continuare a parlare.

"Ero spaventata a morte dalle donne, quando mi hanno adottato per la prima volta. Ero stata in due precedenti case di adozione dove ero chiusa in uno sgabuzzino durante il giorno perché ero troppo rumorosa. Le donne mi picchiavano e mi trattavano come una merda... almeno fino a quando i loro mariti tornavano a casa. Poi erano dolcissime. Quindi ero stata felicissima di andare a vivere con Mike e Jackson. Mi *piaceva il* fatto che non fossero sposati con delle donne."

"Dev'essere stata dura per te," disse Cole comprensivo.

"Sì. Ma dal momento in cui ho incontrato i miei papà, mi sono sentita a mio agio con loro. Non mi è mai mancato avere una madre, perché i miei papà hanno fatto di tutto per rendere la mia vita felice. Mike mi accompagnava a fare shopping, mi portava alle terme a fare la pedicure. Jackson era un padre più tipico, amava minacciare i miei fidanzatini con uno sguardo. Erano entrambi molto orgogliosi di me quando mi sono diplomata." Sorrise. "Mi hanno insegnato a essere sempre gentile."

Sarah sapeva che stava parlando troppo, ma non riusciva a fermarsi. Era passato molto tempo da quando era stata in grado di ricordare i suoi padri con qualcuno. Spesso le persone la guardavano a disagio, quando tirava fuori il fatto che era stata adottata da una coppia gay, ma lei non vedeva alcun giudizio nello sguardo di Cole. Solo interesse.

"Sì?" disse lui, incoraggiandola a continuare.

"Sì. Mike diceva sempre che era facile essere cattivi. Parlare male di qualcuno. Prendersi gioco di loro. Essere uno stronzo. Ma tutto questo dimostrava una mancanza di gentilezza e di compassione. Essere gentili è una scelta. Una scelta che a volte è difficile come l'inferno. E se ci pensi, essere cattivi spesso esaspera una situazione. Mette qualcuno in guardia, tutto può degenerare in un attimo. Ma dire semplicemente *mi dispiace* o *è colpa mia* può calmare tutto."

"È vero," disse Cole.

Mentre lei parlava, lui le massaggiava il dorso della mano con un pollice; lei si costrinse a continuare a parlare, piuttosto che saltargli addosso, sbatterlo sulla schiena e baciarlo con passione.

"Ho visto in prima persona quanto può significare un sorriso per qualcuno che sta avendo una brutta giornata. O prendere il tempo per aiutare qualcuno a mettere la spesa in macchina al negozio. O pagare il caffè, o il pasto di qualcuno al ristorante. O semplicemente sedersi e ascoltare qualcuno che parla. Essere gentili non deve costare soldi, penso che il fatto che la gente sia così sorpresa dai gesti gentili dice molto sulla società di oggi... su quanto sia incasinata. Tutti si preoccupano di se stessi e meno di come si sentono gli altri. Così quando faccio qualcosa di semplice, come offrirmi di intrattenere il bambino di qualcuno nella sala d'attesa mentre compilano i moduli richiesti, e i genitori mi ringraziano quasi con le lacrime agli occhi, beh... è quasi triste. Ha senso?"

"Assolutamente. E l'hai imparato dai tuoi padri?"

"Sì. Erano sempre i primi ad offrirsi di fare da babysitter gratuitamente, o a donare cibo e vestiti a una famiglia che aveva perso tutto in un incendio, o semplicemente a tenere la mano di qualcuno che aveva passato una brutta giornata.

Alcuni dei miei momenti migliori al lavoro sono stati quando mi sono semplicemente seduta accanto al letto d'ospedale di qualcuno e gli ho tenuto la mano mentre guardavamo la televisione. Penso che manchi molto questa connessione umana, nel mondo di oggi. Siamo tutti così occupati a postare merda sui social media e a cercare di mostrare a tutti quanto siano perfette le nostre vite, o a fare zapping alla televisione, o a cercare di superare i nostri vicini, che ci dimentichiamo com'è fare qualcosa per qualcun altro senza aspettarci di ricevere qualcosa in cambio."

Quando Sarah finì di parlare, trasalì internamente. Aveva parlato ininterrottamente e probabilmente sembrava la più grande santarellina di sempre. Ma era stata onesta. Era molto più facile essere gentile che essere una stronza.

Guardò Cole e attese che lui le dicesse qualcosa. Qualsiasi cosa.

Lui la fissò per un lungo momento... finché lei non cominciò ad innervosirsi. Sarah fece per ritrarre la mano, ma lui strinse la presa e le mise sopra anche l'altra mano.

"Mi stupisci, Sarah."

Lei scosse la testa. "Sono solo me stessa. Non sono nessuno di speciale."

"Ti sbagli. Sei molto di più. Potresti essere amareggiata per tutto quello che ti è successo, ma in qualche modo non lo sei. Sai quanto è raro?"

Sarah lo fissò negli occhi verdi e scosse la testa.

"Sì, Sarah. Non è da tutti."

"Una delle dottoresse, al lavoro, pensava che il mio atteggiamento positivo fosse fastidioso."

"Che si fotta."

Sarah soffocò una risata. "Non sei stato abbastanza a lungo con me per sapere se sono fastidiosa o no."

"Ti garantisco che non penserò mai che sei fastidiosa," disse Cole con un tono talmente serio da farle scoppiare la pelle d'oca sulle braccia. "Scommetto che hai già perdonato quello stronzo che ha ucciso i tuoi padri, vero?"

Sarah distolse lo sguardo e fissò le loro mani giunte, appoggiate sul ginocchio di lui. Poi scrollò le spalle. "Non è colpa sua se i suoi genitori lo hanno educato a essere intollerante verso chi è diverso da lui."

"Guardami," le ordinò Cole.

Lei fece un respiro profondo e obbedì, alzando di nuovo lo sguardo.

"Non cambiare mai. Hai ragione, il mondo ha bisogno di più persone come te. Io sono uno di quegli stronzi che imprecano sempre contro chi guida troppo piano o troppo veloce. Mi irrito nel negozio di alimentari quando qualcuno decide di pagare in un modo diverso dalla carta di credito. E non mi sono mai offerto di aiutare qualcuno a caricare la spesa in macchina, in parte perché non ci avevo pensato, ma anche perché un uomo come me che si avvicina a una donna in un parcheggio non fa una buona impressione. Ma io..."

"Un uomo come te?" chiese Sarah, interrompendolo.

Lui sorrise. "Sì. Grosso. Tatuaggi. Barba. Alcune donne urlerebbero a squarciagola se mi avvicinassi."

Sarah ridacchiò. "Potrebbero urlare, ma non per il motivo che potresti pensare." Non appena pronunciate quelle parole, avvampò imbarazzata.

Cole sorrise. Sarah sapeva che se fosse stata in piedi, avrebbe sentito le ginocchia diventare molli. "Giusto. Comunque, questo è il tipo di uomo che sono. Vedo il pericolo dietro ogni angolo. Credo sempre che le persone abbiano in mente i motivi peggiori. Ma questo è un bene, a volte."

Fece una pausa e Sarah gli chiese: "Davvero?"

"Sì. Perché ci devono essere uomini come me, nel mondo, per proteggere donne come te."

Sarah sentì il cuore prossimo a balzarle fuori dalla bocca dallo stupore.

Lui proseguì. "Probabilmente avrei adorato i tuoi padri, semplicemente perché ti hanno fatto diventare la donna che sei oggi. Ti hanno protetto quando ne avevi più bisogno e ti hanno dato l'amore che meritavi. Hanno provveduto a te dopo la loro morte, permettendoti di fare ciò che ti piace senza doverti preoccupare dei soldi."

"Mi piacerebbe conoscerti meglio, Sarah. Oltre alle tue lezioni di autodifesa. Voglio vederti rendere le giornate degli altri più luminose."

"Perché?"

"In che senso, perché?" chiese lui.

"Solo questo. Voglio dire, guardati... e poi guarda me. Scommetto cento dollari che non sono il tipo di donna con cui esci di solito. Chiedi di uscire a tutte le donne che alleni? Sembra solo... troppo facile."

Lui la fissò per un lungo momento; quando si accigliò, Sarah si sentì come se lo avesse deluso, in qualche modo.

"No, non chiedo di uscire a tutte le donne che alleno. Neanche lontanamente. È passato molto tempo dall'ultima volta che ho chiesto a *qualcuna* di uscire. E credimi, Sarah, ti sto guardando e mi piace quello che vedo. Molto. Hai un'aria innocente che trovo affascinante. Hai avuto una vita difficile, ma non hai lasciato che ti indurisse. Ti rispetto e... Mi piacerebbe conoscerti meglio."

Lei si morse un labbro e fece un respiro profondo, ma non protestò immediatamente, così lui continuò. "Voglio essere qualcuno che si frapponga tra te e gli stronzi del mondo. Ho la sensazione che il semplice fatto di starti vicino mi renderà una persona migliore."

Sarah scosse la testa. "Non fare così. Non mettermi su un piedistallo. Non sono una modella che se ne va in giro a spargere brillantini per il mondo."

Cole si mise a ridere, gettando la testa all'indietro e

ridendo come se lei avesse detto la cosa più divertente del mondo.

Sarah tirò di nuovo la mano, un po' offesa, ma lui si rifiutò ancora di lasciarla andare.

Una volta ripresosi, le disse: "So che non sei perfetta. Sei troppo fiduciosa. Vedi il bene in tutti, anche quando non ce n'è. Probabilmente trascuri la tua salute per fare qualcosa di buono per qualcun altro."

"Mi fai sembrare un'idiota," brontolò Sarah, nonostante fosse segretamente lusingata.

"Non sei un idiota. Sei una boccata d'aria fresca. E comunque sai... Ho molti difetti, sono sicuro che li scoprirai, prima o poi. Ma come ho detto, se mi permetterai di conoscerti, se vorrai uscire con me per qualche appuntamento, spero di piacerti anche io... solo un po'."

Sarah si accigliò. "Mi piaci già, Cole, ma non ti capisco. Non sai niente di me. Potrei anche mentirti in questo momento, magari hai abboccato all'amo."

Lui sorrise di nuovo. "Non stai mentendo."

"Come lo sai?"

"Perché sono un esperto nel leggere il linguaggio del corpo. Ho avuto a che fare con persone cattive nella mia vita, angelo. Tu sei quello che dici di essere. Sei proprio come appari."

Sarah si leccò le labbra nervosamente, lui abbassò lo sguardo per una frazione di secondo.

Cole insistette. "Dimmi che uscirai con me, Sarah."

"Pensavo di essere qui per capire come difendermi."

"Certo. E ci arriveremo. Accettare di uscire con me non influisce in alcun modo sul fatto che io ti insegni o meno alcune mosse di base, che ti permetteranno di allontanarti da qualcuno e metterti in salvo."

"Ma se dico di no, le cose potrebbero diventare strane."

"Allora di' di sì," disse Cole in modo suadente. "Giuro che

non hai nulla da temere. Ti darò anche delle referenze, se questo ti farà sentire più sicura."

"Non è questo. Penso di sentirmi più sicura con te che con chiunque altro abbia mai avuto intorno..." Poi esitò.

"Ma?"

"Ho paura che una volta che mi conoscerai, deciderai che sono fastidiosa. Troppo lavoro, o qualcosa del genere. Faccio orari strani, turni strani. Ho fatto delle ricerche su di te. So della tua amica e di quello che le è successo. E degli Anderson. L'ultima cosa che voglio è che Owen si arrabbi quando ci vedrà insieme...perché ci vedrà... non voglio che sfoghi la sua rabbia sui tuoi amici. Se succedesse qualcosa a quei bellissimi bambini per colpa mia, ci morirei."

"Respira, angelo. Fai un bel respiro. Non succederà niente. Pensi che Logan permetterebbe che accadesse di nuovo?"

"Non puoi controllare le persone, Cole," lo incalzò Sarah. "Sono imprevedibili."

"Bene. Allora ci incontreremo con Logan, Blake, Nathan e Ryder e ci assicureremo che sappiano tutto di questo Owen. Li lasceremo indagare e capiremo cosa lo farà indietreggiare. Nel frattempo, staremo a casa mia. O qui. O a casa tua. Non metteremo la nostra relazione sotto il naso di Owen. Saremo discreti. Che te ne pare?"

Sarah lo guardò a bocca aperta. "Come siamo passati da me che volevo dei consigli su come proteggermi ad avere la Ace Security che indaga su Owen e io e te che ci frequentiamo, uno a casa dell'altra?"

Lui le sorrise di nuovo, ma non rispose alla sua domanda.

Lei fece un respiro profondo e gli diede l'unica risposta possibile. "Ok."

Cole sorrise. "Ok," disse a bassa voce. Poi finalmente le lasciò la mano e si alzò, prima di allungare immediatamente la stessa mano verso di lei. "È ora della tua prima lezione."

Automaticamente, lei si alzò e lasciò che lui l'aiutasse ad

alzarsi da terra. Non era sicura di cosa aspettarsi. Un bacio per suggellare l'accordo. Un abbraccio. Una discussione su quando e dove sarebbe stato il loro primo appuntamento. Ma fino a quel momento, Cole non aveva fatto nulla che lei si aspettasse.

"La prima lezione di oggi sarà come convincere un ragazzo a lasciarti la mano se la sta tenendo troppo a lungo e tu sei a disagio."

Sarah sapeva che si stava riferendo ai suoi deboli tentativi di staccare la mano dalla sua, dunque arrossì. Ma Cole aveva ragione, era qualcosa che doveva sapere. Sarebbe tornato utile anche all'ospedale, nel caso in cui uno dei pazienti o dei membri della famiglia avesse preso un po' troppa confidenza, come era già successo in passato.

Concentrandosi sulle istruzioni che Cole le dava, Sarah fece del suo meglio per lasciarsi alle spalle il nervosismo sui futuri appuntamenti con lui.

CAPITOLO QUATTRO

CAPITOLO QUATTRO

ALLA FINE della loro prima lezione, Cole accompagnò Sarah alla macchina. La chimica tra loro durante la lezione era stata potente, ma lui aveva fatto del suo meglio per mantenere le cose a livello professionale, mentre le stava insegnando il modo migliore per liberarsi da alcune facili prese. Nelle sessioni successive, le avrebbe insegnato come ferire qualcuno che stava cercando di impedirle di scappare.

"Cosa ne pensi di quello che hai imparato stasera?" le chiese quando arrivarono alla sua macchina.

"Abbastanza bene. Ma è snervante pensare di dover usare qualcosa che mi hai insegnato."

"Continueremo a fare pratica. Più ti eserciti, più diventerà facile. Presto sarà come una seconda natura e reagirai senza pensarci troppo."

Lei annuì. "Apprezzo il tuo aiuto."

"Quando sei libera?"

"Per la mia prossima lezione?" chiese lei.

"Anche per la lezione."

Lei lo fissò. "Davvero?"

"Sì, mi piacerebbe prepararti la cena una sera dopo che hai finito di lavorare. Voglio sapere tutto del tuo turno e delle persone interessanti che hai incontrato quel giorno."

"Non posso parlare della maggior parte delle cose che faccio. Leggi sulla privacy e tutto il resto," gli disse.

Cole sorrise. "Lo so, angelo. Stavo parlando più che altro delle persone in generale e non di ciò che le affligge."

"Oh."

"E voglio organizzare un momento in cui tu possa venire alla Ace Security e fare una chiacchierata anche con i fratelli Anderson." Nascondendo un sorriso per il modo in cui lei arricciò il naso, lui continuò. "Lo so, è uno schifo, ma più informazioni hanno Logan e gli altri, più cose possono scoprire su Owen. Se è in qualche modo una minaccia, lo scopriranno e faranno il possibile per fermarlo. È questo che vuoi, giusto?"

"Oh, sì," esclamò lei. "Non posso immaginare di non dovermi preoccupare quando ritiro la mia posta, chiedendomi cosa diavolo ha scritto nella sua ultima lettera. O di trovare qualche 'regalo' che ha lasciato per me. Ma i fratelli Anderson li ho già contattati. Hanno detto che erano troppo impegnati. E poi non avevo capito esattamente quanto sarebbe costato assumerli."

"Hmm. Non importa, angelo. Quando sentiranno la tua storia, so che vorranno aiutarti."

"Non voglio che siano superficiali sul caso di qualcun altro, se prendono in considerazione il mio," protestò lei.

Cole scosse la testa. "Non lo faranno. Te lo prometto."

Sarah sospirò. "Ok, se pensi che sia necessario. Forse possono trovare qualcosa che posso usare per fargli fare marcia indietro e dimenticarsi di me."

Cole voleva dirle che purtroppo dubitava che uno come Owen si tirasse indietro. Ovviamente sapeva che Sarah era la persona migliore che avrebbe mai trovato e la voleva solo per sé.

Non che Cole fosse diverso da lui, in quel ragionamento. Dal momento in cui l'aveva incontrata, Sarah aveva risvegliato qualcosa dentro di lui. Dopo averla conosciuta un po' meglio e aver sentito la loro intensa chimica... sì, voleva assolutamente vedere cosa potesse succedere tra loro. "Dobbiamo anche capire quando è il momento giusto per la tua prossima lezione."

"Sembra che tu stia per riempire il mio calendario sociale," scherzò Sarah.

"Verissimo," disse Cole con una faccia seria.

"Ho i prossimi due giorni di riposo, poi ho di nuovo tre turni di dodici ore. Poi ho altri tre giorni di riposo prima di ricominciare i miei turni. Alla fine, però, verrò spostata al turno di notte. Allora sarà più difficile fare qualsiasi cosa, perché tutto quello che vorrò fare durante il giorno è dormire."

"Troveremo una soluzione," disse Cole con fiducia, non riuscendo a togliersi dalla mente il pensiero di lei che dormiva nel suo letto. Era pazzesco quanto fosse attratto da Sarah dopo solo poche ore. Ma tutto quello che aveva imparato su di lei lo intrigava ancora di più.

"Non ho chiesto... e mi sento molto in colpa, ora che ci penso. Ma la palestra è l'unica cosa che fai?"

Cole sorrise. "Sì, angelo. È sicuramente un lavoro a tempo pieno. Ma sarò felice di raccontarti tutto quello che vuoi sapere di me e della mia vita, quando saremo a cena." Si sentì al settimo cielo quando lei annuì.

"Per prima cosa, domattina chiamerò Logan e vedrò se lui e gli altri hanno tempo a breve nella loro agenda per incontrarci e parlare della tua situazione. Prima ci toglieremo questo sassolino dalla scarpa. Che ne dici?"

Sarah fece un grande respiro ed espirò rumorosamente. "Sì. Ma prima devo fare delle cose a casa."

"Cosa?"

Lei fece spallucce. "Tagliare il prato, per esempio. E anche quello della mia vicina."

"Non può tagliarselo da sola?"

Sarah scosse la testa. "No. La signora Grady ha ottant'anni, ma non vuole lasciare la casa perché suo marito è morto l'anno scorso e le manca terribilmente. I suoi figli non vengono a trovarla molto spesso e ha bisogno di aiuto per la manutenzione della casa."

"Qualcosa mi dice che fai più che aiutare in giardino," disse Cole seccamente.

Sarah arrossì. "Mi piace quella signora. Non è un problema farle compagnia e lasciarla parlare mentre io riordino la sua casa una volta alla settimana."

Sì. Sarah Butler era una persona straordinaria. "Facciamo così... Domani verrò a falciare il prato nel tuo giardino e in quello della signora Grady. Vedrò se i ragazzi possono incontrarci il giorno dopo."

Lei lo guardò a bocca aperta. "Ma tu devi lavorare."

"Ho tempo sia per la palestra che per te," le disse Cole. "Inoltre, Felicity è in debito con me per aver preso una settimana di ferie. Che ne dici?"

"Io... ecco... non ti stavo chiedendo di venire ad aiutarmi, Cole," disse Sarah, agitata.

"Lo so. È per questo che voglio farlo."

"Ok. Allora grazie."

"Non c'è di che. Se mi dai il tuo numero, domani ti chiamo o ti mando un messaggio quando sono per strada."

Lei accettò e si scambiarono i numeri. "Oh, avrai bisogno del mio indirizzo, suppongo. Vivo a Parker.. Probabilmente però non vorrai venire fin laggiù solo per tagliare un prato."

Cole fu sorpreso. "Non sapevo che vivessi così fuori città," disse con un leggero cipiglio. Non gli piaceva pensare a lei che andava avanti e indietro in macchina, specialmente in inverno, quando la neve e il ghiaccio rendevano la guida pericolosa.

Lei annuì. "Sì, lì c'è la casa dei miei padri."

Cole voleva continuare a farla parlare. Non era mai stato un gran chiacchierone, ma capì che poteva ascoltarla parlare tutto il giorno.

Avrebbe dovuto aspettare, però; erano rimasti nel parcheggio abbastanza a lungo. Con Owen là fuori da qualche parte, che forse la guardava, non era intelligente o sicuro intrattenersi troppo. "Non c'è problema. Mi terrò in contatto. Guida con prudenza verso casa, ok?"

Il suo sguardo si addolcì, accennò un piccolo sorriso.

"Cosa? Cosa ho detto?"

"Jackson me lo diceva sempre."

"Mandami un messaggio quando arrivi a casa," rispose Cole.

Lei apparve sorpresa. "Davvero?"

"Sì, voglio sapere se sei arrivata a casa sana e salva. Lo farai?"

"Va bene. Ma lo sai che guido da quasi quindici anni, vero?"

"Sì, ma questo non significa che non ci siano altri pazzi sulle strade che non hanno guidato per così tanto tempo, o che hanno bevuto, o che sono semplicemente dei pessimi guidatori."

"Hai ragione," disse lei. "Cole?"

"Sì, angelo?"

"Grazie. Per tutto. Per la lezione. Perché parlerai con la Ace Security per conto mio. Per esserti offerto di tagliarmi l'erba davanti casa. Per... per tutto quanto."

"Non c'è di che, davvero. Ci vediamo domani."

"Ciao."

Cole fece un passo indietro, la guardò salire sulla sua Mitsubishi Galant grigia e la salutò mentre usciva dal parcheggio. Notò che lei fece cenno a una coppia che attraversò la strada e lasciò passare tre macchine prima di uscire in strada.

Ridacchiò tra sé e sé, poi si voltò per tornare in palestra. Sarah era proprio una boccata d'aria fresca. In confronto a lei, lui era un bastardo egoista che faceva quello che voleva, quando voleva. E anche se avrebbe dovuto sentirsi in colpa per averci provato con lei così presto, per aver voluto Sarah per sé, non fu così. Sarebbero andati perfettamente d'accordo. Lui poteva proteggerla dagli stronzi del mondo, lei poteva aiutarlo a diffondere gentilezza e gioia ovunque andasse.

Sembrava quasi che fossero fatti l'uno per l'altra. Lei aveva bisogno di qualcuno che la proteggesse e che impedisse agli approfittatori di sfruttare la sua anima gentile, mentre lui aveva bisogno di lei per bilanciare le sue priorità.

Cole non poteva sapere con certezza se avrebbe funzionato una relazione tra loro, ma voleva provare. Voleva un assaggio della bellezza che le vedeva brillare negli occhi. Ne aveva bisogno. Dopo gli ultimi due anni e i guai che avevano passato i suoi amici, aveva letteralmente bisogno di Sarah.

Non aveva dubbi che Logan avrebbe indagato su Owen Montrone. Se c'era del marcio da trovare, Alexis o qualcun altro l'avrebbero scovato. Poi Blake avrebbe potuto fare visita a Owen e fargli sapere senza mezzi termini che doveva smetterla.

Cole non era una guardia del corpo. Non aveva alcun interesse a lavorare in quel settore, ma quando si trattava di Sarah, non gli sarebbe dispiaciuto guardarla... molto da vicino.

Sorridendo, rientrò nella palestra e si diresse verso il suo ufficio. Sapere che avrebbe rivisto Sarah il giorno dopo rendeva tutto più luminoso. Non gli importava nemmeno del disordine che regnava sovrano nel suo ufficio.

———

Sarah tirò indietro la tenda di una frazione e sbirciò Cole. Si era tolto la camicia e stava finendo di tagliare l'erba nel suo giardino. Era arrivato verso le dieci di quella mattina e aveva subito iniziato a tagliare il prato della signora Grady. Ci aveva messo la metà del tempo che lei impiegava di solito, il che era irritante solo perché le dava meno tempo per ammirarlo mentre lavorava.

Il sudore gli luccicava sul petto; Sarah soddisfece la propria curiosità circa la presenza di altri tatuaggi sul resto del corpo di Cole nel momento in cui lui si tolse la maglietta e la legò al manico del tosaerba. Non riusciva a capire cosa avesse sul petto e sulle spalle, ma non le importava. Aveva la schiena immacolata, Sarah aveva la sensazione che alla fine Cole avrebbe coperto anche quella parte con un bel tatuaggio. Era troppo bello per essere vero.

Ma lui era reale. Ed era lì per farle un favore. Con tutti i suoi quasi due metri di altezza.

Sapendo di essere imbambolata, Sarah si costrinse a chiudere la tenda e a tornare a quello che stava facendo, cioè le pulizie. Il tempo trascorreva, e dato che non pensava di avere abbastanza neuroni per fare qualcosa di più impegnativo che spolverare e raccogliere le cose che si erano accumulate nell'ultimo mese, si stava impegnando in quel tipo di attività.

Dopo aver finito il soggiorno e aver fatto due viaggi al piano di sopra con un paio di scarpe in più, un paio di calzini, alcune cose che aveva ordinato tramite internet e anche un paio di pantaloni della tuta, andò in cucina. Non era una gran cuoca, ma era molto brava a fare il pane. Immaginando che Cole avrebbe avuto fame una volta finito il suo lavoro in cortile, si mise al lavoro per preparargli una pagnotta di pane alla banana. La mise nel forno e aveva appena iniziato a tritare delle verdure per una frittata quando sentì un leggero bussare alla porta.

Affrettandosi a rispondere, Sarah aprì la porta.

Rimase semplicemente lì a fissare Cole per un lungo momento: gli scivolava una goccia sudore lungo una tempia.

Leccandosi le labbra, Sarah immaginò di avvicinarsi a lui e di fargli scorrere le mani sull'addome perfetto e sul petto muscoloso, mettendogli le mani nei capelli dietro la testa per baciarlo con passione. Non aveva mai baciato nessuno con i baffi o la barba prima di quel momento, e immaginò l'incredibile sensazione contro la pelle.

Persa nella sua fantasia, trasalì quando lui si schiarì la gola e le sorrise. "Ho finito," le disse inutilmente. "Ho rimesso il tuo tagliaerba in garage. Dovresti farlo revisionare, però. Non ero sicuro che avrebbe resistito a fare entrambi i cortili."

Sbattendo le palpebre, Sarah si costrinse a prestare attenzione e a smettere di fissare quel bel fusto. "Sì, lo so. È sulla mia lista."

"La tua lista?"

"Sì," disse lei, facendo un passo indietro per dargli spazio per entrare in casa. "La lista delle cose che dovrei fare, ma per le quali non ho mai l'energia nei miei giorni liberi."

"Cos'altro c'è sulla lista?" chiese Cole.

Sarah scosse la testa. "Non te lo dico."

"Cosa? Perché?"

"Perché no! Probabilmente deciderai che è tuo dovere di uomo spuntare tutti i miei lavoretti di merda."

Lui ridacchiò. "Lo scoprirò, prima o poi."

Sarah alzò gli occhi al cielo. "Vuoi rimanere a mangiare qualcosa?"

"Sì."

La risposta arrivò immediata, senza la minima esitazione.

Era passato molto tempo da quando Sarah aveva sentito il formicolio dell'attesa di passare del tempo con un uomo. Non aveva un appuntamento da una vita e aveva dimenticato quanto fosse fantastica la sensazione di leggerezza e di farfalle nello stomaco quando qualcuno che le piaceva sembrava ricambiarla.

Non c'era dubbio che Cole Johnson la ricambiasse. Non la stava prendendo in giro. L'aveva studiata dalla testa ai piedi quando era arrivato, prima di dirle quanto fosse bella. Sarah aveva fatto finta di nulla, ma aveva dedicato più tempo e attenzione a prepararsi, prima del suo arrivo.

"Non mi hai nemmeno chiesto cosa stavo preparando," lo stuzzicò.

"Non importa. Potresti darmi anche una ciotola di cereali, continuerei comunque a pensare che è stato il miglior brunch di sempre, semplicemente perché ho potuto passare del tempo con te."

Era una battuta un po' da marpioni, ma Sarah arrossì lo stesso. "Beh, la buona notizia è che non sono cereali. Ho una pagnotta di pane alla banana nel forno e sto tagliando le verdure per una frittata?" Era più una domanda, che un'affermazione.

"Un'omelette sembra deliziosa. Indicami un bagno per pulirmi e ti aiuterò."

Sarah indicò un corridoio. "La seconda porta a sinistra. Ma non mi devi aiutare, hai fatto più che abbastanza, per oggi!"

Cole si avvicinò a lei e Sarah fece un passo indietro, solo per ritrovarsi contro il muro del corridoio. Lui non la toccò in alcun modo, ma se Sarah avesse fatto un respiro profondo, gli avrebbe sfiorato il petto nudo con il seno. Sentì i capezzoli stringersi nell'attesa, ma non osò guardare in basso per vedere se lui poteva vederli attraverso la camicia.

Mettendo le mani sul muro ai lati della sua testa, Cole si chinò ancora più vicino.

Sarah poteva sentire l'odore del suo sudore ma, sorprendentemente, non era sgradevole. Aveva un odore più... virile. Non che lei sapesse molto dell'odore degli uomini, certo, ma dovette di nuovo resistere all'impulso di gettarsi tra le sue braccia.

"Tagliare l'erba non è niente, angelo."

"Anche quella della signora Grady," sussurrò lei.

Lui sorrise. "Tagliare l'erba sia tua che della tua vicina non è niente, angelo," ripeté lui. "Sarò anche uno stronzo, ma non sarò mai il tipo d'uomo che se ne sta seduto con le mani in mano mentre la mia donna lavora come una schiava ai fornelli per me."

"Preparare una frittata non è lavorare come una schiava ai fornelli," protestò lei. Non sapeva perché stesse discutendo su quel punto. Le piaceva quel discorso.

Lui rimase con il suo sorriso brillante in bella mostra. "Trova qualcosa che io possa fare per aiutarti. Altrimenti, prenderò il controllo e ti costringerò a sederti."

"Ok."

"Bene."

Sarah lo fissò mentre lui le portava una mano verso il viso. Usando solo il mignolo, Cole le spostò dalla fronte un ricciolo ostinato che si rifiutava di starle lontano dagli occhi. Poi si allontanò e si diresse verso il bagno.

Fissando il modo in cui la maglietta che si era infilato nella cintura posteriore dei jeans sventolava mentre lui camminava, ci volle un attimo perché Sarah scuotesse la testa e si incamminasse di nuovo verso la cucina. Una ragazza poteva sicuramente abituarsi ad essere viziata da Cole.

Lui poteva definirsi uno stronzo, ma non le aveva mostrato altro che gentilezza. Non aveva dubbi che potesse essere uno stronzo; diamine, la prima volta che lo aveva incontrato si era seduta fuori dal suo ufficio e aveva sentito il modo in cui si era lamentato di doverla incontrare. Ma in quel frangente Cole era stanco e sovraccarico di lavoro, quindi lei non lo aveva condannato.

Mezz'ora dopo, era seduta a tavola mentre Cole portava i loro piatti. Lui si era rimesso la maglietta e lei aveva quasi messo il broncio, quando lui era uscito dal bagno. Cole aveva insistito per occuparsi della padella anche se lei gli aveva detto che non aveva bisogno di aiuto. Così Sarah si era occupata di togliere il pane dal forno e di affettarlo. Aveva portato da bere a entrambi prima che lui le mettesse le mani sulle spalle e la girasse. Lui aveva indicato il tavolo e le aveva ordinato: "Siediti."

Decidendo di godere del servizio finché poteva, Sarah si sedette.

Dopo che entrambi ebbero assaggiato la deliziosa omelette, perfettamente cotta, lei chiese: "Come sei diventato comproprietario di una palestra?"

Continuando a mangiare, Cole raccontò la sua storia. "Sono cresciuto a Castle Rock. Sono andato al liceo con gli Anderson, in realtà. Non facevo parte della cricca dei ragazzi popolari, ma non ero nemmeno uno sfigato. Tendevo a fare le mie cose, non sono mai stato messo sotto pressione dai miei compagni. Avevo buoni voti; non sapendo cosa volevo fare della mia vita, sono andato al college a Denver. Mi sono iscritto in una palestra e ho iniziato ad allenarmi. Ho scoperto che mi piaceva molto."

Sarah era incuriosita. "Cosa ti ha attratto?"

Invece di rispondere immediatamente, Cole pensò alla sua risposta. Ecco una cosa che le piaceva molto di lui. Non si preoccupava di riempire il silenzio in una conversazione, rifletteva veramente su quello che voleva dire.

"Mi piaceva che le persone non proprio in forma fossero incoraggiate dagli altri. C'erano persone abituali che non conoscevo personalmente, ma che comunque 'conoscevo' di vista. Ho iniziato ad andarci la mattina, proprio quando apriva la palestra, vedevo le stesse persone ogni giorno. Sorridevamo, ci salutavamo e andavamo avanti con il nostro allenamento. Un giorno, uno dei clienti più anziani non si è presentato. Poi non è arrivato neanche il giorno dopo, quindi ci siamo riuniti noi frequentatori abituali pregando l'impiegato di cercare il suo indirizzo in modo che qualcuno potesse andare a controllarlo. Era contro le regole sulla privacy, ma alla fine lui ha accettato. Io e altri due siamo andati a casa di quel signore e l'abbiamo trovato a terra. Era caduto, si era rotto l'anca e non riusciva ad alzarsi. Abbiamo chiamato un'ambulanza e sono riusciti a portarlo all'ospedale e a rimetterlo in sesto."

"Oh, mio Dio, è orribile!" esclamò Sarah.

"Sì... ma quello è stato il momento in cui mi sono reso conto di quanto le persone della palestra fossero diventate come la mia famiglia. Ci conoscevamo a malapena per nome, ma c'era comunque un legame ben definito. Dopo il diploma, non riuscivo a smettere di pensarci, così ho deciso che volevo trasmettere lo stesso legame agli altri. Poi ho incontrato Felicity, e il resto è storia."

"E ti senti soddisfatto?"

"Assolutamente. Mi piace sentire che sto aiutando la mia comunità. Insegnare alle donne come sentirsi sicure e più consapevoli di ciò che le circonda. Fare da mentore ai giovani e insegnare loro che non è bello mancare di rispetto alle ragazze. Guardare uomini e donne che si fanno il culo per perdere peso. È molto di più di quanto potessi immaginare."

"È fantastico," disse Sarah con un sorriso. Non aveva mai pensato a una palestra come a un luogo dove legare con altre persone, ma ascoltando Cole, lo aveva capito. Come le aveva detto, gli avventori della palestra erano una specie di famiglia, per lui. Pensando a quel termine, le venne da chiedergli della sua vera famiglia. "E hai detto che i tuoi genitori vivono in Arizona, giusto?"

"Già. Si sono stufati del freddo e degli inverni imprevedibili, così hanno fatto i bagagli e si sono diretti a Phoenix."

"Li vedi spesso?"

"Non quanto vorrei, ma io odio il caldo, loro odiano il freddo, quindi..." Smise di parlare, ma stava sorridendo.

"E tuo fratello?"

"Sam vive nella zona di Seattle. È un biologo acquatico e passa la maggior parte del suo tempo a fare ricerche e a raccogliere esemplari nei laghi e nei torrenti della zona."

"Wow, sembra interessante!"

"Non proprio. A meno che tu non voglia ascoltarlo parlare per ore di plancton e alghe."

Sarah si mise a ridere. "Scommetto che dice la stessa cosa del tuo lavoro."

Cole sorrise. "Certo."

Si sorrisero per un lungo momento prima di riprendere a mangiare.

Sarah non riusciva a ricordare l'ultima volta in cui si era sentita così rilassata con un ragazzo. Mentre chiacchierava con Cole, si rese conto che i suoi padri lo avrebbero adorato. Mike sarebbe impazzito per i suoi tatuaggi e il suo bell'aspetto, mentre Jackson sarebbe stato più riservato all'inizio, ma alla fine si sarebbe aperto, specialmente se avesse sentito il commento di Cole sul non stare seduto a far nulla mentre la sua donna sgobbava in cucina.

"A cosa pensi?" le chiese Cole, perspicace come sempre.

Sarah sollevò lo sguardo verso di lui. Non si era resa conto che stava fissando il vuoto. "Oh, niente."

"Non farlo," le disse Cole dolcemente. "Se non vuoi dirmelo, va bene, ma non mentirmi."

Sarah si scusò immediatamente. "Scusa. Stavo solo pensando ai miei padri e a quanto gli saresti piaciuto."

Cole sembrò sorpreso, ma nascose rapidamente la sua reazione. "Sì?"

"Sì."

"Avrei voluto avere la possibilità di conoscerli."

Prendendo una decisione in una frazione di secondo, Sarah si alzò e gli tese una mano. "Andiamo."

Senza farle domande, Cole si alzò e le prese la mano. Sarah gli fece strada lungo il corridoio fino a quello che una volta era l'ufficio di Jackson. Lentamente si era liberata della maggior parte dei libri d'affari e di contabilità che erano stati sugli scaffali, e anche di alcuni soprammobili, ma i quadri alle pareti non li aveva toccati.

Quello era pur sempre lo spazio di Jackson. Il posto dove aveva passato più tempo. Si era circondato delle cose che amava di più: la sua famiglia.

Quando entrarono, Sarah lasciò andare la mano di Cole e fece un gesto intorno. "Ho sempre amato questa stanza. Quando ero piccola, facevo i miei compiti qui mentre Jackson sedeva alla sua scrivania. Inevitabilmente, Mike entrava e stava con noi, mi aiutava se ne avevo bisogno. Beccavo spesso Jackson che lo fissava con uno sguardo così intenso che non poteva essere altro che amore."

Cole vagava per la stanza, guardando i ritratti e le altre foto che erano sparse ovunque. Mike e Jackson che pronunciavano i loro voti, entrambi incredibilmente belli nei loro smoking. Il giorno dell'adozione di Sarah. Loro tre in vari posti, in diverse occasioni.

"Mi ricordi Jackson," gli disse Sarah. "Era lui che proteggeva la nostra famiglia. Vegliava su me e Mike in spiaggia, assicurandosi che nessuno ci facesse del male e che fossimo al sicuro. Non rideva molto, ma quando lo faceva, era come se spuntasse il sole con tutto il suo calore. Quando hanno trovato i loro corpi tra le macerie del nightclub, Jackson era sopra Mike... come se fosse morto cercando di proteggerlo dall'esplosione."

Cole si voltò verso di lei.

"Mi manca. Mi mancano entrambi."

Senza una parola, Cole andò verso di lei e la prese tra le braccia. Sarah dovette sollevare il mento per non soffocare contro il suo petto, ma una volta sistemati si adattarono perfettamente. Lui non disse nulla, semplicemente la abbracciò.

Era una sensazione fantastica. Sarah era triste, ma non era sull'orlo delle lacrime. Aveva raggiunto un punto in cui poteva pensare ai suoi padri senza scoppiare in lacrime. Alla fine lei si tirò indietro, ma Cole la lasciò andare solo quanto bastava perché lei potesse guardarlo.

"Sono stati fortunati ad averti come figlia," le disse gentilmente.

Lei scosse immediatamente la testa. "No. Io sono stata fortunata ad averli come padri."

Cole sbuffò in una piccola risata. "Fa lo stesso."

"Come ho detto, gli saresti piaciuto, Cole. Specialmente a Jackson."

"Lo prendo come un complimento."

"Dovresti."

"Cercherò sempre di comportarmi in modo tale da ricevere la loro approvazione."

Sarah fece un respiro profondo. "Questo è strano."

"Cosa?"

"Questo. Tu. Noi."

"Cosa c'è di strano?" chiese Cole.

"Seriamente? Che ne dici del fatto che ci siamo appena incontrati e siamo in piedi nel vecchio ufficio del mio defunto padre gay ad abbracciarci e a fare i sentimentali?"

"Stai diventando sdolcinata," ribatté Cole. "Siamo solo qui in piedi."

Sarah sorrise. "Sai cosa voglio dire. Io non sono così. Io sono quella prudente. Quella che impiega due settimane per decidere se vuole uscire con qualcuno... quella che non bacia almeno fino al terzo appuntamento e solo se il ragazzo si è comportato bene. Questa non sono io." Fece un cenno verso la loro posizione attuale.

"Probabilmente non mi crederai, ma non sono mai stato un tipo impulsivo. Felicity e io abbiamo ripassato allo sfinimento il nostro piano d'affari prima di decidere di dare una chance alla palestra. Non ho mai avuto un'avventura di una notte in vita mia. Non mi è mai sembrato intrigante. Preferisco conoscere una donna prima di entrare in intimità con lei. Ma dal momento in cui ti ho raggiunta sul marciapiede, dopo che non mi hai fatto il culo quando me lo meritavo, mi hai intrigato. E più imparo a conoscerti, più mi piaci."

"Non sono niente di speciale," rispose Sarah, desiderosa di credergli, ma altrettanto cauta.

"E questo è il motivo per cui tu sei speciale," ribatté Cole. Poi si chinò e le baciò la fronte prima di tirarsi indietro e chiederle: "Questo conta come primo appuntamento?"

Sarah si accigliò. "Cosa?"

"Te lo chiedo solo perché non vedo l'ora che arrivi il nostro terzo appuntamento per avere quel bacio."

Sarah sapeva di stare arrossendo, ma scosse la testa per l'esasperazione. "Sei proprio un ragazzo."

"Mi fa piacere che tu l'abbia notato," disse Cole con un sorriso. Poi smorzò la tensione. "Grazie per avermi presentato i tuoi padri. Non li ho conosciuti, ma ho la sensazione che sarebbero orgogliosi della donna che sei diventata oggi."

"Grazie."

"E siccome Jackson non è qui per farlo, mi assicurerò che Owen ti lasci in pace, una volta per tutte. Non sono un grande investigatore, ma i miei amici sì. E posso essere intimidatorio. Sarò più che felice di far capire a quell'ubriacone di merda che deve farsi da parte. Che tu non sei interessata."

"Ubriacone di merda?"

Cole annuì. "Mi piace essere creativo con i miei appellativi."

Sarah si leccò le labbra, poi le serrò. Non trovava le parole per descrivere quello che stava provando. Si era sentita sola per troppo tempo. Senza i suoi padri che la sostenevano, con cui parlava di tutto, era stata sopraffatta dalla situazione con Owen. Non sapeva cosa fare. Quando aveva cercato di chiedere aiuto alla polizia, l'avevano respinta. Il fatto che Cole non solo credeva che ci fosse qualcosa di cui preoccuparsi, ma che l'avrebbe aiutata ad affrontare la situazione, era quasi travolgente.

"Grazie."

"Smettila di ringraziarmi," le disse Cole severamente. "Ho intenzione di toglierti questo tizio di torno per avere tutta la tua attenzione. Sono un bastardo egoista e non voglio che tu ti chieda quando e dove salterà fuori. Voglio che ti concentri solo su di me e sulla nostra relazione."

Sarah non poté fare a meno di inalare bruscamente. "Vedi? Questo è strano."

"No. Questo è quello che fanno le persone che escono insieme. Questo è il nostro primo appuntamento. Abbiamo mangiato insieme, ho incontrato i tuoi genitori, ci siamo conosciuti un po' meglio; tra qualche minuto, quando me ne andrò, ti prometterò di telefonarti, tu arrossirai e mi dirai che ti farebbe piacere, e io ti manderò un messaggio quando sarò in palestra, così non ti preoccupi."

"E se non volessi uscire con te?" gli chiese Sarah, cercando di mantenere la faccia seria.

Invece di ridere, Cole si chinò fino a sfiorarle il naso con il suo. "È vero. Non riuscivi a togliermi gli occhi di dosso mentre ti tagliavo l'erba. Ti ho visto sbirciare da dietro la tenda. Poi ti sei fatta in quattro per prepararmi qualcosa da mangiare invece di ringraziarmi sulla porta di casa e mandarmi via. Mi hai mostrato la stanza di tuo padre e il posto in cui ti senti più vicina a lui. Non hai protestato quando ho detto che avrei chiesto ai miei amici di indagare sul tuo caso. Tu vuoi uscire con me, angelo. Quasi quanto io voglio uscire con te."

Lei non disse nulla, si limitò a fissarlo.

Lui si raddrizzò e portò una mano in alto, facendole scorrere il mignolo sul ponte del naso. "Starai bene per il resto della giornata?"

"Sì."

"Sarai in grado di venire a Castle Rock domani per incontrare i ragazzi della Ace Security?"

Sarah annuì.

"Bene. Puoi fare una lista dei regali e delle lettere che ricordi di aver ricevuto da Owen, e le date approssimative in cui li hai ricevuti?"

Lei si accigliò. Prima che lei potesse parlare, lui la bruciò sul tempo: "So che sarà difficile ricordare le date esatte, ma è importante affinché Logan e gli altri possano avere un quadro completo di ciò con cui hanno a che fare."

Lei aprì la bocca per rispondere, ma ancora una volta lui la precedette. "Ricorda che non hai niente di cui vergognarti, angelo. Tutti sanno che non hai chiesto l'attenzione di questo ragazzo. Quindi non preoccuparti di questo."

Sarah rimase in silenzio.

"Cosa?" chiese lui.

"Hai finito?"

Cole sorrise. "Sì."

"Bene. Quello che volevo dire è che non sarà un problema. Ho fotografato ogni singola cosa che mi ha mandato, il giorno stesso in cui l'ha mandata. L'ho anche catalogata sul mio portatile."

Cole rimase a bocca aperta. "Davvero?"

"Sì. Ho pensato che se un giorno fossi scomparsa o il mio corpo fosse stato ritrovato mutilato, forse la polizia avrebbe guardato i file del mio computer e l'avrebbe trovato, e se fosse stato Owen a farmi qualcosa, avrebbero potuto usare tutti i miei appunti per ricostruire il caso."

"Hai fatto delle foto?"

"Sì." Sarah annuì. "È strano?"

"No! È fantastico. Porca puttana, Logan sarà fiero di te."

Lei curvò le labbra in un piccolo sorriso. "Hai la sua e-mail? Posso spedirgli il file oggi stesso."

"Manda tutto a me," ordinò Cole. "Poi gli inoltro la mail."

Per la prima volta, Sarah esitò.

"Cosa c'è che non va?"

Lei arricciò il naso. "Sai, è solo che... Non sono sicura di volere che tu veda tutte le prove."

"Perché?"

"Perché. Sembra solo... strano, o qualcosa del genere."

"Pensavo che avessimo superato ciò che è o non è strano."

"Ok, non voglio che tu perda la testa," disse Sarah senza mezzi termini. "Voglio piacerti."

"E hai paura che se vedo le lettere d'amore che questo Owen ti ha mandato, non mi piacerai più?"

Sembrava stupido quando lui lo disse ad alta voce, ma Sarah annuì comunque.

Cole le prese il viso tra le mani e le inclinò la testa. "Nulla di quello che dice quel rincoglionito cambierà quello che provo per te, angelo. Capito?"

Lei annuì.

"Bene. Ora me ne vado prima di dire qualcos'altro che ti farà impazzire. Ti mando un messaggio quando arrivo al lavoro. Mandami il file che hai sui regali e le lettere che ti ha mandato, e io lo giro subito a Logan. Fisserò un appunta-mento verso le undici di domani mattina. Ti va bene?"

"Possiamo fare all'una? Devo andare a fare la spesa al mattino e prendere alcune cose per la signora Grady, poi ho un appuntamento alle dieci con Aurora e l'Adoption Exchange, l'agenzia attraverso cui Mike e Jackson mi hanno adottato. I genitori adottivi portano i bambini alle riunioni di gruppo abbastanza regolarmente, io cerco di incontrare i bambini ogni due mesi circa e parlare con loro di com'è stato avere due papà, e di come le famiglie siano di tutte le forme e dimensioni."

Quando Cole non disse nulla, Sarah si accigliò. "Cole? Posso rimandare, se non va bene."

"Va benissimo, angelo. È solo che ogni volta che apri bocca, mi rendo conto esattamente di quanto sei incredibile."

Lei scosse la testa. "No, è solo che... Loro sostengono i genitori gay e lesbiche che vogliono adottare, io voglio solo ricambiare in qualche modo."

Cole la guardò intensamente per qualche secondo, poi le tolse le mani dal viso, si voltò senza una parola e le passò un braccio sulle spalle, avviandosi con lei fuori dalla stanza verso la porta d'ingresso. Una volta lì, l'abbracciò di nuovo brevemente, le ricordò di inviargli il file che lei aveva fatto su tutto ciò che Owen le aveva mandato, e poi si diresse di corsa verso la sua auto sportiva Acura TLX nera.

Sarah si sarebbe preoccupata per la sua brusca partenza, se non avesse visto la prova della sua eccitazione nei suoi jeans. Aveva visto spesso Jackson fare lo stesso, lasciare una stanza prima di fare qualcosa di inappropriato davanti a sua figlia, sapeva che era il modo di un uomo alfa di assicurarsi di non fare o dire qualcosa di cui si sarebbe pentito in seguito.

Sorridendo a se stessa, Sarah chiuse la porta d'ingresso e fece un balletto trionfante proprio lì, nell'atrio di casa sua. Le prove dimostravano che forse, e solo forse, lei piaceva a Cole Johnson. *Wow*!

CAPITOLO CINQUE

CAPITOLO CINQUE

ALL'UNA MENO SETTE, Sarah si fermò in un parcheggio vicino alla Ace Security, situata nel centro di Castle Rock. Stava per arrivare all'appuntamento fissato con Cole, ma la sua visita all'Adoption Exchange era andata per le lunghe, perché c'erano diversi ragazzini che dopo la chiacchierata di gruppo volevano parlare in privato della sua esperienza di ragazza adottata da una coppia gay.

Era stata felice di parlare dei pro e dei contro, e di condividere le sue esperienze. I bambini erano per lo più di età superiore ai cinque anni e sapevano bene che ogni anno che passava la probabilità di essere adottati si riduceva. Sarah sapeva che c'erano molte coppie gay e lesbiche che avrebbero voluto avere figli, quindi voleva fare tutto il necessario per aiutare a facilitare il processo.

Scese dalla sua Galant e premette il pulsante del suo portachiavi per chiuderla, poi si voltò per correre attraverso il parcheggio verso la Ace Security.

"Ooof!"

Il verso le sfuggì involontariamente mentre sbatteva contro qualcosa di duro. Fece scattare la testa verso l'alto, allarmata, e cercò di fare un passo indietro nello stesso tempo. Inciampò nei suoi stessi piedi e barcollò all'indietro, senza più equilibrio.

Il braccio muscoloso di Cole le avvolse la vita rapido come un fulmine, prendendola prima che cadesse con il sedere a terra.

"Cole!" esclamò lei, afferrandogli il braccio con una mano. "Mi hai spaventata!"

"Non stavi prestando attenzione," la ammonì. "Pensavo che ne avessimo parlato, nella nostra lezione. Devi essere sempre consapevole di ciò che ti circonda. È importante, angelo. Potrebbe essere una questione di vita o di morte. Se fossi quel cazzone, ti avrei in pugno prima ancora che tu capisca cosa sta succedendo."

Sarah arrossì. Aveva ragione. Si era persa nei suoi pensieri, chiedendosi se fosse abbastanza carina, se a Cole sarebbe piaciuto il suo vestito, cosa avrebbe pensato del file che gli aveva mandato, e se i fratelli Anderson avrebbero pensato che lei stava esagerando, proprio come avevano pensato i poliziotti.

"Hai ragione," gli disse dolcemente. "Mi dispiace."

"Non essere dispiaciuta," le disse Cole, ammorbidendo il tono. "Impara dal tuo errore."

Lei annuì. "Cosa stai facendo qui fuori?" gli chiese, corrugando la fronte.

"Ti ho tenuto d'occhio. Ti ho visto passare davanti alla palestra e sono uscito per venirti incontro."

"Oh... grazie."

Cole fece scorrere lo sguardo sul corpo di Sarah, per poi ritornare nei suoi occhi. "Sei molto carina," osservò.

"Grazie," sussurrò Sarah. Non le capitava spesso di non indossare camici o pantaloni della tuta, ma dopo essere uscita dall'Adoption Exchange, dal momento che voleva fare una buona impressione sugli amici di Cole, si era vestita per fare colpo.

Indossava una maglietta nera con scollo a V che mostrava un accenno di scollatura, senza essere volgare, una gonna grigia al ginocchio e un paio di tacchi da cinque centimetri. Aveva prestato particolare attenzione ai propri capelli lasciandoli sciolti lungo le spalle, facendo del suo meglio per farli sembrare morbidi e lucenti invece di raccoglierli semplicemente in una coda di cavallo o in uno chignon, come faceva di solito. Si era anche messa un po' di trucco e di gioielli. Era sciocco: non si era mai vestita così, ma in fondo al cuore sapeva di non averlo fatto per la sua presentazione o per convincere gli uomini della Ace Security ad aiutarla a indagare su Owen.

L'aveva fatto solo per Cole.

Voleva che lui la vedesse in qualcosa di diverso dai camici disordinati che indossava sempre al lavoro. Voleva che lui la vedesse come qualcosa di più della donna che era andata da lui per farsi aiutare con il pericolo di Owen. Non era esattamente uno stalker, perché lei non pensava che la seguisse ogni secondo. Era più un ammiratore indesiderato che le dava i brividi.

Owen a parte, Sarah voleva che Cole la vedesse come una donna competente.

E da come lui l'aveva guardata, sembrava esserci riuscita.

"No, anzi..." si corresse Cole. "Sei bella."

"Non esageriamo," disse Sarah con un po' di imbarazzo. Voleva impressionare Cole, ma sapeva di non essere affatto bella.

Invece di commentare quella frase, Cole scosse la testa. "Cos'è quello?" le chiese, facendo un cenno al sacchetto di plastica che lei teneva nell'altra mano.

"Oh!" Sarah si era dimenticata del regalo che l'aspettava sui gradini di casa.

Con aria torva, la tese a Cole. Non aveva pensato bene alle sue azioni, però, perché lui dovette lasciarla andare per prendere la borsa. Lo guardò mentre lui vi scrutava dentro.

Lui si rabbuiò e poi la guardò di nuovo. "Da Owen?" chiese.

Sarah annuì.

Senza una parola, Cole le avvolse di nuovo un braccio intorno alla vita e la girò verso il marciapiede. "Andiamo. Logan e gli altri ci stanno aspettando."

Hmm. Sarah si aspettava una reazione diversa per il regalo di Owen, ma non disse nulla perché Cole stava camminando velocemente e lei aveva difficoltà a stargli dietro. Fece del suo meglio, anche se stava quasi correndo. Solo quando lei inciampò un po', Cole si rese conto che la stava praticamente trascinando e rallentò.

"Merda, mi dispiace, angelo. La prossima volta, dimmi che sto andando troppo veloce."

"Normalmente non sarebbe un problema," gli disse lei onestamente. "Sono abituata a camminare molto velocemente in ospedale, ma non con questi stupidi tacchi. Non ci sono abituata." Dandosi mentalmente uno schiaffo per aver fatto la parte della stupida totale, Sarah fece a Cole un debole sorriso.

"Giusto. Immagino che anche questo sia qualcosa a cui dovrò fare attenzione."

Lei apparve confusa. "Cosa?"

"Stai cercando di non farmi sentire in colpa per le cazzate che faccio quando è totalmente colpa mia. Va bene, sono uno che impara in fretta."

"Cole, no, non è..."

"Vieni, angelo. I ragazzi ci stanno aspettando."

Ancora confusa su ciò che Cole aveva appena detto, Sarah rimase in silenzio mentre continuavano a camminare verso l'ufficio della Ace Security... ma almeno Cole camminava al suo ritmo, così non si sentiva più trainata. Lui le tenne comunque la mano sul fianco, Sarah poteva sentire le sue dita appoggiate sul fianco, come se fossero dei marchi a fuoco. Lei sembrava adattarsi perfettamente a lui, ogni volta che le loro gambe si sfioravano mentre camminavano, lei voleva strillare di eccitazione.

Non si era presa una cotta per qualcuno da molto tempo, ma sicuramente se n'era presa una bella tosta per Cole.

Lui le tenne aperta la porta della Ace Security e nel momento in cui lei entrò, sentì le sue dita sulla schiena, mentre la seguiva dentro.

Non poteva fare a meno di immaginare quella grande mano che la toccava allo stesso modo mentre lei giaceva nuda sul letto. Lui che si chinava su di lei, le baciava la nuca, con le dita callose che le facevano il solletico mentre metteva la mano su quella parte sensibile della schiena prima di sovrastarla con il suo corpo...

"...a farlo?"

Sarah alzò gli occhi colpevoli in quelli di Cole. "Come?"

Lui ridacchiò come se sapesse esattamente cosa stava pensando. "Ho detto, sei pronta a farlo?"

Arrossendo, Sarah annuì. Santo cielo, doveva riprendersi.

Con il sorriso ancora sul volto, Cole le mise una mano sulla schiena e fece una leggera pressione, spingendola in avanti. Passarono davanti a una scrivania nella stanza principale del locale e attraversarono una porta. Invece di un corridoio, la porta conduceva in una grande stanza aperta. C'erano diverse scrivanie sparse per l'area, ognuna con un uomo seduto dietro. Tutti e quattro gli uomini stavano in piedi e fissavano lei e Cole.

Sarah fece un involontario passo indietro e si scontrò con Cole.

"Calma, angelo," mormorò, prima di cambiare posizione e

prenderle la mano. La condusse fino all'uomo più vicino. "Sarah, questo è Ryder. Ryder, ti presento Sarah."

Sarah districò le dita da quelle di Cole e allungò la mano. "Piacere di conoscerti," disse educatamente.

"Piacere mio," disse Ryder con una voce profonda e burbera.

Era alto, ma non eccessivamente. Aveva i capelli castano chiaro e degli occhi nocciola così intensi che lei sentì immediatamente la voglia di spifferare tutto quello che aveva fatto di sbagliato nella vita.

Come se potesse leggerle la mente, Ryder disse: "Rilassati, Sarah. Non mordiamo."

"A meno che tu non lo voglia!" disse uno degli altri uomini dalla loro destra.

Sarah si voltò per vedere quell'uomo, sapeva che era Blake, in piedi e sorridente. Non era più così spaventata, lo riconobbe subito, dopo l'intensa sessione di stalking fatta qualche sera prima su quei fratelli.

"Zitto," brontolò Cole accanto a lei.

Sarah sorrise e allungò la mano a quell'uomo. "Sono Sarah," disse educatamente.

"Lo so. Sono Blake."

"Lo so." Ripeté lei, sorridendo.

Blake sorrise e annuì.

"Sono Nathan," disse il più alto dei fratelli. Lui non le prese la mano, ma annuì.

"Ciao," disse Sarah.

"E questo è Logan," disse Cole, toccandole ancora una volta la schiena.

Quella volta, Sarah sentì a malapena le sue dita su di lei - era troppo nervosa di incontrare l'uomo che aveva contattato per la prima volta, per parlargli di Owen.

Logan le tese la mano.

Sarah ricambiò la presa e fece un respiro profondo per

cercare di rilassarsi. Logan era grosso, un po' intimidatorio; da tutto quello che aveva letto su di lui, era molto bravo nel suo lavoro.

"Mi dispiace. Non avevo capito quanto fosse serio il tuo caso quando mi hai contattato. Mi scuso anche per aver capito male i dettagli. Pensavo che l'uomo in questione fosse il tuo ex. È stato un mio errore."

Sarah annuì. "Va tutto bene. Voglio dire, ci sono giorni in cui anch'io non sono sicura che il mio caso sia così serio."

Logan scosse la testa. "Non farlo. Non sminuire la cosa. Ho visto troppe persone, uomini e donne, che hanno pensato la stessa cosa, ovvero che l'altra persona non fosse una minaccia, che non avrebbe mai fatto loro del male... solo per finire gravemente feriti, o morti. Lasciaci capire se Owen Montrone è una minaccia o no. Ok?"

Sentendosi sul punto di piangere, Sarah annuì. Era bello che Logan, un uomo che non conosceva, le credesse. Per qualche ragione, aveva pensato che Cole fosse un'anomalia, che le credesse solo perché voleva uscire con lei. Ma era più che ovvio dagli sguardi seri sui volti dei fratelli che forse, e solo forse, aveva avuto ragione su Owen fin dall'inizio.

"Ok," accettò. Quando le capitò di dare un'occhiata a Cole, lui la stava fissando con uno sguardo così intenso che lei arrossì.

Logan ignorò quel gioco di sguardi o non lo notò, perché disse: "Per quanto riguarda questo coglione di Owen Montrone, ti copriamo noi. Quello che sta facendo non è bello. Non importa che non abbia fatto altro che darti biglietti e regali. Sappiamo tutti che le cose possono facilmente degenerare, specialmente se ti vede in giro con Cole. Ho dato un'occhiata al tuo fascicolo, ieri, e vorremmo sederci e discutere il tuo caso con te... se te la senti."

Sarah annuì immediatamente. "Mi piacerebbe, ma voglio anche parlare del pagamento. So che la Ace Security è costosa, però ho un po' di soldi. Non voglio essere un caso di carità."

Logan si incupì, era ovvio che non era felice, ma disse: "Troveremo una soluzione."

Sarah pensò di non poter ottenere niente di meglio, al momento. Annuì.

Logan si voltò e si diresse verso un grande tavolo in fondo alla stanza, Cole la spinse a seguirlo. Le tenne la sedia mentre lei si sedeva, poi fece avvicinare un po' di più la sedia accanto a lei prima di sedersi. Anche gli altri uomini presero posto, poi Blake chiese: "Allora... cosa c'è nella borsa?"

Senza una parola, Cole la aprì e mise il libro di cucina al centro del tavolo. Era un manuale per gli oggetti in ghisa, compreso come curare e usare le pentole, e come fare tutto, dalle torte ai pasti gourmet, usando le iconiche pentole.

"C'è anche una dedica," disse Sarah agli uomini.

Cole si accigliò e aprì la copertina per leggere cosa ci fosse scritto dentro.

A Sarah.
   La cucina riempie il corpo e l'anima.
   Con amore, Owen

"Interessante," osservò Logan.

Gli altri rimasero in silenzio.

"Era sulla porta di casa mia, questa mattina," spiegò Sarah. "Non era incartato."

"Per prima cosa, dobbiamo installare una specie di telecamera," disse Ryder.

Cole annuì. "Era già nella mia agenda."

"Ma sappiamo che è Owen," protestò Sarah. "Che differenza farebbe avere una telecamera? Non lo farà smettere."

"Vero, ma sarebbe una cosa in più da usare contro di lui," disse Blake.

"Raccontaci tutto dall'inizio," ordinò Logan. "Dal giorno in cui hai incontrato Owen fino ad oggi. Non tralasciare nulla, anche se pensi che sia stupido o poco importante. Lasciaci decidere cosa è e cosa non è rilevante."

Sarah capì perché la Ace Security era così richiesta. Aveva l'attenzione di quattro paia di occhi vigili.

Diede un'occhiata alla sua destra e cambiò quel pensiero. Cinque paia di occhi. Cole la stava guardando con la stessa intensità degli altri. Sapeva che non era un investigatore come Logan e i suoi fratelli, ma se non avesse saputo che era il proprietario di una piccola palestra, avrebbe pensato che fosse un altro fratello della Ace Security.

"Ok, ehm... Sono un'operatrice sociosanitaria, e la madre di Owen, Aubrey Montrone, era una delle pazienti del mio piano."

"Cosa aveva?" chiese Blake.

Sarah voleva fulminarlo per averla interrotta prima ancora che avesse iniziato la sua storia, ma non era da lei. Per fortuna, uno dei fratelli intervenne in suo aiuto.

"Lasciala parlare," disse Nathan severamente. "Non riuscirà mai a finire la spiegazione se viene interrotta."

Blake lo guardò, contrariato. Poi si rivolse a lei. "Scusa. Continua."

Resistendo all'impulso di sorridere, Sarah continuò. "Bene, allora... Owen era super attento a sua madre, cosa che ho pensato essere molto dolce. Era anche timido, non mi guardava molto quando ero nella stanza ad aiutare sua madre. È in sovrappeso, sulla quarantina, non è molto attraente. Mi sento male a dirlo, ma se lo vedeste, capireste. Indossava una tuta, la prima volta che l'ho visto, la sua pancia da birra era abbastanza evidente. Sembrava letteralmente che avesse un pallone da spiaggia nascosto sotto i vestiti. Aveva i capelli troppo lunghi e la barba sembrava non essere stata curata o tagliata da un bel po'. Non puzzava, ma non era esattamente un manifesto della primavera irlandese. In definitiva, però, anche se aveva un aspetto un po' grezzo, pensavo che fosse abbastanza simpatico."

"Li ho visti entrambi abbastanza spesso, nelle due settimane successive. Aubrey aveva un cancro terminale ed era in ospedale per le complicazioni che ne derivavano. Aveva già deciso di non fare altri trattamenti perché, anche se avrebbe guadagnato un po' più di tempo, la facevano stare molto male. Aveva deciso per la qualità della vita, piuttosto che vivere più a lungo e soffrire."

"Owen era sempre tranquillo e molto educato. Un giorno, quando è uscito dalla stanza perché potessi fare le spugnature a sua madre, lei mi ha chiesto se potessi considerare di uscire con lui. Ha detto che sapeva che lui era più grande di me, ma che era un bravo ragazzo e che gli piaceva la mia gentilezza. Poi ha continuato a raccontarmi di quanto lui fosse utile in casa e di come si fossero sempre presi cura l'uno dell'altro. Le ho detto che ero lusingata, ma non ero sicura che fossimo davvero in sintonia. Lei ha insistito, così alla fine ho accettato di andare a pranzo con lui in ospedale, solo per togliermi il peso."

Sarah fece un respiro profondo e, non per la prima volta, desiderò di aver mantenuto la sua posizione e di aver rifiutato la proposta della dolce signora morente. Sentì la mano di Cole posarsi sulla coscia. Le diede una breve stretta e il suo tocco le diede la spinta necessaria per continuare.

"Così, quando Owen è tornato nella stanza, ho pensato di farla finita. Gli ho detto che stavo per andare in pausa pranzo e gli ho chiesto se voleva venire in mensa con me. Ha annuito, siamo scesi al piano di sotto... e la conversazione è stata estremamente imbarazzante. Lui non parlava, così ho fatto del mio meglio per chiacchierare di qualsiasi cosa mi venisse in mente. Mi fissava spesso e annuiva, ma non rispondeva a nessuno degli argomenti. Alla fine, verso la fine della mezz'ora di pausa, ha parlato per un minuto o due di sua madre, di quanto le volesse bene e di quanto significasse per lui. Si è vantato un po' di essersi preso molta cura di lei."

"Poi siamo tornati di sopra. Io ho continuato il mio turno e lui è tornato nella stanza di sua madre. Aubrey è stata dimessa il giorno dopo, ho pensato che fosse tutto finito. Circa due settimane dopo, ho sentito tramite voci d'ospedale che Aubrey era morta. Mi è dispiaciuto per Owen. Voglio dire, non eravamo in sintonia in nessun modo, ma sembrava carino e molto timido, sapevo che probabilmente era devastato dalla perdita di sua madre."

"Ho iniziato a ricevere i primi regali non molto tempo dopo. All'inizio non sapevo da chi venissero, ne ero lusingata. Prima i fiori inviati al lavoro. Poi le caramelle. La prima volta che ha firmato con il suo nome uno dei regali, ero completamente confusa. Ho dovuto persino sforzarmi per ricordarmi chi fosse Owen. Poi sono iniziate le lettere. All'inizio arrivavano anche al lavoro, ma poi ho iniziato a riceverle a casa."

"Questo mi ha spaventato. Ma non tanto quanto i regali. Hanno continuato ad arrivare. Come probabilmente avete visto dalle foto, non è andato esattamente in negozio a comprarli. Sembrano cose che ha raccolto in giro per casa, poi incartate e spedite. I bicchieri e il biglietto in cui diceva che sognava di sedersi sul portico di casa sua e sorseggiare il tè con me mentre il sole tramontava... Il peluche a cui mancava un occhio. O l'orribile cuscino che sembrava provenire dal suo divano. Erano regali strani." Sarah rabbrividì. "Per quanto riguarda Owen, l'ho visto poche volte, l'ultima volta risale a qualche tempo fa."

"Cosa ha fatto quando l'hai visto?" chiese Blake.

"Questo è successo circa un mese fa, è l'ultima volta che ho parlato con lui di persona. Ero in un posto messicano da asporto vicino a casa mia per prendere la cena, lui si è fermato nel parcheggio mentre ero al bancone. Normalmente non l'avrei affrontato, ma ero frustrata e preoccupata. Ho preso la mia cena e mi sono precipitata fuori dal ristorante. Aveva un gran sorriso sul viso quando mi ha visto, anche quando gli ho detto che mi dispiaceva ma che non ricambiavo i suoi sentimenti, e che avrebbe dovuto smettere di mandarmi regali e lettere, ha continuato a sorridere. Era come se non avesse nemmeno sentito quello che stavo dicendo."

"Dopo alcuni minuti in cui mi sorrideva in modo inquietante e non diceva una parola, mi sono girata e me ne sono andata. Ho guidato per mezz'ora, assicurandomi di non essere seguita, prima di andare a casa. Il che è stato stupido, perché lui sapeva già dove vivevo, visto che aveva lasciato regali e biglietti. Non l'ho più visto da allora. In realtà speravo di essere stata chiara e che avesse recepito il messaggio, ma poi le lettere e i regali sono ricominciati non molto tempo dopo quel confronto. Nessuna fortuna. E ora... questo." Scrollò le spalle e indicò il libro di cucina al centro del tavolo.

"Sappiamo dove vive Owen?" chiese Ryder.

Nathan aveva un computer davanti a sé e si era concentrato sulle ricerche mentre gli altri parlavano. "Una ricerca nei registri pubblici mostra che il suo indirizzo è lo stesso di sua madre, qui a Castle Rock. Ho mandato un'e-mail ad Alexis per vedere cosa poteva trovare, lei mi ha appena risposto dicendo che sembra che non sia stato fatto alcun pagamento sulla casa da quando Aubrey Montrone è morta, qualche mese fa, la società di mutui sta iniziando il processo di pignoramento."

"Lavora?" chiese Logan.

Nathan scosse la testa. "Se lo fa, non sono stato in grado di scoprire dove. Ma immagino che la risposta sia no. Alexis dice che ci sono stati pagamenti regolari dall'ufficio invalidi depositati in un conto comune che condivide con sua madre."

"Disabilità?" chiese Cole. "Di che tipo?"

"Nessun indizio," disse Nathan con calma.

"Sono sorpreso che Alexis non l'abbia già scoperto," disse Blake. "È diventata spaventosamente brava in queste cose dopo aver lavorato con quel tipo dei Navy SEAL[1] in pensione."

Lo sguardo di Sarah passava da un uomo all'altro mentre parlavano. Le sembrava quasi che stessero discutendo della vita di qualcun altro, non della sua. Era una sensazione particolare. Ma non poteva certo negare un senso di sollievo. Stavano prendendo la cosa sul serio. Non la stavano scaricando perché i regali e le lettere sembravano tutti inviati con amore, e non con odio.

"Quando stavi mangiando con lui, a parte il fatto che non diceva molto, ti è sembrato che ci fosse qualcos'altro di strano in lui?" chiese Logan.

Sarah inclinò la testa in segno di domanda. "Cosa vuoi dire?"

"Non pensarci troppo," la esortò dolcemente. "Dicci solo le tue prime reazioni nei suoi confronti."

Lei annuì e chiuse gli occhi, cercando di ricordare quel pranzo di tanto tempo prima. "Ero stanca, perché il turno era stato molto duro... Avevo un sacco di pazienti molto bisognosi... a volte succede, sembrano arrivare a grappoli. Comunque, ero un po' irritata con Aubrey per avermi spinto a pranzare con suo figlio, ma non volevo essere cattiva. Ho pensato che entrambi dovevamo mangiare, quindi perché no? La prima cosa strana è stata nell'ascensore." Fece una pausa, cercando di capire come mettere in parole i suoi sentimenti.

Nessuno degli uomini le mise fretta. La lasciarono pensare in silenzio. Cole non aveva detto nulla da quando lei aveva iniziato a parlare, ma la sua mano sulla coscia le faceva sapere che era ancora lì e che era ancora molto preoccupato per lei.

Sarah aprì gli occhi e guardò intorno al tavolo. "Sapete che quando entrate in un ascensore, ci sono certe regole non scritte? La prima persona sta vicino ai pulsanti. La seconda sta di fronte alla prima, vicino al bordo. Il terzo va nell'angolo in fondo a sinistra. Se c'è una quarta persona, lui o lei va nell'altro angolo. Il quinto di solito sta in piedi contro il muro posteriore. Ora, se ci sono più persone che entrano, stanno nel mezzo, o contro una delle pareti, riempiendo gli spazi. Poi sono tutti rivolti verso le porte o guardano i numeri mentre l'ascensore sale o scende."

"Non eri da sola con Owen?" chiese Ryder.

"No. C'erano già due persone quando è arrivato l'ascensore, sono andata nell'angolo in fondo a sinistra. Owen stava in mezzo all'ascensore con le spalle alle porte e mi fissava." Sarah si sentiva stupida anche solo a parlarne.

"Interessante," mormorò Logan. "Che altro?"

Sollevata per il fatto che nessuno giudicasse stupide le sue improvvisate di psicologia da ascensore, chiuse di nuovo gli occhi. "Siamo arrivati di sotto e siamo andati verso la caffetteria. Owen camminava un po' dietro di me, quando ci siamo messi in fila, ha preso un vassoio e mi ha seguito mentre mi aggiravo tra i tavoli. Poi ha preso le stesse cose che ho preso io per il pranzo. Io ho preso una banana, così lui ne ha aggiunta una al suo vassoio. Io ho preso un'insalata piccola e lui ha fatto lo stesso. Ho ordinato una focaccia al prosciutto e formaggio, lui ha fatto lo stesso. Come ho detto prima, poi siamo andati a mangiare, e ho parlato un sacco."

"Quando ha parlato lui, cosa ti ha detto esattamente?" chiese Blake.

Sarah serrò le labbra e cercò di ricordare le parole esatte, ma alla fine scosse la testa. "Mi dispiace, è solo che non ricordo nulla oltre a quello che vi ho già detto. Non deve essere stato niente di troppo strano o fuori dal comune, perché non mi è rimasto impresso."

"Va tutto bene," disse Cole, stringendole di nuovo la presa sulla gamba.

Sentendosi delusa da se stessa, Sarah fece del suo meglio per rispondere al resto delle domande che gli uomini avevano per lei. Prima che se ne rendesse conto, erano passate due ore.

"Penso che sia abbastanza, per oggi," disse Logan. "Grace e Felicity si incontrano per un po' di tempo tra ragazze, quindi devo tornare a casa per badare a Nate e Ace. Se abbiamo altre domande, possiamo contattarti?" chiese a Sarah.

Lei annuì. "Certo."

"Bene. Nel frattempo, continua a fare quello che stai facendo. Lascia che Cole ti insegni tutto quello che sa. Stai all'erta. Chiudi la porta a chiave, cerca di modificare i tuoi orari, se possibile. Ordina una telecamera, o molte telecamere di sorveglianza, per la tua casa. Continua a fare foto e a documentare tutto ciò che ricevi. Ryder, so che Sarah ha detto che i poliziotti non sono stati di grande aiuto, ma puoi parlare con loro comunque?"

"Certo. Farò anche una telefonata a Rex. Vediamo se può aiutare in qualche modo."

"Rex è l'ex capo di Ryder... in mancanza di una parola migliore per lui," disse Cole a Sarah, a bassa voce.

Lei annuì.

"Bene. Blake, Nathan? Avete qualcosa da aggiungere?" chiese Logan.

"Direi di no," disse Nathan.

"Dirò ad Alexis di vedere cosa può trovare riguardo al motivo per cui questo tizio riceve assegni di invalidità," aggiunse Blake.

"Ottimo. Ci terremo in contatto," disse Logan mentre si alzava.

Anche Sarah si alzò, sentì le ginocchia un po' deboli. Non

era sicura del motivo. Era così sollevata che qualcuno la stesse aiutando. La Ace Security aveva contatti con la polizia, con cui avrebbero parlato. Le avevano creduto e sembravano preoccupati per le lettere e i regali. Lei sapeva che le cose non si sarebbero risolte dopo un solo incontro, ma il solo sapere che stavano continuando a indagare su Owen la faceva sentire meglio.

"Andiamo, angelo," disse Cole accanto a lei. "Hai pranzato oggi?"

Lei alzò lo sguardo verso di lui e disse dolcemente: "No."

"Bene, vedo che ti tremano le mani. Dai, andiamo da Scarpetti. Francesca si prenderà cura di noi."

"Dovrei davvero andare a casa. Sono sicura che hai un sacco di cose da fare, oggi. Hai già preso troppo tempo libero per me."

"La palestra è al sicuro."

"Ma Logan ha detto che Felicity e Grace avrebbero fatto qualcosa," protestò lei, non sapendo bene perché stesse cercando così tanto di lasciare andare Cole. La verità è che stava morendo di fame. E poi aveva voglia di provare quel ristorante italiano da quando aveva sentito alcune infermiere che ne parlavano, al lavoro. Ma le sembrava di aver rubato abbastanza tempo a Cole.

Lui non le rispose. Invece, fece un gesto verso il libro di ricette. "Lo vuoi?"

"No!" esclamò Sarah. Non voleva niente che arrivasse da Owen.

"Lo sospettavo. Ehi, Blake!" chiamò l'altro uomo.

Blake alzò lo sguardo dalla sua scrivania. "Sì?"

"Occupatene tu, va bene?"

Blake guardò dove Cole stava gesticolando e gli diede un'alzata di mento prima di guardare di nuovo il computer di fronte a lui.

"Vieni, angelo. Lascia che ti dia da mangiare."

Sospirando, Sarah si arrese. Lasciò che lui le prendesse la mano e lo seguì fino alla porta. All'ultimo momento, si voltò e disse ad alta voce: "Arrivederci. Grazie per il vostro aiuto!"

Blake e Nathan annuirono, ma non alzarono lo sguardo.

"Non potevi farne a meno, vero?" chiese Cole.

Sarah lo guardò. "Sarebbe stato scortese andarsene senza dire niente."

Lui sorrise e scosse la testa, ma non rispose. La condusse fuori dall'edificio e si diressero verso il locale italiano. "Hai già mangiato qui?"

"No. Avrei voluto, ma non ne ho avuto l'occasione."

"Ti aspetta una bella sorpresa, allora."

Cole si avvicinò alla porta e Sarah ritrasse la mano quando vide l'orario di apertura del locale. "Cosa stai facendo?" chiese lei.

"Ti porto a mangiare. Perché?"

"Sono chiusi," gli fece notare. "Non si può entrare così."

"Va bene. A Francesca non importa," le disse Cole, aprendo la porta.

"È scortese," sibilò Sarah mentre entravano.

"Francesca!" chiamò Cole quando la porta si chiuse dietro di loro.

Sarah lo fissò incredula.

Una donna anziana, minuta e in carne, sbirciò fuori da una porta che Sarah supponeva portasse in cucina, e fece un gran sorriso mentre andava verso di loro. "Cole! È da troppo tempo che non ci onori della tua presenza! Qual è l'occasione?"

"La mia ragazza ha fame. Pensi di poterci aiutare?"

"Certo!" disse Francesca immediatamente. "Purché siate entrambi disposti a darmi il vostro parere sullo speciale di stasera."

Cole si rallegrò. "Dio, mi è mancato questo posto."

"Non è colpa mia se non sei più venuto," gli disse Francesca.

Cole si accarezzò lo stomaco. "La mia mente è disponibile, ma troppo cibo fa male al mio corpo. Non sarebbe bello se il proprietario di una palestra fosse in sovrappeso, no?"

La signora rise e scosse la testa. Poi fece un passo verso di lui e si mise in punta di piedi, offrendogli la guancia. Cole la baciò e lei girò la testa in modo che lui potesse baciarle anche l'altra. "Presentami alla tua ragazza," gli ordinò.

Sarah voleva protestare e dire che non era la "ragazza" di Cole, ma non ne ebbe la possibilità. Inoltre, sarebbe stato scortese contraddire quella signora.

"Ti presento Sarah. Lavora all'ospedale."

"Che tu sia benedetta, bambina," disse Francesca dolcemente. "Chiunque lavori nel settore pubblico ha la mia massima gratitudine e ammirazione."

"Grazie," disse Sarah. Di solito riusciva a capire quando le persone dicevano cose del genere solo per una circostanza, ma Francesca sembrava apprezzare sinceramente lei e gli altri operatori sanitari.

"Non si può fare meglio di Cole, qui. È un bravo ragazzo."

"Francesca," si lamentò lui.

"Shhh," disse la signora. "Chiunque esca con te merita di sapere cosa riceve."

Cole alzò gli occhi al cielo e incrociò le braccia, lasciando che Francesca dicesse ciò che sentiva di dover dire.

Sarah fu sorpresa dalla sincerità dello sguardo di Francesca quando la guardò.

"Come ho detto, Cole è un brav'uomo. Si prende cura di questa comunità. Dopo che il signor Brown ha avuto un attacco di cuore, Cole ha offerto a lui e a sua moglie l'iscrizione gratuita alla sua palestra per tutta la vita. E poi, quando quel bambino è scomparso l'anno scorso... Cole ha organizzato una squadra di ricerca per lui ed è rimasto tra i monti per venticinque ore, assicurandosi che tutti avessero cibo, acqua e vestiti adeguati per le ricerche. Ed è stato il primo a congratularsi con me per aver ottenuto la mia valutazione a quattro stelle dal Denver Post, dicendomi che ero stata derubata per non averne ottenuta una a cinque stelle." Francesca ridacchiò. "L'ho anche visto comprare una cena da asporto e poi darla a un senzatetto in fondo alla strada. Se la misura di un uomo può essere determinata da come tratta chi gli sta intorno, Cole Johnson è uno dei migliori."

Sarah era affascinata dal rossore che accendeva le guance di Cole. Ma lui si limitò a chinarsi e a baciare ancora una volta Francesca prima di dire: "Sarah non mangia dalla colazione. Pensi di potermi aiutare mettendole qualcosa nella pancia prima che mi svenga addosso?"

Sorridendo, Francesca annuì. Li portò a un tavolo sul retro del ristorante, vicino alle porte della cucina. "Non è il posto migliore della casa, ma le mie cameriere non sono ancora arrivate, e visto che sarò io a servirvi, preferisco avervi vicino."

"È perfetto," le disse Sarah a bassa voce.

Cole tirò indietro una sedia e, una volta sistemata lei, prese posto accanto a Sarah invece che dall'altra parte del tavolo quadrato. Francesca scomparve in cucina.

"Nel caso in cui tu non stia tenendo il conto," le disse una volta che furono soli, "questo è l'appuntamento numero due."

CAPITOLO SEI

CAPITOLO SEI

COLE TRATTENNE il sorriso mentre Sarah sbatteva le palpebre confusa. "Cosa?"

"Questo è il nostro secondo appuntamento. Dopo il terzo, avrò un bacio," le disse Cole seriamente.

Lei scosse la testa. "Quando Francesca ha elencato le tue qualità, ha dimenticato di dire che sei matto."

Cole non riuscì più a trattenersi dal sorridere. Scoppiò a ridere, amava il modo in cui lei lo aveva rimproverato. "Volevo dirtelo molto prima... ottimo lavoro con la lezione di autodifesa di lunedì." Fu un brusco cambio di argomento, ma Cole ci aveva pensato per tutta la riunione.

Era ovvio che Sarah non aveva avuto alcun tipo di addestramento in passato, ma aveva imparato velocemente le cose che lui le aveva insegnato e non aveva dimenticato di prendere a calci il sacco che lui le aveva dato per fare pratica.

"Uh... grazie," disse Sarah, confusa dal repentino cambio di argomento.

"Non tutti imparano le mosse di autodifesa così velocemente. Possono volerci settimane per essere in grado di eseguire quelle mosse in modo efficace come hai fatto tu."

"Non volevo farti male, ma mi hai detto di calciare più forte che potevo."

"Sì. Ora... mi dirai cosa ti preoccupa?" Cole aveva capito una cosa velocemente, nel breve tempo in cui l'aveva conosciuta. Per farle abbandonare la sua facciata educata e farle dire esattamente quello che pensava, doveva scombussolarla un po'. Così facendo, c'era la possibilità che lei dimenticasse di dire quello che pensava lui volesse sentire, rivelando invece i suoi veri pensieri.

"Non ho idea di come tu possa capirmi così bene," borbottò lei. Poi lo guardò negli occhi e disse: "Mi hai procurato un incontro con la Ace Security, stanno esaminando il mio caso. Cosa potrebbe esserci di preoccupante?"

"Non fare così. Non con me. So che è nella tua natura essere gentile, ma non voglio la Sarah gentile. Voglio la *vera* Sarah. Dimmi che ti faccio incazzare quando faccio lo stronzo... perché Dio sa che ci saranno un sacco di volte in cui lo farò. Non essere d'accordo con me quando stiamo avendo una conversazione filosofica, dimmi da che parte del letto preferisci dormire e, per carità, quando guardiamo la televisione insieme, non guardare solo quello che voglio io, perché vuoi compiacermi... perché allora probabilmente non guarderemo mai nient'altro che calcio e hockey."

Aveva volutamente cercato di scioccarla, specialmente con il commento sul letto, per farla aprire.

Sarah gli fece un debole sorriso. "Jackson mi diceva sempre che dovevo esprimermi più spesso."

"Sembra che fosse un uomo molto intelligente."

"Lo era." Sarah fece un respiro profondo e fissò il piatto vuoto davanti a sé per un lungo momento. Cole non le mise fretta, le diede il tempo di pensare. Fu ricompensato quando lei alzò lo sguardo e gli disse dolcemente: "Non so nemmeno esprimere quanto sono grata per l'aiuto dei tuoi amici. Hanno fatto molto per non farmi sentire da sola nell'affrontare tutto questo casino, in un breve incontro. Più di quanto abbia mai fatto la polizia. Però, nel profondo, ho ancora paura. Ogni volta che vado a casa in macchina, mi chiedo se ci sarà un altro regalo. O se forse sarà il giorno in cui ha finito con i regali e me lo troverò dentro casa mia, pronto a rapirmi o qualcosa del genere."

Sarah distolse lo sguardo e si morse un labbro. Reagendo senza riflettere, Cole le portò una mano al viso e le liberò delicatamente il labbro dai denti.

Lei lo guardò sorpresa. Poi fece un respiro profondo e continuò. "E ora sono confusa, dopo aver saputo della pensione di invalidità di Owen. Non so se dovrei essere sollevata, perché forse non è la minaccia che pensavo. Il fatto che abbia una sorta di disabilità spiega il suo comportamento... o forse dovrei essere ancora *più* preoccupata perché potrebbe essere un problema che lo rende più pericoloso. Ma alla fine... Ho il terrore di scomparire, un giorno, col rischio che nessuno mi trovi più. Succede più spesso di quanto sappiamo. Scompaiono un sacco di persone al giorno."

Cole non riusciva più a sopportarlo; spostò indietro la sua sedia e raggiunse Sarah. La tirò delicatamente fuori dalla sedia e poi la fece sedere in braccio a lui. Le gambe le pendevano di lato, lui la circondava con le braccia, le teneva una mano su un fianco, l'altra nei capelli, sostenendole la schiena con il braccio.

"Puoi scommettere quello che vuoi: se sparisci, ti troverò. E penso che essere spaventati sia normale e probabilmente, in qualche modo, anche salutare, a questo punto. Non sono contento che tu abbia paura, ma ti terrà vigile, il che è importante. Penso anche che tu nasconda i tuoi sentimenti più di molti altri, e come risultato, nessuno di noi ha capito esattamente *quanto* sei spaventata. Cosa posso fare per aiutarti? Per farti sentire più sicura?"

Lei non rispose per molto tempo. Cole vide Francesca spuntare dalla cucina ma, quando li vide, la padrona del ristorante si allontanò, dando loro un po' di privacy.

"Non lo so. Questo è il problema," disse Sarah. "Ho passato qualche notte in un albergo a Denver, lì mi sono sentita abbastanza sicura, ma non posso passare chissà quanto tempo a sperperare i miei soldi negli alberghi. Vivo in un bel quartiere, ma non conosco la maggior parte dei miei vicini, a parte la signora Grady, e lei non sarebbe di grande aiuto contro Owen. Pesa più di noi due messe insieme. Anche se ho vissuto lì tutta la vita, le persone che conoscevo si sono trasferite. E siccome lavoro a orari così strani, non ho potuto conoscere le nuove persone che hanno comprato le case intorno a me."

"Hai pensato di trasferirti? Tu lavori qui a Castle Rock. E se vendessi la tua casa e prendessi un appartamento qui, finché non trovi qualcosa che ti piace?" chiese Cole.

Lei rimase in silenzio un momento. Poi, a bassa voce, disse: "Non pensi che potrebbero arrabbiarsi, se vendessi la loro casa?"

Cole odiava il suono insicuro della donna che stringeva tra le braccia. "Assolutamente no," disse con convinzione. "So che probabilmente hai molti bei ricordi legati ai tuoi padri in quella casa, ma non li perderai mai. Li porterai per sempre nel tuo cuore. Non conoscevo i tuoi padri, ma azzarderei l'ipotesi che Jackson probabilmente si arrabbierebbe se tu tenessi la casa solo a causa loro."

Passò un minuto, poi lei disse: "Ci ho pensato. Amo la mia casa, ma sarebbe più facile se non dovessi andare avanti e indietro da Castle Rock in macchina ogni giorno. E... a volte stare lì è difficile. Mi fa sentire di più la loro mancanza. Poi quando mi sveglio e Owen mi ha lasciato qualcos'altro, mi spaventa a morte."

"C'è un complesso di appartamenti qui a Castle Rock che ha un ingresso sorvegliato, nessuno può superare il portiere a meno che non sia un residente o che non sia specificamente autorizzato dalla sicurezza," le disse Cole.

"L'ho vista online. Ma c'è una lista d'attesa molto lunga."

"Possiamo parlare con Logan e vedere se ha qualche influenza."

Sarah sollevò la testa, la speranza che Cole le vedeva negli occhi era così destabilizzante che gli sarebbero tremate le ginocchia, se fosse stato in piedi.

"Davvero?"

"Davvero."

Lei si rabbuiò. "Ma mi sentirei male se rubassi un appartamento a qualcun altro."

Cole le accarezzò il collo tracciando dei cerchiolini con un pollice, cercando di calmarla. "Ti farebbe sentire più sicura?"

Lei annuì.

"Vuoi che lo chieda a Logan?"

Sarah esitò, ma alla fine annuì di nuovo.

"Lo chiamerò più tardi."

"Grazie."

"Hai un agente immobiliare?"

"No."

"Posso aiutarti?"

"Io... So cosa ho appena detto, ma pensare di vendere la casa di mio padre mi spaventa ancora."

"Non devi prendere nessuna decisione, adesso. Vedremo prima di trasferirti in un appartamento e di assicurarci che tu sia al sicuro. Puoi decidere se ti piace vivere qui a Castle Rock. Poi potrai decidere cosa vuoi fare."

"Ok. Cole?"

"Sì, angelo?"

"Mi prometti che se sparisco, cercherai di trovarmi?"

Cole sentì quasi il cuore spezzarsi. Spostò la mano che le teneva sul fianco mettendogliela sul viso. "Te lo prometto," disse, guardandola nei suoi bellissimi occhi nocciola. "Infatti, a partire da stasera, istituiremo un sistema di controllo. Qualunque cosa ti faccia sentire a tuo agio. Puoi mandarmi un messaggio quando arrivi a casa e quando esci. Se mi dai il tuo orario di lavoro, saprò quando devi arrivare al lavoro e quando te ne vai. In questo modo, se non ti sento, so che potrebbe essere successo qualcosa."

"Lo faresti?"

"Assolutamente. Puoi contattarmi quanto vuoi. Non mi darà fastidio, e se hai bisogno di qualcosa, o hai paura, contattami e verrò a controllare."

"Ma abito a trenta chilometri di distanza!"

Cole non riuscì a non accarezzarle un labbro con un pollice. Lei aprì la bocca, lui resistette a prendersi altre libertà. "Non mi importerebbe se tu vivessi a un'ora di distanza. Se hai bisogno di me, io ci sono."

Lei strinse la mano che gli teneva dietro la nuca.

"E dovresti sapere che avevo pianificato di mandarti messaggi e chiamarti comunque... non solo a causa di quell'idiota. Voglio sentire della tua giornata. Ascoltare le tue risate. E probabilmente è troppo presto per proporlo, ma se hai troppa paura di tornare a casa tua a Parker, puoi venire da me. Non è molto, ho solo un appartamento non troppo lontano dalla palestra, ma ho una stanza per gli ospiti. So che stiamo appena iniziando a conoscerci, ma non ci sono vincoli all'offerta. Puoi rintanarti nella mia stanza degli ospiti e non devi nemmeno vedermi, se non vuoi. Voglio che tu ti senta al sicuro, Sarah. E se stai con me, posso garantirti che mi assicurerò che nessuno ti dia fastidio. Ok?"

Notò che le erano venuti gli occhi lucidi, ma non fu sorpreso quando lei respinse le lacrime e si limitò ad annuire.

"Bene. Fidati di me, angelo. Logan e i suoi fratelli stanno prendendo la cosa molto seriamente. Se c'è qualcosa da trovare su Owen, lo scopriranno. E anche se non c'è, troveranno comunque un modo per togliertelo di torno, così sarai libera di vivere la tua vita senza doverti guardare sempre alle spalle. Ok?"

"Ok. Grazie. Ho tanta paura. Credevo che sarei finita in uno di quei programmi tipo 'Chi l'ha visto'. Sai, dove le donne spariscono senza lasciare traccia e i loro corpi non vengono mai ritrovati..."

Cole rabbrividì a quelle parole, ma si chinò in avanti e le baciò delicatamente la fronte. "Pronta a mangiare?"

"Sì."

L'aiutò ad alzarsi e poi a sedersi di nuovo al suo posto. Francesca doveva averli osservati e aver aspettato che finissero la loro conversazione delicata, perché nel momento in cui Sarah era tornata a sedersi, riapparve con un vassoio in mano.

Mise dei piatti di pasta fumante sul tavolo. "Ecco a voi! Questa è la specialità di stasera. Mi aspetto che mi diciate se è troppo piccante o non abbastanza piccante. Datemi le vostre reazioni sincere, non trattenetevi. Ok?"

"Sembra fantastica e ha un profumo delizioso," le disse Sarah.

Francesca sorrise. "Ah, sei facile da accontentare," disse, poi si rivolse a Cole. "Visto che la tua donna è troppo gentile per dirmi se qualcosa non va, mi aspetto che lo faccia tu. Capito?"

Cole sorrise. "Sai che lo farò. Ma quando mai mi sono lamentato di qualcosa che hai fatto?"

"Mai. Ma c'è sempre una prima volta," disse la simpatica signora con un sorriso. "Buon appetito!" Poi si voltò e tornò di corsa in cucina.

Mangiarono in silenzio per diversi minuti prima che Sarah

alzasse lo sguardo su di lui. Lei appoggiò la sua forchetta sul piatto mezzo vuoto, aveva del sugo sul mento. Sorrise e disse: "Non riesco a credere quanto sia buona questa pasta."

Cole si avvicinò con il tovagliolo e le pulì il mento. "Vero? Giuro, Francesca è fantastica con il cibo. Era da un po' che non venivo qui, ora mi ricordo il perché."

"Perché? Mangerei qui tutti i giorni se non mi preoccupassi del mio colesterolo o del mio peso," scherzò Sarah.

Lui si diede una pacca sulla pancia. "Perché mangio troppo. Non sarebbe bello se il proprietario della Rock Hard Gym pesasse cento chili."

Sarah rise, Cole non aveva mai sentito un suono migliore in vita sua. Aveva avuto una giornata d'inferno... e un paio di mesi ancora peggiori. Ma non aveva perso la capacità di trovare la gioia nelle piccole cose.

"È vero. Sono completamente sazia, ma non riesco a smettere di mangiare."

"Se non riesci a finire, sono felice di aiutarti." le disse Cole mentre raggiungeva il suo piatto con la forchetta.

Sarah lo colpì per scherzo con la sua forchetta. "Giù le zampe!" lo ammonì. "Ne mangerò ogni boccone, poi mi lamenterò per il resto della giornata di quanto sono piena... ma ne varrà la pena."

Dio, è bellissima, pensò Cole mentre la guardava rilassarsi e scherzare con lui. Una volta abbassata la guardia, la sua vera luce interiore brillava luminosa. Sapeva che stava diventando un po' melenso, ma non poteva proprio farne a meno.

Finirono di pranzare e non ebbero altro che elogi per Francesca. Quando arrivò il momento di andarsene, Cole tirò fuori il portafoglio, ma Francesca si rifiutò di prendere la sua carta di credito.

"I tuoi soldi non li voglio, qui, Cole. Metti via," disse, agitando una mano con noncuranza.

"Mi lascerai mai pagare?" brontolò lui bonariamente.

"No," gli disse lei con un sorriso.

Una cameriera uscì proprio in quel momento dalla cucina con un grande sacchetto di plastica e lo porse a Sarah, che lo prese senza dire una parola, ma con un'espressione confusa sul viso.

"Nel caso ti venisse fame più tardi," le disse Francesca. "È un piccolo assaggio di quasi tutto quello che c'è sul menu. Chiunque riesca a far sorridere Cole come se non avesse una preoccupazione al mondo è una brava persona ed è sempre la benvenuta nel mio ristorante. Venite quando volete. Non è necessaria la prenotazione. Riservo qualche tavolo ogni sera per i miei ospiti preferiti. Ora sei inclusa nella cerchia ristretta."

Sarah fissò Francesca per un momento, prima di ringraziarla profusamente.

Come Cole si aspettava, la signora fece un cenno di ringraziamento. "Non dire altro. Appena ho visto Cole ho capito che sei speciale. Non molte persone hanno visto oltre il duro aspetto esteriore di Cole. Tu ovviamente non solo hai visto oltre, ma hai accolto tutto ciò che è. Non lasciare che quel cibo vada sprecato. Ora, andate. Tra poco arriveranno dei clienti e sono sicura che avete di meglio da fare che stare a parlare con un'anziana."

Detto ciò Francesca si alzò in punta di piedi, Cole si chinò in modo che lei potesse baciarlo sulla guancia. Poi la signora abbracciò una Sarah leggermente scossa, si girò e tornò in cucina.

"Cos'è appena successo?" chiese Sarah mentre Cole la prendeva per il braccio e la guidava fuori dalla porta.

"Sei appena stata accolta ufficialmente nella città di Castle Rock," disse Cole con calore. "Le uniche persone che hanno un invito aperto a venire a mangiare quando vogliono sono Logan e i suoi fratelli, e le loro mogli, naturalmente."

"E tu," disse lei.

"E io," concordò Cole. "E ora anche tu."

"Perché?"

"Questo spazio era lo studio di architettura Mason. Quando i genitori di Grace sono stati messi in prigione, l'attività ha chiuso, per ovvie ragioni. Francesca l'ha comprata e trasformata in Scarpetti. Si è fatta il culo cercando di convincere i clienti a darle una possibilità, ma per un po' è stata dura. Logan e i suoi fratelli mangiavano qui praticamente ogni sera, dato che erano single e troppo pigri per cucinare da soli. Hanno lavorato su un sacco di casi prima di trovare le loro donne. Credo che Francesca fosse dispiaciuta per quei 'poveri uomini single' e scontava i loro pasti quasi ogni volta. Alla fine il ristorante è decollato, ma lei non ha mai dimenticato il loro sostegno, e quanto fossero leali fin dall'inizio."

"E tu?" chiese Sarah mentre si dirigevano verso il parcheggio. "Come sei entrato nelle sue grazie?"

"Perché sono carino?" chiese Cole con un sorriso.

Sarah sorrise e gli diede un buffetto sulla spalla. "Dico sul serio."

Cole fece spallucce. "Sono single. Non mi piace cucinare. Vivo qui vicino. Credo che Francesca fosse dispiaciuta anche per me, perché mangiavo lì così spesso. Potrei anche averle dato un abbonamento gratuito a vita alla palestra, lei viene quasi tutte le mattine alle cinque quando apriamo per fare la sua passeggiata quotidiana di tre chilometri."

Sarah si fermò in mezzo al marciapiede e Cole si guardò subito intorno per vedere se stava reagendo a una minaccia. Quando sentì la mano di lei sul braccio, si voltò a guardarla.

"Sei un brav'uomo, Cole Johnson."

Lui scosse la testa. "No. Almeno, non come pensi tu."

"Cole, hai regalato a Francesca un abbonamento gratuito alla tua palestra."

"Sì, perché sapevo che mi avrebbe messo nelle sue grazie, e avrei potuto avere cibo italiano fatto in casa ogni volta che volevo. Non mi costa nulla lasciarle usare gratuitamente uno dei tapis roulant per quaranta minuti ogni giorno. Non mettermi su un piedistallo, Sarah. Non sono il santo che credi. Voglio dire, non sono un serial killer o altro, ma sono felice di prendere il parcheggio più vicino alla porta, taglio la strada alla gente sull'autostrada, e non mi sono mai offerto di aiutare qualcuno a portare la spesa."

Lei mantenne il contatto visivo mentre lui confessava le sue *tremende* trasgressioni. "Potrebbe non costarti nulla, ma hai dato a Francesca un posto sicuro per camminare ogni mattina dove non deve preoccuparsi di essere molestata o investita da una macchina, o addirittura aggredita. Tu non sei una donna, quindi non hai idea di quanto sia importante. Scommetto che ha fatto amicizia con tutti quelli che vede ogni mattina, quindi le hai dato anche questo... la possibilità di incontrare persone."

Cole scosse la testa e le sistemò una ciocca di capelli dietro l'orecchio. "Mi piace che tu veda il mondo attraverso quei tuoi occhiali rosa."

Sarah si accigliò. "Non sono un'idiota, Cole. So che c'è del male nel mondo. Lo vedo ogni giorno. Le persone muoiono in ospedale senza il conforto dei loro figli al loro fianco. Ho visto persone litigare per le cose dei loro cari con la salma ancora tiepida sul letto di morte. Ho visto il male che un marito può fare a sua moglie e l'ho vista tornare subito da lui nel momento in cui è stata in grado di alzarsi dal letto d'ospedale. E ho visto donne che hanno tentato di uccidere i loro fidanzati per qualche affronto immaginario."

"Scelgo di essere gentile, invece di essere cattiva. C'è troppo odio nel mondo. Forse è la stessa quantità che c'è sempre stata prima che arrivasse internet e che potessimo vedere le cose brutte nell'istante in cui accadevano. Ci sono sempre state sparatorie, rapimenti e omicidi, ma ora ce li sbattono sotto il naso ogni cinque minuti. So di ricordare i gesti gentili più a lungo dei gesti cattivi. Questo è il mondo in cui voglio vivere. Un mondo in cui gli esseri umani fanno cose gentili l'uno per l'altro senza volere qualcosa in cambio. Sei un brav'uomo, Cole. E niente di quello che puoi dire mi convincerà del contrario."

Sarah fece un respiro profondo dopo quel piccolo discorso, come se avesse parlato il più velocemente possibile nel caso lui avesse deciso di interromperla.

"Non cambiare mai," le disse. "Hai ragione. E come ho detto prima, il mondo ha bisogno di più persone come te. Farò del mio meglio per lasciarti vivere nel tuo mondo di bene, frapponendomi tra te e i cazzoni ogni volta che sarà possibile."

Lei ridacchiò per il suo lessico colorito, ma disse: "Non devi proteggermi, Cole. Lasciami fare a modo mio e non prendermi in giro per questo."

"Mai," giurò lui. Il giorno in cui l'avrebbe derisa per essere un'anima nobile sarebbe coinciso con il giorno in cui avrebbe smesso di meritarla." Andiamo, so che sei stanca. Hai avuto una lunga giornata."

Lui la prese a braccetto mentre camminavano per il resto della strada fino al parcheggio. Quando arrivarono alla macchina di Sarah, lui mise la borsa di cibo sul sedile posteriore. Dopo che lei aprì la portiera del posto di guida, lui la spinse gentilmente contro il metallo, mettendole le mani sui fianchi.

"Mandami un messaggio quando arrivi a casa," le ordinò.

"Ok."

"Assicurati di chiudere tutte le porte quando arrivi."

"Lo faccio sempre," gli disse lei.

"E se esci di nuovo, fammelo sapere, e manda un messaggio quando torni a casa."

"Sarà fatto."

"Farò qualche telefonata per l'appartamento qui in città."

"Lo apprezzo. Non sono ancora sicura di trasferirmi, ma ogni volta che devo andare in macchina fino all'ospedale mi sento paranoica e mi chiedo se Owen mi sta seguendo. Potrebbe facilmente buttarmi fuori strada e rapirmi prima che io sappia cosa sta succedendo. E senza Mike e Jackson, la casa sembra troppo grande. Vuota."

"Quando puoi venire in palestra per altre lezioni?" chiese Cole.

Sarah fece spallucce. Doveva lavorare nei tre giorni successivi, ma non aveva idea di quali fossero gli impegni di Cole e non voleva che si ripetesse il problema del giorno in cui si erano incontrati, quando lui aveva preso troppi impegni.

"Posso venire a casa tua, se preferisci."

Lei lo fissò. "Non puoi venire fino a Parker."

"Perché no?"

"Perché no! È fuori dalla tua portata, Cole."

"Se vivi lì, non è fuori mano," la rassicurò. "Sarah, non sono sicuro che tu capisca cosa sta succedendo qui. Non sono solo un tizio con cui stai lavorando. O meglio, lo ero fino a quella prima lezione in palestra. Poi sono diventato qualcosa di più."

"Davvero?" le piaceva quella prospettiva. Molto.

"Sì. Questo era il nostro secondo appuntamento," le ricordò. "Appuntamento, angelo. Quella cosa che fanno due persone quando sono interessate l'una all'altra. Quando vogliono conoscersi meglio. E io voglio saperne di più. Neanch'io sono stupido. Riconosco una cosa buona quando la vedo... e tu potresti essere la cosa migliore che mi sia mai capitata. Non ho intenzione di lasciarti sfuggire tra le dita solo perché vivi nella città vicina."

"La domanda è: stai provando anche solo un decimo di quello che sto provando io? Riesci a sentire la chimica tra di noi? Penso di sì, ma potrei fraintendere tutto. Potresti semplicemente essere grata per il mio aiuto nella situazione con Owen. Se è così, parla ora. L'ultima cosa che voglio fare è metterti a disagio con le mie attenzioni. È quello che sta succedendo con quell'idiota, non voglio assolutamente essere quel tipo di persona. Di' solo una parola e mi farò da parte. Sarò il tuo allenatore di autodifesa, sarò il collegamento tra te e la Ace Security, ti aiuterò a ottenere quell'appartamento, e niente di più."

"No!" esclamò Sarah.

Cole sospirò sollevato a quella reazione fulminea.

"Non potevo credere che ti fossi preso la briga di inseguirmi. Voglio dire, so che l'hai fatto perché non volevi perdere una potenziale cliente, e stavi facendo un favore a Logan, ma eri così dispiaciuto... e devo ammettere che ti ho trovato bello, anche se sei stato un po' stronzo."

Lui sorrise. "Allora mi farai sapere quando torni a casa?"

Lei annuì.

"E mi permetterai di portarti fuori per un altro appuntamento?"

Lei annuì di nuovo.

Lui sorrise dolcemente. "E mi permetterai di baciarti alla fine del nostro terzo appuntamento?"

Lei arrossì, ma annuì di nuovo. "Puoi baciarmi ora, se vuoi," disse timidamente.

Accidenti. L'uccello di Cole si indurì immediatamente. Oh, come lo voleva. Voleva leccarle le labbra carnose e tenerla contro di sé mentre gustava il suo sapore. Ma si stava godendo l'attesa. L'anticipazione. La conosceva solo da una settimana. Poteva aspettare. Forse.

Si chinò e amò il modo in cui lei chiuse gli occhi lentamente e inclinò il mento per prendere qualsiasi cosa lui volesse darle. Le sfiorò delicatamente la fronte con le labbra, poi le baciò ogni palpebra chiusa prima di tirarsi indietro.

"Lungi da me infrangere la tua regola del niente baci fino

al terzo appuntamento," le disse con un sorriso, quando lei aprì gli occhi incredula.

Lei ricambiò il sorriso e lo abbracciò forte per un lungo momento. "Grazie, sei un bravo ragazzo," sussurrò.

"Guida con prudenza," le disse, tirandosi indietro e tenendo la portiera aperta mentre lei si sedeva al posto di guida. Non aveva intenzione di dirle di nuovo che non era un bravo ragazzo. Gli piaceva che lei lo vedesse in quel modo e giurò di non fare mai nulla che potesse offuscare l'immagine che aveva di lui. "Non dimenticare di mandarmi un messaggio quando arrivi a casa."

"Va bene."

"A più tardi."

"A dopo."

Cole rimase in piedi nel parcheggio per alcuni minuti dopo che lei se n'era andata. Poteva non capire veramente quanto la sua vita fosse appena cambiata accettando di uscire con lui... ma l'avrebbe capito.

Cole aveva la sensazione che Sarah fosse la donna che aveva aspettato per tutta la vita. Aveva visto i suoi amici innamorarsi e sposarsi, non si era mai sentito invidioso di loro. Sapeva che sarebbe arrivato il suo momento.

Era arrivato, infatti. Sotto forma di un angelo alto un metro e settanta.

CAPITOLO SETTE

CAPITOLO SETTE

LA SETTIMANA e mezzo successiva passò senza che Sarah avesse la possibilità di vedere Cole. Ma ciò non significava che non comunicassero. Prima aveva il telefonino solo per le emergenze, caso mai avesse problemi con l'auto, invece ultimamente mandava messaggi senza sosta.

Cole le mandava messaggi tutto il giorno, ogni giorno. A volte si informava solo su come le stesse andando la giornata, altre volte entravano in conversazioni approfondite su qualche argomento casuale, o altro in generale.

Mentre Sarah guidava verso casa dopo un turno estenuante, ripensò allo scambio di messaggi che avevano avuto durante la sua ultima pausa di quel giorno in ospedale.

Cole: **Hai parlato con qualcuno degli agenti immobiliari che ti ho raccomandato?**

Sarah: **Sì. Ho un appuntamento tra qualche giorno. Verrà a vedere la casa e mi farà sapere cosa ne pensa.**

Cole: **Bene.**

Sarah: **Grazie per la raccomandazione.**

Cole: **Figurati. Ho sentito il direttore di quel complesso di appartamenti qui in città. Dice che hanno un posto libero tra circa due settimane, se vuoi è tuo!**

Sarah: **Davvero? Wow!**

Cole: **Però è un monolocale.**

Sarah: **Oh.**

Cole: **Sì. Non è l'ideale. Ma posso aiutarti a mettere la roba che non ci sta in un deposito non sarà per sempre. Una volta che sei dentro, avrai più possibilità di ottenere un posto più grande, quando sarà disponibile.**

Sarah: **Vero. Apprezzo il tuo aiuto più di quanto possa esprimere.**

Cole: **Hai i prossimi tre giorni liberi, giusto?**

Sarah: **Sì.**

Cole: **È da un po' che non abbiamo modo di vederci... pronta per un'altra lezione?**

Sarah: **Sì.**

Cole: **Bene. Perché avevo già programmato di far venire Nathan e Joel domani pomeriggio per aiutarmi.**

Sarah: **Joel?**

Cole: **Il fratellino di Bailey.**

Cole: **Sei ancora lì?**

Sarah: **Sì, non sono sicura di questo.**

Cole: **Sul fatto di farsi aiutare? Fidati di me, angelo. Sarà divertente.**

Sarah: **Se lo dici tu.**

Cole: **Tranquilla. Stavo pensando che se tu potessi venire un po' prima domani, verso le quattro, potremmo fare la lezione di autodifesa, poi potrei** portarti agli appartamenti per farti vedere il monolocale, poi potrei riportarti a casa mia per cena.

Cole: **Cioè... se non hai già dei piani.**

Sarah: **L'unico piano che avevo era quello di cercare di capire da dove iniziare a fare i bagagli.**

Cole: **Posso aiutarti dopodomani.**

Sarah: **Felicity ti licenzierà se non cominci a lavorare di più! :)**

Cole: **No. Sa che sarò meno presente quando non lavori, e ci sarò di più quando sei di turno.**

Cole: **Sarah? Ci sei?**

Sarah: **Hai cambiato il tuo orario di lavoro per adattarlo al mio?**

Cole: **Sì. Dopo l'ultima settimana o giù di lì, quando non riuscivamo a far combaciare i nostri programmi, ho pensato che se volevo vederti, questo era il modo più semplice per farlo.**

Sarah: **Non so cosa dire.**

Cole: **Di' che domani verrai a lezione e poi cenerai con me.**

Sarah: **Mi piacerebbe molto.**

Cole: **Bene.**

Sarah: **Cole?**

Cole: **Dimmi tutto.**

Sarah: **Penso che questa sia la cosa più bella che qualcuno abbia mai fatto per me.**

Cole: **Abituati, angelo. Ero serio quando ti ho detto che volevo vedere dove poteva arrivare questa relazione tra noi.**

Sarah: **Grazie.**

Cole: **Devo andare. C'è una specie di bestione alla reception. Ma prima, stai bene? Niente più regali o lettere?**

Sarah: **Sto bene, non ho ricevuto nulla dopo il libro di ricette.**

Cole: **Eccellente. Ma non abbassare mai la guardia. Fammi sapere quando esci dal lavoro e quando torni a casa.**

Sarah: **Lo farò.**

Cole: **Stai attenta. Ci sentiamo più tardi.**

Sarah: **Anche tu. Ciao.**

Cole: **Ciao.**

Sarah era uscita con qualcuno, in passato. Uomini che riteneva attraenti e che l'avevano trattata con rispetto. Ma nessuno di loro l'aveva mai fatta sentire come Cole. Sapeva che a qualcuno poteva sembrare prepotente e autoritario... specialmente per qualcuno che la conosceva da così poco tempo.

Ma Sarah lo vedeva sotto una luce diversa. Avevano parlato al telefono per ore nell'ultima settimana o giù di lì. Cole era uno che si preoccupava. Era preoccupato per Felicity. Si preoccupava delle pressioni della società su Bailey e Nathan, dato che non avevano intenzione di sposarsi, anche se entrambi erano più che felici della loro decisione. Si preoccupava dei suoi genitori in Arizona, temeva di essere molto lontano, qualora avessero avuto bisogno di qualcosa. Era preoccupato per suo fratello. Era preoccupato soprattutto per i figli di Logan e Grace... i piccoli Ace e Nate.

Così, tutto quello che aveva fatto per lei fino a quel momento, l'aveva fatto perché pensava a lei e si preoccupava per lei: le aveva dato raccomandazioni per agenti immobiliari per aiutarla a decidere se voleva vendere la sua casa, parlare con l'amministratore del complesso dei sicuri appartamenti a Castle Rock, mandare recensioni delle migliori videocamere per l'esterno della sua casa e tormentarla leggermente per prendere già una decisione. Le disse persino di aver già fatto ricerche sull'Adoption Exchange e mandato una donazione a nome della Rock Hard Gym - era perché pensava, e si preoccupava, per lei.

Fino ad allora, Sarah non lo riteneva propriamente romantico, ma preferiva qualcuno che si prendesse cura di lei piuttosto che ricevere rose e caramelle ogni giorno. Ne aveva abbastanza di quelle frescacce.

Nel momento in cui Sarah entrò nel suo vialetto, vide una scatola con un grande fiocco rosso davanti casa.

C'era buio. Era dovuta rimanere fino a tardi per finire alcune pratiche, prima di poter lasciare l'ospedale. Poi c'era stato un incidente sulla strada, era stata trattenuta per un quarto d'ora in più o giù di lì.

Detestava il fatto di non aver ancora ripulito il garage, giurò che quella sarebbe stata la prima faccenda che avrebbe svolto quando avrebbe iniziato a sistemare la casa, così spense la macchina e fece un respiro profondo. Raccogliendo la borsetta e tenendo il telefono in mano, con il pollice pronto sulla composizione rapida del 911, scese dall'auto e si diresse verso la porta d'ingresso.

Non vide Owen o qualcun altro in agguato, ma ciò non significava che lui non potesse saltare fuori dai cespugli o colpirla alle spalle non appena lei avesse abbassato la guardia.

La scatola era più piccola di quella della casa delle bambole, ma Sarah aveva imparato che quando si trattava di regali di Owen, a volte più piccola era la scatola, più spaventoso era il contenuto. Voleva lasciarla fuori, ma sapeva di doverla aprire e documentare qualsiasi cosa lui le avesse mandato.

Sentendosi male, aprì in fretta e furia la porta e spinse la scatola dentro con il piede. Una volta che si chiuse la porta alle spalle e la bloccò con la catena di sicurezza, si rilassò leggermente.

Poi fece la cosa che odiava di più: posò la borsa sul bancone della cucina e iniziò il suo giro della casa. Accese ogni luce dove passava, controllando dentro gli armadi e sotto i letti per assicurarsi di essere veramente sola in casa. Il suo incubo più grande sarebbe stato svegliarsi nel mezzo della notte e trovare Owen che sbucava da sotto il letto, o qualcosa del genere.

Quando fu sicura al cento per cento di essere sola, si mise al centro della camera da letto e mandò un rapido messaggio a Cole.

Sarah: **Sono a casa.**

Apparvero immediatamente i tre puntini nella parte inferiore dello schermo, indicando il fatto che Cole stesse digitando.

Cole: **Ci è voluto più tempo del solito per arrivare a casa?**

Sarah: **Incidente.**

Sapeva di non essere così loquace come lo era di solito, ma il timore di dover aprire la scatola al piano di sotto le rendeva il cuore pesante.

Cole: **Cosa c'è che non va?**

Era un mago nel percepire ogni cambio d'umore.

. . .

Sarah: **Lunga giornata. Un lungo viaggio in macchina. E una cavolo di scatola sulla mia porta di casa.**

Venti secondi dopo, Sarah trasalì quando il telefono le squillò in mano. Vide che era Cole.

"Ciao," lo salutò, dopo aver sbloccato il telefono.

"Stai bene?"

Sarah sospirò. Amava la voce di Cole. Era profonda, rilassante, il solo sentirla la faceva sentire cento volte meglio.

"Sì. Ho solo paura di scoprire cosa mi ha mandato questa volta."

"Hai già fatto il giro della casa?"

Cole conosceva il suo rituale. Gli aveva raccontato come aveva iniziato a perlustrare la casa per assicurarsi di essere veramente sola, dopo aver iniziato a ricevere i regali.

"Sì, tutto ok."

"Bene. Vuoi venire prima domani?"

Wow, che dolcezza. "Sì, ma non posso. Mi sono ripromessa di fare i bagagli. Ho rimandato troppo a lungo. Ho una tonnellata di roba che devo portare in beneficenza, voglio davvero liberare un lato del garage per poterci parcheggiare."

Sentì Cole sospirare. "Vorrei poter venire ad aiutarti, ma in mattinata ho un incontro con Grace e Felicity per parlare di marketing, poi ho un paio di lezioni che devo tenere nel primo pomeriggio."

"Va tutto bene," gli disse Sarah.

"No, invece," insistette Cole.

"Cole, sono una donna ormai. Ho rimandato, devo darmi una mossa, una volta per tutte. Inoltre, ho la sensazione che sarà difficile, perché so che dovrò sbarazzarmi di un sacco di cose di Mike e Jackson che ho conservato. Non sarei di buona compagnia."

"Non devi essere sempre 'operativa' intorno a me, angelo.

Fa parte dello stare in una relazione con qualcuno. Vedi quando il partner è arrabbiato, triste o infastidito."

"Lo so, ma... Non voglio che tu abbia una ragione per non voler stare con me. Cole, ci frequentiamo a malapena."

"Sarah, questa è una cosa di cui non devi assolutamente preoccuparti. Giuro che mi sembra di conoscerti da una vita, anche se sono passate solo poche settimane. Non mi è mai successo prima d'ora."

Sarah si sedette sul bordo del letto e chiuse gli occhi. Si sentiva esattamente allo stesso modo. Avevano avuto delle conversazioni piuttosto profonde, dall'ultima volta che si erano visti. Avevano parlato di molte cose che le nuove coppie non si sarebbero azzardare ad affrontare. Matrimonio gay, politica, molestie sessuali nel contesto delle celebrità e dei personaggi pubblici, pena di morte, persino la legalizzazione della marijuana.

"Provo la stessa cosa," gli disse lei dopo un po'.

"Sentiti libera di venire prima," disse Cole. "Joel e Nathan non possono arrivare prima delle quattro, ma tu sei sempre più che benvenuta a venire prima. Mi darà il tempo di averti tutta per me per un po'."

Sarah ridacchiò. "Tutta per te, a parte che dovrò rispondere al milione di domande degli altri che lavorano con te."

"Come sei semantica," le disse ridendo.

Sarah amava scherzare con Cole. Non era mai stata un'amante dei messaggini, ma scopriva che poteva scriversi per ore con Cole senza nemmeno rendersi conto di quanto tempo fosse passato.

"Ti senti meglio?" le chiese a bassa voce.

Rendendosi conto di quello che aveva fatto, ovvero distrarla dal fatto che doveva andare di sotto ad aprire il suo ultimo regalo, Sarah fece un respiro profondo. "In realtà... sì. Grazie."

"Non ringraziarmi mai per questo," le disse burberamente.

"Odio il fatto di non essere lì con te, ora... che non possa occuparmi di quella dannata scatola per te, e tu debba aprirla da sola. Forse puoi portarla con te e aprirla qui domani?"

Lei apprezzò quell'attenzione, ma rispose: "Non c'è modo di lasciarla chiusa tutto questo tempo. Devo sapere cosa c'è dentro."

"Potrei chiamare Logan o uno degli altri, potrebbero venire lì e farlo per te."

"No. Non disturbarli. E prima che ti offra, i poliziotti non verranno a guardarmi mentre apro un regalo, Cole."

Lui sospirò. "E se fosse qualcosa di pericoloso?"

"Owen non mi manderà una bomba," gli disse Sarah. Ne era sicura all'ottantacinque per cento. Il fatto che non fosse sicura al cento per cento era un po' spaventoso, ma si rifiutava di varcare quel confine.

"Non puoi saperlo," disse Cole.

"Per favore, non sei d'aiuto," mormorò Sarah.

Cole rimase in silenzio così a lungo che lei si chiese se fosse ancora lì, ma alla fine le disse: "Ok. Ma io rimango al telefono mentre la apri."

Sarah sospirò di sollievo. "Mi piacerebbe."

"Qualunque cosa tu abbia bisogno, mi farò il culo per fartela avere, angelo."

"Ok. Andiamo." Nessuno dei due disse nulla, mentre lei percorreva il corridoio fino alle scale e attraversava la zona giorno fino all'ingresso, dove aveva lasciato la scatola. Chinandosi, la raccolse con cautela e la portò in cucina. Il pacco era grande come una scatola da scarpe, ma era molto leggera. Prese un paio di forbici e tagliò il nastro adesivo su entrambi i lati.

Non c'era l'indirizzo, il che significa che Owen l'aveva lasciato di persona invece di spedirlo. Sarah odiava che lui sapesse dove viveva, ma aveva avuto mesi per accettare a malincuore quel fattore inquietante.

"Ti metto in vivavoce," disse a Cole, pigiando l'apposito bottone. Posò il cellulare sul bancone, disse: "Sto togliendo il coperchio."

"Piano, angelo. Piano e con calma," le disse Cole.

Sarah trattenne il respiro mentre sollevava il coperchio e lo metteva a lato della scatola. "C'è una marea di carta, qui dentro," disse mentre cominciava a tirarli fuori uno per uno. Il bancone era pieno di carta quando arrivò al contenuto della scatola.

"Cosa c'è dentro?" chiese Cole.

Sarah guardò a lungo il sacchetto di plastica dentro la scatola di scarpe. "Gioielli," disse a Cole.

"Davvero?"

"Sì." Sarah prese il sacchetto di plastica e lo tenne in mano per poterne esaminare il contenuto. "Orecchini, braccialetti e collane, da quello che posso vedere. Sembrano vecchi. Forse roba di antiquariato? Non sono sicura."

"E basta?"

"No. C'è un biglietto."

Quando lei non disse niente per un lungo momento, Cole chiese: "Cosa dice?"

"Ho paura di aprirlo," ammise Sarah.

"Sono proprio qui con te. Potrebbe essere importante," disse Cole dolcemente.

Facendo un respiro profondo per cercare di rafforzare il suo coraggio, Sarah dispiegò lentamente il pezzo di carta. Era stropicciato, piegato più e più volte. Le ricordava le note che i bambini si passavano in classe. Lesse le parole scritte ad alta voce.

Sarah,

La mamma diceva che avrei dovuto donarli a una ragazza che mi piaceva e che mi avrebbe amato per sempre.

Quindi te li regalo, così potremo stare insieme fino alla morte.

A presto.

Owen

Sarah impallidì. Leggere la lettera raccapricciante e sapere che Owen era là fuori da qualche parte, a bramarla, la stressò ulteriormente.

Si era spezzato qualcosa, Cole imprecò in un modo più colorito del solito. "Sto arrivando."

Rendendosi conto che era serio, e che probabilmente stava letteralmente uscendo dalla porta proprio in quel momento, Sarah scosse la testa e si ricompose, prese il telefono e risalì le scale che conducevano verso la sua stanza.

"No! Sto bene."

"Tu non stai bene," ribatté Cole. "Quel biglietto era fottutamente inquietante, non ti biasimo se sei spaventata."

"Lo so. Ma davvero, sto bene. Sapevamo che era da parte sua, quindi non è stata una sorpresa. Sono solo stanca di tutta questa storia. Non so quale sia il suo scopo. Sto bene, Cole. Davvero. Mi sentirei malissimo se tu venissi fin qui in macchina. Sono un'adulta. Posso farcela."

Poteva sentirlo respirare a fatica, non sapeva dire se Cole stesse correndo verso la macchina o se stesse cercando di controllare la rabbia e la frustrazione che provava per lei.

Sarah sapeva che Cole era stato frustrato l'ultima volta che aveva parlato con Logan, quando il suo amico gli aveva riferito che la Ace Security non aveva ancora trovato nulla nel passato di Owen che portasse a credere che fosse pericoloso o altrimenti instabile. Owen aveva abbandonato la scuola a sedici anni, aveva lavorato in diversi fast-food nel corso degli anni e ormai era un recluso di quarantaquattro anni... ma non c'era altro. Non aveva precedenti penali, quando Alexis era entrata nel registro minorile della stazione di polizia, non aveva trovato nulla su di lui.

"Questa merda deve finire," disse Cole. "Chiamerò Logan dopo aver riattaccato con te per dirgli dell'ultimo regalo e dell'ultimo biglietto, voglio vedere cosa è riuscito a scoprire. Dev'esserci qualcos'altro che possiamo trovare su questo tizio. Deve trovarsi da qualche parte. Non è un mago; non può apparire sulla soglia di casa tua e poi sparire di nuovo."

Il suo commento portò Sarah a cercare di soffocare una risatina. Era un brutto momento, ma il pensiero di Owen che indossava un cappello a punta e una tunica da mago era troppo divertente.

"Dio, adoro quel suono, anche se non ho idea del perché tu stia ridendo," disse Cole dopo un momento. "E non ho nemmeno idea di come tu possa trovare qualcosa di divertente in questo momento."

"Posso ridere o piangere. Mike mi ha sempre detto che la cosa migliore da fare quando ti senti di merda è trovare il lato positivo della situazione."

"C'è un lato positivo in questo stronzo che ti molesta?" chiese Cole.

Sarah si sedette sul bordo del letto, poi cadde all'indietro e fissò il soffitto. Il telefono era ancora in vivavoce e lei lo teneva vicino alla bocca mentre diceva: "Sì."

"Cosa?"

"*Tu.*"

Cole non rispose, così Sarah cercò di spiegarsi meglio.

"Se Owen non avesse iniziato la sua campagna di regali da brivido, non avrei mandato un'e-mail a Logan. E se non avessi scritto a Logan, lui non mi avrebbe indirizzato alle lezioni di autodifesa della Rock Hard Gym. E non avrei incontrato te."

"Dannazione, angelo," disse Cole dolcemente. "Ma non sono d'accordo."

"Con cosa?" chiese lei, confusa.

"Ti avrei trovato senza che quell'asino ti spaventasse a morte. Devo crederci. Non mi sono mai sentito così per una donna, prima d'ora. Non mi sono mai trovato a pensare a una donna senza sosta, chiedendomi come stava andando la sua giornata, se stava pensando a me, come si sentiva, se era felice, triste, preoccupata, affamata o stava sperimentando qualsiasi emozione. Ci saremmo trovati, angelo. Lo so."

Era una delle cose più belle che qualcuno le avesse mai detto. "Anch'io ti penso sempre."

"Bene. Hai preso qualcosa da mangiare, per stasera?"

Sarah guardò l'ora. Tra un intero turno di dodici ore, l'incidente che l'aveva fatta tornare a casa più tardi del normale, la conversazione con Cole e la gestione del suo ultimo regalo, si rese conto di essere esausta. "No. Ma non ho fame," aggiunse rapidamente, sapendo che lui avrebbe insistito perché si alzasse e prendesse qualcosa. "Inoltre, oggi a pranzo ho finito il resto degli avanzi di Francesca. Giuro, se mangiassi sempre così, Owen non riuscirebbe a trascinarmi da nessuna parte perché sarei troppo pesante."

"Per prima cosa, stai uscendo con un ragazzo che possiede una palestra. Il che significa che hai libero accesso per allenarti quando vuoi. Secondo, quando progrediamo un po' di più nella nostra relazione, posso garantirti un grande allenamento ogni volta che vuoi, il che non include affatto andare in palestra, se sai cosa intendo. E terzo, non me ne frega un cazzo di quanto pesi. Voglio solo che tu sia felice. E se questo significa mangiare il cibo di Francesca ogni giorno per il resto della tua vita e guadagnare un milione di chili, così sia."

Sarah si girò su un lato e strinse le cosce. Era ancora bloccata sul punto numero due e sentì a malapena il resto di quello che lui aveva detto.

"Mandami un messaggio, domani," le ordinò gentilmente.

"Ma quando uscirò da qui, andrò direttamente in palestra e ci vedremo lì," gli ricordò Sarah.

"Non importa. Nell'ultima settimana e mezzo, quando ti sentivo, per me era il momento migliore della giornata. Mandami un messaggio quando ti alzi. Quando sei triste per aver rovistato tra le cose di tuo padre. Quando ti fermi a pranzare. Quando parti per venire qui."

"Pensavo che avessi da fare?" chiese Sarah.

"Non sarò mai troppo occupato per te. Basta che mi mandi un messaggio. Ok?"

"Ok," accettò lei senza esitare. Non si sarebbe mai lamentata del fatto che Cole volesse avere sue notizie, perché l'alternativa era che non gliene fregasse niente.

"Dormi bene," le disse dolcemente.

"Lo farò. Sono esausta."

"Ci vediamo domani."

"Ciao, Cole."

"Ciao, angelo."

Sarah spense il telefono e si girò di nuovo, in modo da guardare ancora il soffitto. Rimase così per un po', poi si alzò e si diresse verso il bagno. Si cambiò e si lavò i denti, poi tornò a letto. Chinandosi, prese il suo vibratore dal cassetto del comodino. Sperò che funzionasse ancora, perché era da un po' che non aveva voglia di usarlo.

Cliccando sul bottone, fu ricompensata con un forte ronzio. Sorridendo, si infilò sotto le coperte e chiuse gli occhi. Immaginò Cole che sollevava pesi, con i muscoli gonfi, le sorrideva.

Si spinse i pantaloncini da notte fino alle ginocchia e puntò i piedi sul materasso. Poi portò il vibratore ronzante tra le gambe e continuò a fantasticare su Cole... A cosa avrebbe sentito sotto le mani. Tra le gambe. Se la sua barba l'avrebbe graffiata all'interno delle cosce. Sapeva senza dubbio che Cole sarebbe stato un amante generoso, che avrebbe fatto qualsiasi cosa per assicurarsi che lei fosse soddisfatta. Non vedeva l'ora di mettere le mani anche lei sul suo corpo... di sentirgli i forti muscoli, di leccargli ogni centimetro della pelle tatuata.

Prima che se ne accorgesse, era bagnata, le vibrazioni contro il clitoride avevano fatto il loro dovere. Agitò le cosce e sollevò il sedere dal letto mentre veniva. L'orgasmo la colpì in modo forte e rapido... fu anche abbastanza soddisfacente. Ma mentre ripuliva il suo giocattolo e lo rimetteva nel cassetto, aveva la sensazione che non fosse niente, in confronto a come avrebbe goduto grazie a Cole.

Forse supporre che lui potesse farla venire più forte e più a lungo rispetto al vibratore era un pensiero audace, ma non ne dubitava. Cole era più attento di chiunque altro con cui fosse mai stata. E aveva la sensazione che avrebbe mantenuto quell'atteggiamento anche in camera da letto.

Se Cole Johnson si fosse rivelato terribile a letto, sarebbe stato un peccato. Aveva un corpo costruito per il sesso, sperava ardentemente che lui sapesse come usarlo.

CAPITOLO OTTO

CAPITOLO OTTO

COLE FU ENTUSIASTA di assegnare la seconda classe di CrossFit del giorno a una delle sue nuove dipendenti. Brittany era estroversa ed entusiasta, accettò volentieri l'incarico assegnato.

Così facendo, Cole passò la mattinata a parlare con Grace e Felicity di quali nuove attività potevano offrire, attività che non erano disponibili in nessuna delle altre palestre locali, inoltre volevano organizzare un'altra serata a luci fluorescenti. Era da un po' che non ne facevano una e la comunità sembrava apprezzarle molto. Per gli abitanti della città, era un'occasione in più per divertirsi in un ambiente rilassato.

Ma Cole non riusciva a non pensare a Sarah. Lei gli aveva mandato dei messaggi come richiesto; ogni volta che gli vibrava il telefono, lo faceva sorridere. Non era in grado di parlarle come avrebbe voluto, ma si prendeva lo stesso il tempo per mandarle brevi risposte in modo che lei sapesse che aveva ricevuto ogni messaggio e che lo aveva apprezzato.

Odiava che lei vivesse fino così lontana. Parker non era

esattamente Timbuktu, ma gli sembrava così. Lui la voleva a Castle Rock. In parte perché sarebbe stata più al sicuro nel complesso di appartamenti. Owen non sarebbe stato in grado di lasciarle altri regali, perché non avrebbe avuto accesso alla sua porta d'ingresso. Ma soprattutto, in quel modo avrebbe potuto vivere vicino a Cole.

Lui aveva cercato di capire cosa ci fosse in Sarah che lo attirava come una falena che va dritta verso la luce, ma aveva rinunciato rapidamente ad analizzare i suoi sentimenti. Lei gli piaceva. Chiaro e semplice. Era deliziosa. Premurosa. Possedeva una forza interiore di cui lei stessa ignorava l'esistenza.

Sarah non aveva neanche idea del proprio valore, a livello umano. Ma andava bene così. Lui le avrebbe fatto scoprire quanto era speciale.

Verso le due e mezza, Cole si diresse verso il parcheggio. Sarah gli aveva mandato un messaggio quasi venticinque minuti prima, dicendo che stava arrivando. Circa quattro minuti dopo essersi appoggiato al muro di mattoni dell'edificio su un lato del parcheggio, avvistò la Galant. Era già davanti alla portiera, quando lei aveva spento il motore.

Lui si abbassò, l'aiutò ad uscire; senza pensarci, le diede un piccolo bacio a stampo sulle labbra. "Ehi, angelo."

Lei arrossì, ma gli sorrise. "Ciao."

"È davvero bello vederti."

"Anche per me."

Cole la osservò attentamente. Sarah indossava un paio di jeans e una semplice maglietta. Il suo abbigliamento era perfetto per quello che lui aveva pianificato per la loro lezione di quel giorno; cosa più importante, sembrava a suo agio in quei vestiti comodi. Gli piaceva molto vederla così. Era uscito con donne che si sentivano sempre in dovere di apparire come se fossero appena uscite da una passerella, o qualcosa del genere. Il look comodo e rilassato di Sarah gli piaceva molto di più. Certo, era comunque impaziente di vedere

Sarah tutta agghindata per lui, ovviamente, ma per il momento lei era perfetta così.

Come se avesse capito che lui stava valutando il suo abbigliamento, Sarah gli chiese: "Va bene così? Di solito non indosso il camice nel mio giorno libero, ma non ero sicura di cosa avrei dovuto indossare."

"È perfetto. Hai tutto quello che ti serve?"

Lei annuì e si mise la borsa in spalla mentre si allontanava dalla portiera.

Cole la chiuse e quando iniziarono a camminare di nuovo verso la palestra, le mise una mano sulla schiena: aveva notato il modo in cui lei si appoggiava alla mano ogni volta che la sosteneva, non si sarebbe mai lamentato dell'opportunità di poterla toccare.

"Come è andato il resto della mattinata?" le chiese. "Sei riuscita a pulire il garage abbastanza da poterci mettere la macchina?"

Lei sorrise. "Sì. Onestamente, non è stato così difficile come pensavo. In gran parte, le scatole erano piene di roba di quando ero piccola. Immagino che Mike non volesse buttarle via, è sempre stato il più sentimentale dei miei padri. Vestiti, peluche, giocattoli."

"Dov'è adesso quella roba?"

"Ho scritto gratis su un foglio, poi ho messo la scatola sul marciapiede. Ti posso garantire che quando tornerò a casa stasera, la maggior parte delle cose sarà sparita. Tutto quello che potrebbe essere rimasto, lo porterò all'agenzia Sono sicura che troveranno qualcosa di utile."

"È fantastico."

"Sì." Lei guardò verso il basso. "Ma domani devo affrontare il resto della casa. So che c'è un mucchio di roba in soffitta, ma dovrà aspettare. Non mi ero resa conto di quanta robaccia avessimo accumulato. Immagino che non sia sorprendente, considerando quanto tempo abbiamo vissuto in quella casa."

"Sei d'accordo?" le chiese Cole mentre si avvicinavano alla palestra.

"Sorprendentemente, sì. Sono un po' triste, non posso negarlo, ma sono anche entusiasta di ricominciare, se capisci cosa intendo. Eliminare tutta la roba e ridurre un po' al minimo. Sono stata in quella grande casa da sola per così tanto tempo, penso che sarà bello avere un posto più piccolo che non sia così difficile da tenere pulito o ordinato."

Cole fu colpito da un'improvvisa visione di lui e Sarah mentre cucinavano fianco a fianco nella cucina del suo appartamento. Subito dopo, si vide ballare e scherzare con lei nel suo soggiorno. E sulla scia di quel momento si vide con lei, travolti dalla passione, a fare l'amore tra le lenzuola stropicciate.

Quel pensiero gli riportò i ricordi della notte precedente... quando si era sdraiato fantasticando su di lei e masturbandosi.

"Cole?"

La voce di lei lo fece uscire dalle sue fantasie. "Sì, angelo?"

"Dov'eri? Sembravi lontano un milione di chilometri," osservò Sarah.

Cole le sorrise. "Stavo solo pensando. Sì, posso immaginare che sarebbe liberatorio non doversi più preoccupare della manutenzione della casa. Avrai sempre i ricordi che hai fatto in quella casa. Io amo il mio appartamento. Ha tre camere da letto ed è molto spazioso. Non devo occuparmi del prato ed è anche relativamente tranquillo. Ho dei buoni vicini."

Sarah fece una smorfia. "Non ci avevo nemmeno pensato. Spero che le persone che vivono vicino a quel monolocale siano tranquille."

"Possiamo chiedere, più tardi, oggi, quando ci andiamo," la rassicurò.

Cole la seguì nella palestra e sorrise quando lei salutò una donna anziana che se ne stava andando e un bambino di fianco al padre, i due si dirigevano verso l'asilo che Cole e Felicity avevano allestito di recente per accogliere i genitori, in modo che potessero allenarsi senza doversi preoccupare di trovare una babysitter.

Cole aspettò pazientemente, mentre lei andava a salutare Felicity, che stava dietro la reception. Sarah era lì da pochi minuti, ma lui percepiva che l'atmosfera nell'atrio era già dieci volte più felice, dato che lei stava diffondendo la sua incredibile gentilezza.

"Scusa," gli disse carinamente quando tornò da lui. "Felicity mi ha mandato un messaggio stamattina dicendomi che sarebbe stata qui e che non vedeva l'ora di rivedermi, così sono dovuta andare a dirle qualcosa. Non so nemmeno come abbia avuto il mio numero."

"Gliel'ho dato io," le disse Cole.

"Ah sì?" chiese Sarah mentre entravano in ufficio.

Cole non desiderava altro che trascinarla sulla poltrona e saltarle addosso, ma si controllò. "Sì. Ho pensato che fosse importante che tutti i ragazzi e le loro donne avessero il tuo numero."

"Perché?" gli chiese lei.

Cole si fermò e guardò la porta, assicurandosi che fosse chiusa. L'ultima cosa che voleva era che tutti quelli nella sala d'attesa sentissero la loro conversazione. Aveva imparato la lezione, dopo il casino con Sarah.

"Perché sei parte della nostra tribù. Voglio che tu conosca meglio Grace, Bailey, Alexis e Felicity. Voglio che tu sappia fino in fondo che puoi contare sui loro uomini, se ne hai bisogno, così come puoi contare su di me."

"Perché?" sussurrò Sarah di nuovo.

"Perché ho intenzione di averti intorno per molto tempo. Perché loro sono importanti per me, e lo sei anche tu. Perché sono come la mia famiglia. Perché ho sentito quello che hai detto l'altro giorno. Se sparisci, ce ne accorgeremo e faremo qualcosa."

Lei gli sorrise. "Grazie."

"Non c'è di che." Parlottarono ancora un po' di come era andata la loro settimana e di quello che avevano fatto. Sarah gli raccontò alcune storie divertenti su alcuni dei suoi pazienti (solo le cose che poteva condividere, ovviamente) e Cole le raccontò delle cose che alcuni degli avventori della palestra facevano per cercare di attirare l'attenzione del sesso opposto.

Prima che se ne accorgessero, Felicity stava bussando alla porta, facendo sapere loro che Nathan e Joel erano arrivati.

"Sei pronta?" chiese Cole.

"Sì. È sbagliato che io sia emozionata, oggi?"

"No," le disse Cole con un sorriso.

"Sono anche nervosa."

"Perfettamente normale," la rassicurò lui. Lui le tese la mano e lei la prese. "Vieni. Puoi lasciare qui la tua borsa. Sarà al sicuro, chiuderò la porta."

Lei annuì e si diressero verso la porta.

Andarono nella stessa stanza che avevano usato durante la sua prima lezione, Cole andò subito a stringere la mano di Nathan.

"Grazie per essere venuto," gli disse.

"Nessun problema. Joel era entusiasta di venire."

Cole si voltò verso il ragazzino. "Ehi, Joel. Come stai?"

"Bene. Posso lanciarti di nuovo, oggi?"

Cole si mise a ridere. "Pensi di poterlo fare?"

Il petto di Joel si gonfiò. "Sì!"

"Pensi di potermi aiutare a insegnare anche alla mia amica Sarah come si fa?"

Joel rivolse il suo sguardo a Sarah e la squadrò. "È un po' piccola," osservò.

"Anche tu," lo rimbeccò Cole.

"Vero. Ma io sono un ragazzo."

Cole resistette all'impulso di ridere. Joel poteva anche essere maschio, ma era più basso di Sarah e lei era decisamente più pesante di lui. Ma Cole voleva far capire a Sarah che nell'autodifesa le dimensioni non contavano. Si trattava solo di imparare a far leva sul proprio corpo e allontanarsi da chiunque cercasse di ferirla o trattenerla.

"Non importa se sei un ragazzo o una ragazza," disse Cole a Joel. "Come ti ho detto molte volte, ciò che conta è come usi la tua massa corporea, non quanto sei grande o piccolo."

Joel annuì.

"È un piacere conoscerti," disse Sarah a Joel. "Sono un po' nervosa per oggi, quindi apprezzerei qualsiasi aiuto e consiglio che tu possa darmi."

A quel punto, il petto di Joel si gonfiò di nuovo e lui annuì seriamente. Si avvicinò a lei e le diede una pacca sul braccio. "Ti aiuto io. Non è così spaventoso. Se Nathan o Cole ti afferrano da dietro, ricordati solo che sono loro e non un cattivo, non cercare di dargli una ginocchiata nelle palle. Ok?"

Cole vide Sarah nascondere un sorriso dietro una mano prima di schiarirsi l'espressione e annuire sobriamente. "Buon consiglio. Grazie."

Poi Joel prese Sarah per mano e la trascinò verso il muro per vedere i manichini che si sarebbero esercitati a colpire più tardi.

Nathan si avvicinò a Cole e mise le mani in tasca. "Non ho mai visto Joel affezionarsi a qualcuno così rapidamente."

Cole fissò Sarah e Joel, dall'altra parte della stanza. "Sembra avere questo effetto su tutti quelli che incontra."

"Mi piace," gli disse Nathan.

Cole spostò lo sguardo da Sarah per guardare il suo amico, Nathan continuò a parlare. "Sembra avere la testa sulle spalle. Non dipende solo dagli altri per essere al sicuro. Vuole imparare cosa può fare per aiutare se stessa. E quando i poliziotti l'hanno delusa non si è arresa, contattando la Ace Security. Ha una famiglia?"

Cole scosse la testa. "I suoi padri sono stati uccisi in quell'attentato al nightclub di Denver qualche anno fa."

"Merda," disse Nathan. "Che schifo."

Cole annuì.

"E non vive qui in città, vero?"

"No. A Parker. Ma credo che questa cosa con Owen l'abbia convinta una volta per tutte a vendere la casa in cui è cresciuta e a prendere un appartamento da queste parti. Dopo abbiamo un incontro con il manager di quegli appartamenti dall'altra parte della città, quelli che hanno il portiere e tutta la sicurezza."

"Bene. C'è qualcosa che non va in questo caso."

Cole restrinse lo sguardo sul suo amico. "Cosa intendi?"

"È proprio questo il punto. Non lo so. Non è un caso di stalking come tutti gli altri, Owen non sembra pericoloso. Sembra un ragazzino con una cotta. Anche i regali che le ha lasciato sono strani. Non ha cercato di parlarle o di farle del male. Non la sta pedinando ovunque. Non ha causato alcun danno alla sua proprietà. È solo... strano."

Cole fece un respiro profondo e annuì. "Sono contento di non essere l'unico a pensarla così. Sono stato a disagio fin dal primo giorno. Ma non posso biasimare i poliziotti per non essere stati in grado di aiutarla. Questo Owen non ha infranto alcuna legge. Non l'ha minacciata in alcun modo. Ma questo non significa che non sia pericoloso, o che non abbia qualcosa in mente."

"Lo so. Non appena Alexis scoprirà di più sulla sua richiesta di invalidità, indagherò un po' più a fondo sulle sue finanze. Magari anche su quelle di sua madre. Blake sta cercando informazioni su suo padre, per vedere se è ancora in giro o cosa gli sta succedendo. Ci sono molti punti interrogativi in questo caso, e questo mi rende nervoso."

"La penso come te, amico mio. Uguale," gli disse Cole.

"Allora, cominciamo?!" gridò Joel dall'altra parte della stanza.

"Calma!" urlò Nathan in tutta risposta. "Sei così ansioso che io ti prenda a calci nel sedere?"

Cole ridacchiò mentre Joel sorrideva enormemente e si metteva a correre verso Nathan, come se stesse per prenderlo a calci. Fortunatamente, Nathan era pronto e prese il ragazzino per la vita e lo sollevò in aria. Ridevano entrambi, quando Nathan rimise Joel coi piedi per terra.

Cole si allontanò dal duo e andò dove Sarah stava guardando e sorridendo. "Sei pronta?" le chiese a bassa voce.

Lei annuì. "Sì. Sono nervosa, come ho detto a Joel, ma anche emozionata. Da quando sono stata adottata, ho lasciato che Mike e Jackson combattessero le mie battaglie per me... non che ce ne siano state molte," si affrettò ad aggiungere, appena vide il cipiglio di Cole. "Ma imparare cosa fare quando qualcuno mi mette le mani addosso in malo modo mi fa sentire come se stessi davvero prendendo il controllo della mia vita. È strano?"

"Niente affatto," la rassicurò Cole. "Dai, cominciamo."

———

Un'ora dopo, Sarah sapeva che sarebbe stata indolenzita in posti dove non sapeva nemmeno di avere muscoli, ma si sentiva elettrizzata. Cole le aveva insegnato come sfuggire alla presa di qualcuno che l'afferrava da dietro, e cosa fare se le avessero preso anche il braccio. Aveva imparato tutti i punti vulnerabili su cui puntare con i gomiti, con le ginocchia e persino con le dita.

Il punto principale che Cole riuscì a trasmetterle era che

non avrebbe mai vinto in un combattimento uno contro uno con qualcuno più grande e più forte di lei. Il suo obiettivo era quello di fare più casino possibile e usare le sue mosse per scappare da chiunque stesse cercando di sopraffarla.

Quella svolta influì anche sul suo pensiero. Si era sempre preoccupata di cosa avrebbe fatto se Owen avesse deciso di strapparla dalla strada, o dalla sua macchina o altro ancora, ma si sentiva più fiduciosa, sapendo di dover attirare l'attenzione sulla sua situazione e correre come un fulmine, se possibile.

"È stato divertente!" esclamò Joel con un enorme sorriso, mentre tornavano verso la parte anteriore della palestra. "L'espressione sulla faccia di Cole quando te lo sei gettato alle spalle è stata fantastica!"

Sarah sorrise al ragazzino. Sapeva che Cole le aveva deliberatamente permesso di afferrarlo nei punti perfetti, aveva persino fatto un piccolo saltello quando si era piegata per cercare di lanciarlo. Non avrebbe mai potuto farlo nella vita reale, ma sentire le risate che uscivano dalla bocca di Joel era stata una degna ricompensa.

"Vero!" concordò lei. "Anche se spero che tu non stia praticando quella roba sui tuoi compagni di scuola."

Joel scosse la testa seriamente. "No. Nathan dice che la roba che sto imparando dovrebbe essere usata solo in situazioni estreme. Dovrei usare il cervello invece dei pugni, quando posso. È così che abbiamo battuto Donovan. Era più grosso e più cattivo, ma io e Nathan lo abbiamo battuto con la nostra intelligenza. Giusto?"

Nathan guardò il ragazzino al suo fianco e gli arruffò i capelli. "Sì."

Sarah aveva letto le notizie sul membro della banda e su quello che gli era successo quando si era introdotto in casa di Bailey e aveva cercato di rapire il suo fratellino. Sembrava terribile, ma Joel ovviamente non aveva sofferto grandi traumi da quell'evento.

"Sei pronto ad andare a prendere tua sorella?" gli chiese Nathan.

"Posso mostrarle la mossa in cui mi prendi per il collo da dietro?" chiese, saltellando su e giù mentre camminavano.

"Sì."

"Evvai!" urlò Joel e corse in avanti per aprire la porta.

Sarah stava ancora sorridendo quando Nathan si voltò verso di lei. "Sei stata brava oggi. Continua a fare pratica e diventerà una seconda natura. Ma quello che ha detto Joel è giusto. A volte, anche quando sai tutte le cose giuste da fare, le cose non vanno come previsto. È allora che devi usare la testa. Non c'è modo che Cole, io o uno qualsiasi dei miei fratelli possa dirti esattamente cosa dovresti fare in qualsiasi situazione. Ci sono sempre variabili che non possiamo prevedere o analizzare in anticipo. Devi essere sempre vigile. Mentire, imbrogliare, rubare... qualsiasi cosa serva per tenerti in vita. Capito?"

Sarah sapeva di aver spalancato gli occhi, ma mantenne lo sguardo in quello di Nathan e annuì.

"Bene," le disse Nathan, che poi fece un cenno a lei e Cole e si diresse verso Joel e la porta d'ingresso.

Sarah lasciò uscire il respiro che aveva trattenuto.

"Ha ragione," disse Cole dolcemente, accompagnandola verso il suo ufficio. "Posso insegnarti tutte le mosse da manuale, potresti diventare un'esperta, ma se qualcuno ti coglie alla sprovvista, potresti non avere la possibilità di usarle. Ma non importa come, tu non ti arrendi mai. Ora hai me e gli altri; tieni sempre a mente, nel profondo del cuore, che stiamo venendo a prenderti. Capito?"

Erano alla porta dell'ufficio, lui la girò con le spalle al muro e le si mise di fronte.

Sarah alzò lo sguardo verso di lui. "Pensi che farà qualcosa?" gli chiese a bassa voce.

Cole non disse nulla per un lungo momento, si limitò a serrare le labbra. Alla fine disse: "Sì, angelo. Non lo dico per spaventarti. Penso che tu sappia bene quanto me che lui non ha la testa a posto. Non so cos'ha in mente o quando ha intenzione di farlo, ma sì... Penso che alla fine dovrà agire su questa infatuazione che sembra avere per te."

Sarah apprezzò che Cole non avesse tentato di addolcire la situazione. Sentire qualcuno dire a voce alta ciò che pensava lei era in realtà un sollievo. I poliziotti le avevano detto di stare attenta e l'avevano mandata via con una pacca sulla spalla. I suoi colleghi pensavano che i suoi regali fossero carini e premurosi. Persino la signora Grady si era lamentata che non riceveva fiori da una vita.

Cole era stato il primo a dire che la "piccola cotta" di Owen non era normale.

"Anch'io la penso così," gli sussurrò.

"Farò tutto ciò che è in mio potere per tenerti al sicuro, ma non posso stare con te ventiquattr'ore su ventiquattro, per quanto questo mi dia fastidio," ammise Cole. "Sei un'adulta con la tua vita, non puoi smettere di viverla perché hai paura."

Sarah annuì.

"Detto questo, devi assicurarti di non correre rischi inutili, devi fare tutto il possibile per essere attenta e intelligente. Penso che trasferirsi negli appartamenti qui in città sia un ottimo primo passo. Ti sentirai molto più sicura senza doverti preoccupare di quale regalo potrebbe trovarsi sulla porta di casa quando ci torni... anch'io sarò più tranquillo."

Sarah allungò la mano e afferrò il braccio di Cole. Aveva la pelle calda, lei ebbe l'impulso momentaneo di appoggiargli la testa sul petto, accoccolarsi e pregarlo di portarla nel suo appartamento e vegliare su di lei per il resto della sua vita. Ma resistette.

Ad ogni modo pensava che con Cole al suo fianco nessuno avrebbe osato mettersi contro di lei. Se fosse stato il suo ragazzo quando aveva incontrato i Montrone, Owen non sarebbe diventato così ossessionato da lei.

"Cosa c'è?" le chiese Cole, dato che lei non diceva nulla.

Scuotendo la testa, Sarah si costrinse a smettere di pensare a quello che avrebbe voluto fosse successo in passato, concentrandosi sull'uomo che le stava di fronte in quel momento. "Prometti che mi troverai, se mi rapisce?"

Cole si acciglio e la prese per il gomito. Aprì la porta del suo ufficio e la trascinò dentro. La fece sedere sulla poltrona e si inginocchiò davanti a lei.

Sarah deglutì con forza e lo guardò negli occhi mentre lui iniziava a parlare.

"Te lo prometto," le giurò. "Sguinzaglierò tutti quelli che mi vengono in mente per trovarti. Tutti i ragazzi della Ace Security mi aiuteranno; Alexis userà le sue abilità di hacker per vedere cosa può trovare. Diavolo, contatterà il suo amico marine in pensione e lo metterà al lavoro. Anche la vecchia squadra di Ryder, a Colorado Springs, entrerà in azione. Ti troveremmo. Dovresti solo resistere ed essere forte finché non riusciamo a raggiungerti. Mi hai capito?"

Lei annuì, più spaventata che mai. Non si sentiva forte. Non era come Grace e le altre. Se Owen le avesse fatto del male...

Interruppe il pensiero. "Farò quello che posso per scappare," sussurrò.

Cole si avvicinò, le mise le mani ai lati del viso e aspettò che lei si concentrasse su di lui. "Bene. Ma se non dovesse funzionare, non farti prendere dal panico. Sappi solo che sto venendo a prenderti e che andrà tutto bene."

"Ok," disse Sarah.

"Va bene?" le chiese, con la fronte corrugata.

"Ok," rispose lei un po' più forte.

"Ecco la mia ragazza," disse Cole. Poi le fece abbassare la testa e le baciò la fronte prima di alzarsi. "Ma ora basta parlare del signor Strambo de' Strambi. Vuoi andare a vedere l'appartamento?"

"Sì." Lei allungò la mano e prese di nuovo quella di Cole. Lui le prese la borsa e gliela passò, uscirono dall'ufficio mano nella mano.

Venticinque minuti dopo, Sarah si trovava al centro del monolocale in affitto e girava in tondo. Non era enorme, ma d'altronde ci avrebbe vissuto da sola. Dal quel punto poteva vedere la cucina, la zona giorno e lo spazio dove sarebbe stato collocato un letto. C'erano un piccolo armadio e un bagno con un lavandino funzionale e una doccia. Non c'era una vasca da bagno, ma c'era un posto per una lavatrice e un'asciugatrice impilate, c'era persino una lavastoviglie.

Ma la parte migliore dell'appartamento era la sicurezza che qualcuno doveva superare per salire al terzo piano, dove lei si sarebbe trasferita. Le porte secondarie erano sempre chiuse dall'interno. Tutti gli occupanti dovevano passare dall'ingresso principale, dove serviva un codice per entrare nell'edificio. Poi, se qualcuno non aveva il codice del residente, doveva fermarsi al banco della sicurezza e verificare quale appartamento stava per visitare. C'erano telecamere ovunque: negli ascensori, nelle scale e nei corridoi. Ogni appartamento aveva una serratura blindata, un catenaccio e una serratura sulla maniglia stessa.

Sarah non si era mai sentita così al sicuro.

L'unico problema era che c'erano altre persone che stavano facendo domanda per l'appartamento in cui si trovava in quel momento. Si sentiva ancora male all'idea che Cole o i suoi amici chiedessero un favore per lei e negassero così a qualcun altro il rifugio sicuro offerto da quel prestigioso edificio. Forse c'era chi ne avevano più bisogno più di lei.

"Cosa ne pensi? È troppo piccolo?" chiese Cole.

Sarah scosse la testa.

"Sei sicura?" Cole si accigliò e scrutò lo spazio circostante. "È più piccolo di quanto pensassi."

"Vivrò qui da sola," gli disse Sarah. "Non ho bisogno di molto spazio."

Poi guardò Cole, sembrava che stesse esitando a parlare.

"Cosa?" chiese lei.

"Voglio dire qualcosa, ma ho la sensazione che sia troppo presto."

Ok, era davvero curiosa. "Va bene. Dillo."

"Bene... ma ricordati che me l'hai chiesto tu. Non ci sarai solo tu qui dentro. Ho intenzione di passare con te tutto il tempo che mi concederai, così come ti voglio a casa mia il più possibile. Non sono contrario a un letto matrimoniale, che entrerà qui dentro senza problemi, perché mi piace accoccolarmi quando dormo. Ma non può entrare un letto gigante, non senza che lo spazio sia totalmente opprimente. Serviranno anche una grande TV e un divano comodo. Una volta che hai tutti quei mobili qui dentro, potrebbe essere angusto. E poi mi piace cucinare. Non sono così bravo, ma è divertente provare. La cucina è funzionale, ma ho visto la disposizione dei posti con due o tre camere da letto qui, le cucine sono molto più grandi."

Cole non distolse mai lo sguardo da Sarah, mentre le diceva cosa pensava.

Sarah sentì il battito accelerare, facendola sentire improvvisamente accaldata. Cole era un coccolone? Incredibile. Vide nitidamente l'immagine di lui a cucchiaio dietro di lei, con un braccio sulla vita e la gamba gettata sopra la sua.

Lo voleva.

Davvero, *lo* voleva.

Al diavolo il fatto che non stava con nessuno da anni.

Per un momento, si dimenticò di Owen Montrone e del suo corteggiamento da psicopatico.

Riusciva solo a pensare a Cole, alle cene insieme, ai giochi da innamorati e al sesso selvaggio sul letto. Coccole mentre guardavano qualsiasi partita di calcio trasmettessero in televisione.

"Cosa ti passa per la testa?" le chiese Cole. Non l'aveva toccata. Non si era avvicinato, ma lo sguardo nei suoi occhi era intenso.

"Voglio prendere l'appartamento." Sarah sapeva che Cole non stava cercando di dissuaderla dal trasferirsi a Castle Rock, capiva il problema dello spazio. "Forse posso stare qui quando lavori, o durante il giorno quando ho il turno di notte, ma stare da te le altre volte. Il mio letto è una piazza e mezza, quindi dovrebbe funzionare. Jackson ha sempre insistito per farmi prendere una TV grande per poter guardare lo sport, quindi ho tutto sotto controllo. Hai ragione che la cucina non è enorme, ma penso che potremmo comunque starci entrambi. Non avevo intenzione di spostare l'enorme divano letto da casa mia, stavo per venderlo, ma ne ho uno più piccolo che è super confortevole e qui dovrebbe andare bene. Non voglio aspettare che si liberi un altro appartamento, perché Owen mi sta spaventando, ma anche perché significherebbe che non potrò vederti più spesso, se aspetto." Trattenne il respiro, sperando di non aver detto troppo.

Cole le mise una mano sulla nuca, lei fu quasi certa che stesse per baciarla, ma invece lui rimase lì: le sfiorò il lato del collo con il pollice, provocandole la pelle d'oca sulle braccia. "Posso garantirti che mi vedrai più spesso," le disse. "Pronta per la cena?"

Sarah sbatté le palpebre. Il brusco cambio di argomento fu in qualche modo deludente, dopo tutto quello che avevano appena detto. "Sì."

Lui percepì la confusione nel suo sguardo e fece schioccare la mascella un paio di volte, prima di dire: "Non c'è niente che desideri di più che spingerti sul bancone dietro di noi e mostrarti esattamente quanto le tue parole abbiano significato per me. Ma non si bacia fino a dopo il terzo appuntamento... ora vorrei portarti a cena: prima il nostro terzo appuntamento finirà, e prima potrò baciarti."

"Allora, andiamo," gli disse Sarah.

Scuotendo la testa, Cole le lasciò il collo e intrecciò le dita con quelle di Sarah. "Dirò a Logan di parlare con l'amministratore."

"Se qualcuno ne ha più bisogno di me, non voglio barare per ottenerlo," disse Sarah.

Cole la rassicurò: "Ho sentito che ci sono due persone in lista per questo appartamento. Uno è un ragazzo del college con i genitori che vivono qui vicino, ma presumo che abbiano altri piani per la sua camera da letto o qualcosa del genere. L'altra è una donna che si è lasciata sfuggire al direttore, mentre compilava la sua domanda, che aveva bisogno di un posto sicuro per sistemare il suo amante, in modo che suo marito non li scoprisse."

"Davvero?"

"Sì."

"Giuri che non c'è una povera anima che ha bisogno di vivere qui per essere al sicuro?"

Lui si fermò e l'abbracciò. Sarah si godette quella bella sensazione, gli appoggiò una guancia sulla spalla e rimase lì, immobile come lui.

"Sarah... tu sei una ragazza maltrattata che ha bisogno di vivere qui per essere al sicuro," le disse semplicemente.

Sarah voleva ribattere. Non era stata maltrattata... non proprio, almeno. Ma tenne la bocca chiusa. Non poteva negare che si sarebbe sentita cento volte più sicura a vivere lì che nella grande vecchia casa in cui era cresciuta. Amava

Mike e Jackson, ma Cole aveva ragione. Conservava i loro ricordi nel cuore. Non aveva bisogno della loro casa per ricordare il loro profondo affetto.

"Andiamo," la esortò, allontanandosi. "Devo farti mangiare."

Sorridendo, Sarah si lasciò condurre fuori dall'appartamento, nel corridoio. Lo guardò, mentre lui chiudeva attentamente la porta e si assicurava che fosse chiusa a chiave, prima di metterle una mano sulla schiena e accompagnarla verso gli ascensori.

La sua vita stava cambiando più velocemente di quanto avesse mai immaginato, ma non poteva negare di essere finalmente felice.

CAPITOLO NOVE

CAPITOLO NOVE

CHIARAMENTE, Sarah non riuscì a baciare Cole quella sera. O quella successiva. O quella dopo ancora. Il suo uomo aveva ricevuto una chiamata da uno dei suoi dipendenti circa una rissa che era scoppiata all'interno della palestra, così era dovuto andare a parlare con la polizia.

Sarah era tornata a casa e aveva mandato un messaggio a Cole quando era arrivata. Tra gli impegni di lavoro di entrambi, non erano stati in grado di incontrarsi nemmeno per la settimana successiva. Ma le loro telefonate e i loro messaggi continuarono senza sosta.

Anche se avevano saltato il terzo appuntamento e non si erano baciati, Sarah non si era mai sentita più vicina a qualcuno in tutta la sua vita. Parlavano al telefono ogni volta che c'era la possibilità e lui era sempre lì a sostenerla quando lei aveva dei ripensamenti sulla vendita della casa.

L'agente immobiliare sosteneva che la casa si sarebbe venduta in fretta e avrebbe guadagnato bene, ma anche se Sarah era entusiasta di trasferirsi a Castle Rock e di essere più vicina sia al lavoro che a Cole, era comunque una decisione difficile da prendere alla leggera.

Quella sera, dopo il lavoro, era irrequieta e decise di lavorare all'imballaggio del resto dell'ufficio di Jackson. Doveva impacchettare i soprammobili e gli oggetti personali rimasti, in modo che la casa potesse essere mostrata a dei potenziali acquirenti e potessero essere scattate delle foto.

Solo quando fu a metà del lavoro si rese conto che non riusciva a trovare diversi libri che suo padre amava leggere. A quel punto era frustrata, esausta, le mancavano Jackson e Mike disperatamente. Si sentiva sconfitta, sopraffatta del più grande desiderio di abbandonare l'intero piano di trasferirsi.

Senza pensare all'ora, prese il telefono e chiamò Cole.

"Cosa c'è che non va?"

"Non posso farlo. Non riesco a muovermi!"

Lui captò la nota di panico nella sua voce, ammorbidendo subito il tono. "Fai un respiro profondo, angelo. Bene. Ora dimmi cosa c'è che non va."

"Non riesco a trovare alcuni dei libri che Jackson amava leggere. Devo averli dati via l'ultima volta che ho sistemato l'ufficio e ho portato un carico da dare in beneficenza! E se avessi dato via qualcos'altro di importante?"

"Da quanto tempo stai preparando scatoloni, stasera?"

"Da quando sono tornata a casa."

"Sarah, è mezzanotte e mezza. Ci stai lavorando da almeno cinque ore."

"Cazzo... Non ne avevo idea. Oh! Cole, mi dispiace tanto. Non volevo svegliarti!"

"Non devi mai preoccuparti di questo," le disse con fermezza. "Se vuoi parlare con me, voglio che mi chiami, non importa che ora sia o cosa pensi che io stia facendo. Sceglierò sempre di parlare con te piuttosto che dormire, o lavorare, o qualsiasi altra cosa. Capito?"

"Perché sei così buono con me?" mormorò. "Sono un disastro. Sono un'adulta, sono passati anni da quando Jackson e Mike sono stati uccisi. Perché il pensiero di vendere mi preoccupa così tanto?"

"È normale," disse Cole. "Stai per fare un grande cambiamento e fino ad ora non hai dovuto affrontare la perdita dell'unica casa che hai mai conosciuto. Datti un po' di tregua."

"Hai ragione."

"Lo so."

Sarah rise dolcemente. "Odio aver dato via i suoi libri preferiti," disse tristemente.

"Dimmi quali erano e li sostituirò. Possiamo leggerli insieme e discuterne."

"Cole... è... Penso che sia la cosa più bella che qualcuno si sia mai offerto di fare per me."

"Continuo a dirti che non sono io quello gentile in questa relazione," la stuzzicò.

"Come vuoi."

"Angelo, è tardi. Devi alzarti tra meno di quattro ore. Vai a letto. Le scatole saranno lì anche più tardi. Anzi, che ne dici se vengo su ad aiutarti? Hai ancora un giorno di lavoro, poi sei libera per qualche giorno, giusto?"

"Sì."

"Giusto. Allora verrò dopodomani e potremo passare la giornata insieme. Ti aiuterò a impacchettare altre cose e le porteremo al mercatino di beneficenza. Poi possiamo tornare a Castle Rock, così potrai compilare il modulo di controllo per l'appartamento. Non puoi trasferirti finché non sarà fatto. Logan mi sta anche assillando per farti tornare alla Ace Security, così che possano discutere con te di quello che hanno scoperto su Owen. Allora forse potremo finalmente avere quel terzo appuntamento che non vedo l'ora di avere, più di quanto immagini."

C'erano molti punti da considerare, ma l'unica cosa a cui

Sarah riusciva a pensare era passare la giornata con Cole e poter constatare se il loro primo bacio sarebbe stato all'altezza delle aspettative.

Mettendo da parte la pila di libri che stava fissando, si alzò in piedi, trasalendo per il forte dolore alla schiena. Aveva lavorato più a lungo di quanto si fosse resa conto.

"Ok."

"Ok? Tutto qui?"

"Non sono sicura che tu sia pronto per quello che sto pensando veramente," ammise.

"Mettimi alla prova," la esortò Cole.

Se non fosse stata così stanca, Sarah sapeva che probabilmente avrebbe rifiutato e avrebbe semplicemente dato la buona notte. Ma era esausta, preoccupata e triste dopo aver rovistato tra le cose di suo padre. Così disse esattamente quello che stava pensando.

"Sono preoccupata perché è una settimana che non ricevo niente da Owen e non so cos'abbia in mente. Sono stressata per la vendita della casa e per tutte le cose che devo fare per prepararla. Sono emozionata per il nuovo appartamento, ma non riesco ancora a liberarmi dalla sensazione che lo sto rubando a qualcun altro che potrebbe averne più bisogno."

"E ultimo, ma non meno importante, mi manchi. So che abbiamo parlato e ci siamo mandati tanti messaggi ogni giorno dalla settimana scorsa, da quando ci siamo visti per l'ultima volta, ma non è lo stesso. È pazzesco perché non ci conosciamo da così tanto tempo, ma tu sei la prima persona a cui penso quando mi sveglio e l'ultima quando vado a letto. Sono frustrata dal fatto che i nostri orari non coincidano, sono nervosa perché temo che tu decida che uscire con me sia troppo fastidioso. Tra i miei strani orari di lavoro, il fatto che non vivo nella tua stessa città e l'inquietudine con Owen, non sono esattamente la migliore fidanzata possibile."

Sarah era quasi ansimante quando finì, voleva immediatamente rimangiarsi tutto quello che aveva appena detto, ma ormai era troppo tardi.

"Se non fosse l'una meno un quarto del mattino e tu non dovessi alzarti tra tre ore e mezza, starei già venendo da te," le disse Cole con tono profondo. "Sarah, sono impegnato al cento per cento in questa relazione. Sì, ci sono elementi fuori dal comune, ma se ci sentiamo in questo modo senza poterci vedere molto, come pensi che sarà quando staremo sempre insieme? Tu mi affascini. Amo la lealtà che hai verso il tuo lavoro, il fatto che tu sia riluttante a lasciare l'unica casa che tu abbia mai conosciuto non è negativo per me. Tuttavia, voglio aiutarti a creare una nuova casa. Una dove possiamo creare nuovi ricordi. Farò tutto ciò che è in mio potere per assicurarmi che Jackson e Mike non siano mai dimenticati."

"Owen alla fine si renderà conto che non ha speranze e ti lascerà in pace, anche se ci vorrà la Ace Security per fargli capire che la sua infatuazione per te è inutile. E stai trascurando il fatto che nemmeno io sono esattamente il miglior esempio di fidanzato. Alcune persone mi giudicano a causa dei miei tatuaggi, anche se non me ne frega un cazzo. Sono troppo brusco, a volte, persino maleducato. Lavoro troppo e troppo intensamente, e la mia migliore amica è una donna."

"Ma il fatto che stiamo insieme ha una sua logica. Tu sei la luce, io l'oscurità. Tu sei tutto ciò che è buono e io sono sempre sul punto di fare lo stronzo, tutto il tempo. Ci bilanciamo a vicenda. Sono ansioso di vedere dove va la nostra relazione... e dovresti sapere, angelo, che spero che vada fino in fondo."

Sarah inspirò.

Cole la sentì, perché proseguì: "Sì. Questo dovrebbe dirti che ci sono dentro tanto quanto te. Un altro giorno e potremo passare un po' di tempo insieme."

"Non vedo l'ora."

"Anch'io. Ora vai di sopra e dormi un po', angelo. Domani sarai uno zombie."

"E tu? Anche tu sarai stanco."

"Sì, ma tutto quello che devo fare è presentarmi e aprire la porta della palestra. Non devo essere amichevole con nessuno. Si aspettano che io sia brusco e scontroso."

Sarah ridacchiò.

"Dio, adoro questo suono. Sarah?"

"Sì?"

"Anche tu mi manchi. Ci vediamo presto. Buona notte."

"Buona notte, Cole."

Sarah spense il telefono e chiuse gli occhi, tenendo il cellulare al petto per un lungo momento.

Cole non assomigliava affatto all'uomo che aveva sempre sognato. Ma la cosa non aveva importanza. Forse lui non pensava di essere un brav'uomo, ma era uno degli uomini migliori che lei aveva incontrato.

Sospirando felicemente, si costrinse ad alzarsi in piedi e si diresse su per le scale verso il bagno, prima di andare a letto. Credeva di rimanere sveglia per ore pensando a Cole e alla loro conversazione, ma non appena toccò il cuscino con la testa, cadde in un sonno profondo.

———

Due giorni dopo, Cole entrò nel vialetto di Sarah alle sette e mezzo del mattino. Era troppo presto per presentarsi senza preavviso, ma non era disposto ad aspettare oltre per vederla.

Felice di vedere che la sua macchina non era nel vialetto (era in grado di parcheggiare in garage, finalmente), si avvicinò di corsa alla porta d'ingresso, ansioso di vederla di persona. Sapeva che se avesse bussato probabilmente l'avrebbe spaventata a morte, quindi tirò fuori il telefono e le mandò un rapido messaggio.

. . .

Cole: **Buongiorno! Sei sveglia?**
Sarah: **A malapena.**
Cole: **Bene. Vieni ad aprirmi la porta.**

Dopo aver premuto "Invia" sul telefono, suonò il campanello.

Gli ci vollero diversi minuti per sentirla dall'altra parte della porta, ma quando lei aprì, gli tolse il fiato.

Cole la fissò per un lungo momento, senza parole. Aveva i capelli scompigliati, come se si fosse letteralmente appena alzata dal letto. Immaginarla mentre usciva dal letto gli fece pensare di essere in quel letto con lei. Si era messa una vestaglia sottile, con le gambe scoperte. La vista delle sue unghiette rosa gli fece stringere lo stomaco. Era un colore intimo, il colore perfetto per lei.

Mentre lo fissava, lei si afferrò i risvolti della vestaglia e li annodò mentre lo guardava preoccupata. "Va tutto bene?" gli chiese.

Anche la sua voce lo eccitava. Era roca e incrinata.

Senza pensarci, Cole fece un passo avanti. Lei gli diede spazio per entrare in casa, lui chiuse distrattamente la porta e la chiuse a chiave senza distogliere lo sguardo da lei.

"Cole?"

Non le diede la possibilità di dire altro. Le mise una mano dietro la nuca per tenerla ferma, con l'altro braccio la strinse, con la mano spalancata sulla schiena di lei mentre la tirava verso di sé. Sarah gli appoggiò le mani sul petto, fissandolo con occhi spalancati.

Cole abbassò la testa, soddisfatto quando lei chiuse gli occhi e alzò il mento per incontrarlo a metà strada.

Nel momento in cui le toccò le labbra con le sue, Cole

capì che non ci sarebbe mai stata un'altra donna nella sua vita che significasse tanto quanto Sarah.

Era come se l'elettricità partisse dalle labbra di lei e gli arrivasse direttamente al cuore. Lei grugnì leggermente, ma lui non si ritrasse. Voleva di più. Aveva *bisogno* di ottenere di più.

Sentì le dita di lei arricciarsi contro il petto, l'uccello divenne di pietra. Non curandosi del fatto che lei avrebbe sentito la sua eccitazione spingerle contro la pancia, le fece più pressione sulla schiena, lei salì in punta di piedi per avvicinarsi ulteriormente.

Sarah aprì subito la bocca, ma per quanto lui fosse impaziente di assaggiarla, voleva prendersi il suo tempo e stuzzicarla. Voleva farsi desiderare ardentemente, proprio nello stesso modo in cui lui la bramava. Le leccò il labbro inferiore, amava il mugolio che le uscì dalla gola. Poi la mordicchiò delicatamente, prolungando l'attesa.

Ma quando lei ricambiò e gli mordicchiò il labbro inferiore, Cole perse la testa.

La spinse all'indietro fino a quando il muro dell'atrio non li sostenne entrambi. Le tirò i capelli, facendole orientare la testa all'indietro... e poi la divorò.

Le spinse la lingua in gola come se la possedesse. La possedeva già, in realtà. Ma invece di essere passiva contro il suo assalto, Sarah diede il meglio di sé. Le loro lingue si intrecciarono,

Cole sentì le mani di lei scendere e scivolargli sotto la camicia. La sensazione delle dita fredde di lei contro la propria carne fumante glielo fece diventare ancora più duro.

Inclinando la testa per avere un migliore accesso alla bocca di Sarah, Cole si perse nel bacio. Era tutto quello che aveva immaginato, e anche di più. *Molto* di più. Lei non si tirò indietro, non era timida quando si trattava di baciare, la passione che in qualche modo aveva tenuto nascosta esplose con una ferocia che lo sorprese e lo deliziò al tempo stesso.

Sapendo che era a pochi secondi dallo strapparle la vestaglia e stenderla sul freddo pavimento di piastrelle sotto di loro, Cole si costrinse a terminare quel bacio. La fissò e sentì l'uccello contrarsi quando lei si leccò le labbra. Aveva ancora gli occhi chiusi e sospirò soddisfatta.

Non poteva distogliere lo sguardo da quelle belle labbra ormai rosee, dal rossore di quelle guance; quando lei aprì gli occhi, fu preso dalle sue pupille, dilatate dalla lussuria.

"Buon giorno," le disse dolcemente.

"Ciao," disse lei.

"Mi sono svegliato presto e la prima cosa a cui ho pensato è stata vederti."

"Sono contenta."

"Avevo programmato quel terzo appuntamento per oggi," le disse a bassa voce. "Per prendermi il bacio che ho sognato per settimane. Ma vederti... beh... Non potevo aspettare."

"Infrangere le mie personali regole di appuntamento per te mi sembra giusto," gli disse.

"Sì?" le chiese con un sorriso.

"Già. Perché mi sento come se avessimo comunque infranto tutte le mie regole... tanto vale andare fino in fondo."

Non potendo farne a meno, Cole si chinò e la baciò di nuovo. Quella seconda volta fu un breve e sentito incontro di labbra, invece del bacio intenso e passionale di prima. Quando si tirò indietro, chiuse gli occhi e visse semplicemente il momento per un secondo.

Cole non era un idiota. Sapeva cosa era e cosa non era. Era un buon amico, un uomo d'affari competente. Riusciva a fiutare le cattive intenzioni di qualche bellimbusto anche a metri di distanza. Ma non aveva mai pensato di essere una scommessa vincente, come partner. Con Sarah, però, sentì svanire tutti i dubbi che nutriva su se stesso. Sapeva che con lei al suo fianco sarebbe stato un uomo migliore. Un amico migliore. Il tipo di uomo su cui una donna poteva contare per qualunque cosa di cui avesse bisogno. Lui ci sarebbe stato per lei.

Per Sarah.

"Cole?" gli chiese gentilmente.

Lui sentì le dita accarezzargli il petto e fece un respiro profondo. Erano ancora uniti dai fianchi alla pancia, Sarah doveva aver sentito contro la pancia la sua erezione, lui lo sapeva. Ma lei non si stava agitando, né allontanando. Gli dava lo spazio di cui aveva bisogno per raccogliere i propri pensieri.

Cole aprì gli occhi e disse con impeto: "Non ti deluderò."

Sarah si accigliò. "Cosa?"

C'erano così tante cose che Cole avrebbe voluto dire. Voleva supplicarla di non rinunciare a loro. Probabilmente avrebbe rovinato qualcosa, ma non avrebbe mai voluto farlo. Si sarebbe fatto in quattro per assicurarsi che lei fosse al sicuro, felice e in salute. Non sarebbe stato un idiota e non sarebbe andato via, se lei si fosse ammalata o ferita. Non l'avrebbe mai tradita.

Ma le parole gli si bloccarono in gola. Era il suo turno di farsi prendere dal panico. Gli sembrava che la posta in gioco fosse troppo alta e non voleva fare nulla che potesse spaventarla o farle avere dei ripensamenti.

"Ecco, io... Sono troppo schietto." Ecco fatto. Una volta iniziato, le parole fluirono come un fiume in piena. "Non ho mai dato soldi a un senzatetto in vita mia. Vivo in un appartamento perché non ho alcuna voglia di fare lavori di giardinaggio. Non conosco i nomi dei miei vicini perché non ho mai cercato di conoscerli. Una volta, quando una coppia di boy scout ha bussato alla mia porta, ho fatto finta di non essere in casa per non dover comprare i loro popcorn. Ho dato a Francesca un abbonamento gratuito alla palestra solo per poter avere cibo gratis. Sono egoista e stronzo."

Cole si sentì male. Non voleva che Sarah sapesse nulla dei suoi difetti, ma non voleva nemmeno che lei scoprisse più tardi quanto fosse incasinato e lo lasciasse. "Probabilmente non do abbastanza mance, corro sempre. Tendo a vedere il peggio nelle persone, soprattutto dopo quello che è successo a Felicity. La maggior parte dei ragazzi mi spaventa a morte, mi vergogno del numero di sere in cui ho mangiato il gelato per cena."

Aprì la bocca per continuare, ma Sarah gli mise una mano sulle labbra, zittendolo.

"Non mi convincerai che non sei una brava persona, Cole. Quindi potresti anche smetterla."

Lui le borbottò sotto la mano, lei sorrise prima di toglierla. "Cosa?"

"Non voglio innamorarmi di te, per poi farti capire che ti sei beccata una fregatura e vederti che mi lasci per qualcuno migliore... Più gentile di me."

Cole trattenne il respiro dopo la sua ammissione. Si era messo a nudo per Sarah e sperava che lei non lo distruggesse.

Ecco il punto... di solito, non gli importava nulla di quello che la gente pensava di lui. Non gli importava se pensavano che fosse troppo tatuato, troppo cattivo, troppo qualsiasi cosa. Ma l'opinione di Sarah aveva il potere di spezzarlo.

"Rubo i piccoli shampoo e balsami dagli alberghi," disse lei. "Una volta ho volato in prima classe e mi sono ficcata in borsa la piccola saliera che era sul vassoio del pranzo. Un giorno ho investito uno scoiattolo mentre andavo al lavoro e non mi sono fermata. Ho dimenticato che una delle mie colleghe andava in pensione e non le ho portato un regalo, così ho finto di ammalarmi a metà del mio turno per poter andare via prima e non dover andare alla sua festa. Ci sono un sacco di cose al lavoro che la gente pensa siano disgustose e che faccio senza battere ciglio, ma ogni volta che un paziente mi chiede di tagliargli le unghie dei piedi, devo sempre pregare uno dei miei colleghi di farlo perché mi fa venire voglia di vomitare."

Cole sbatté le palpebre verso Sarah. Lei gli sorrideva mentre elencava quelle che ovviamente riteneva come le sue nefandezze.

"Non siamo perfetti, Cole. Non mi aspetto che tu sia un fidanzato da manuale. Mi piaci così come sei. Un po' grezzo. Mi fai sentire al sicuro, come se non dovessi preoccuparmi che qualcuno approfitti della mia propensione ad essere gentile, perché tu sarai lì a guardarmi le spalle. Ho solo bisogno che tu sia te stesso. Farò anch'io degli errori, proprio come te."

"I miei errori saranno più gravi che dimenticare la festa di pensionamento di qualcuno," le disse seccamente.

"Finché non mi picchierai, non mi chiamerai con nomi orribili, non mi chiuderai in un armadio e non mi tradirai... ti perdonerò."

"Cazzo. Non ti merito."

"Questo è il punto. Penso che ci meritiamo l'un l'altra."

Cole la raccolse tra le braccia e chiuse gli occhi, le seppellì il viso tra i capelli e giurò: "Non alzerò mai le mani su di te. Non ti chiamerò mai altro che angelo e altri nomignoli affettuosi. Non ti chiuderò mai in uno sgabuzzino, a meno che non ti spinga lì dentro in una festa affollata per fare di te quello che voglio." Si tirò indietro e la fissò profondamente negli occhi. "E non ti tradirò mai e poi mai."

"Ok."

Ecco.

Cole non era sicuro di cosa si aspettava. Voleva che lei riconoscesse in lui una cattiva persona e lo cacciasse da casa sua? Che fosse inorridita dalle cose che lui aveva condiviso? Ma avrebbe dovuto saperlo. Sarah non era fatta così. Lei vedeva il buono in tutti, era solo il suo modo di essere. Spesso era terrorizzata da qualcosa. Ma da quel momento in poi avrebbe pensato lui ad assicurarsi che nessuno le desse fastidio.

Cole aveva la sensazione che i suoi padri avessero visto la stessa bontà in lei quando era solo una bambina e avessero fatto tutto ciò che era in loro potere per preservarla, per proteggerla dalla merda che la vita poteva lanciarle addosso.

"Ti ho svegliato?" le chiese, cercando di andare avanti con la loro conversazione molto emotiva.

Lei scosse la testa. "Ero sveglia. Ero solo pigra e sdraiata nel letto, cercavo di trovare l'energia per iniziare a muovermi."

"Perché non vai su a fare la doccia e poi ti vesti? Preparo qualcosa da mangiare, poi possiamo affrontare l'ufficio e qualsiasi altra cosa tu voglia impacchettare e sistemare."

Sarah lo fissò per un attimo, poi annuì. "Ok. E se mi dimentico di ringraziarti più tardi... grazie per essere venuto ad aiutarmi."

Cole sapeva che lei non si sarebbe mai dimenticata di ringraziarlo più tardi, ma annuì. "Non c'è di che, angelo. E se hai bisogno di aiuto nella doccia, urla pure."

Lei arrossì, ma alzò comunque gli occhi al cielo.

Gli piaceva poterla prendere in giro. Non si era mai sentito così a suo agio con un'altra donna. Cole si chinò e le baciò la fronte, poi fece un passo indietro. Gli mancò immediatamente la sensazione di lei tra le braccia, ma sapeva che non potevano stare tutto il giorno incollati insieme. Doveva aiutarla a inscatolare le sue cose e decidere cosa poteva essere donato e cosa voleva tenere. Non sarebbero entrate molte cose nel nuovo appartamento, ma il resto poteva essere messo in un magazzino finché Sarah non fosse stata pronta a trasferirsi in un posto più grande.

Naturalmente, pensò che, quando lei fosse stata pronta,

avrebbe potuto trasferirsi nel suo appartamento. Oppure, quando si fosse reso disponibile un appartamento più grande nel suo complesso, avrebbero potuto trasferirsi insieme.

Era troppo presto anche solo per pensare di vivere insieme, ma Cole non riusciva a smettere di fantasticare. Gli sarebbe piaciuto svegliarsi ogni giorno con lei tra le braccia.

Sarah gli sorrise e si sistemò una ciocca di capelli dietro l'orecchio. Poi si voltò e si diresse verso le scale senza proferire parola. Cole rimase lì a guardarle il sedere e le gambe fino a quando non riuscì più a vederla, prima di scuotersi e dirigersi verso la cucina per vedere cosa poteva tirare fuori per preparare una bella colazione.

Nel profondo, sapeva che stava ottenendo la parte migliore dell'accordo quando si trattava della loro relazione, ma le aveva dato una possibilità di tirarsi indietro e lei non l'aveva fatto.

Sarah Butler era sua. Punto.

CAPITOLO DIECI

CAPITOLO DIECI

SARAH INTRECCIÒ NERVOSAMENTE le dita mentre era seduta al tavolo della Ace Security, lo stesso tavolo a cui si era seduta qualche settimana prima. La mattina era andata bene, anche se stava facendo i bagagli della sua vita precedente per passare a qualcosa di nuovo e in qualche modo spaventoso. Cole le aveva impedito di diventare troppo emotiva, aveva reso tutto il processo molto divertente. Lei era stata molto bene e gli aveva raccontato tutte le storie divertenti che ricordava su Mike e Jackson.

Il viaggio per firmare i documenti di controllo al complesso di appartamenti era stato facile e veloce, il direttore era stato molto gentile. Le aveva anche detto che sarebbe stato disponibile un appartamento con tre camere da letto, in un futuro non troppo lontano. La famiglia che viveva lì si stava trasferendo nel Tennessee. Lei gli aveva detto che avrebbe dovuto pensarci, ma più tardi Cole l'aveva incoraggiata a prenderlo, quando sarebbe arrivato il momento.

Tre camere da letto sembravano troppo grandi, avere un

affitto da pagare ogni mese era scoraggiante, dopo non averne avuto uno per così tanto tempo, ma c'era una scintilla negli occhi di Cole che non le aveva fatto scartare del tutto l'idea.

Anche dopo ore, Sarah sentiva il sapore di Cole in bocca. Quando l'aveva sorpresa e baciata, quella mattina, si era sentita divinamente. Ogni parte del corpo aveva formicolato, si sentiva come tornata a casa tra le sue possenti braccia. Non poteva dunque fare a meno di pensare di condividere l'appartamento più grande con Cole. Era pazzesco, a pensarci bene. Andare a vivere con lui così presto le sembrava una follia. Ma non riusciva a scrollarsi di dosso quell'idea. Ad ogni modo, ne avrebbero parlato in un secondo momento.

Al momento, era decisamente nervosa all'idea di sentire cosa avessero trovato Logan e la sua squadra su Owen.

"Come stai oggi, Sarah?" le chiese Logan.

"Sto bene. Ho tre giorni liberi prima di tornare al lavoro, Cole mi ha aiutato a sistemare le cose di casa mia, così presto tornerà sul mercato per essere venduta. Il tempismo è perfetto, perché non appena avrò tutte le mie cose pronte, potrò trasferirmi." Si rimproverò mentalmente. Non aveva intenzione di parlare troppo, ma c'era qualcosa in Logan che la rendeva *davvero* nervosa.

Lui sorrise come se potesse leggerle la mente. "Sono tutte buone notizie."

Lei annuì. "Sì. Spero che qualsiasi cosa abbiate da dirmi sia la ciliegina sulla torta delle buone notizie che sto ricevendo oggi." Avrebbe voluto rimangiarsi quelle parole nell'istante in cui le aveva pronunciate. Non stupiva che tutti la pensassero sempre così dannatamente gentile. Diceva sempre cose stupide come quella.

Dal modo in cui il sorriso di Logan si spense non appena terminata quella frase, Sarah capì che le cose non sarebbero andate come aveva sperato.

"Purtroppo no, non siamo stati in grado di scoprire quanto avremmo voluto," disse Logan, che poi guardò Blake.

"Giusto. Allora, Alexis è riuscita ad avere le copie delle sue valutazioni dai fast-food in cui ha lavorato, e in pratica non hanno detto nulla. Era un impiegato, ok, ma non eccezionale. Non era super affidabile e spesso perdeva il lavoro a causa di sua madre. Un manager ha scritto che siccome non guidava era spesso in ritardo."

"Se non guida, come può lasciare tutta la roba a casa sua?" chiese Cole.

Blake fece spallucce. "Alexis ha controllato i registri della motorizzazione e ha scoperto che non ha la patente, ma questo non significa che non guidi, ora che sua madre è morta."

"Non possiamo mettere una sorta di allarme sulla sua macchina, facendo in modo che i poliziotti lo becchino per aver guidato senza patente?" chiese Cole speranzoso.

"Non è così semplice," disse Logan. "Ci deve essere una ragione per una segnalazione. E non avere una patente di guida non è sufficiente. Sareste scioccati dal numero di persone che vanno in giro con una patente revocata o sospesa, o addirittura senza patente."

"Merda," mormorò Cole. "Che altro?"

"Giusto, quindi non era il miglior lavoratore, ma non era nemmeno il peggiore. Non è stato licenziato da nessuno dei suoi lavori, si è sempre licenziato lui." Blake guardò Sarah. "Hai installato quelle telecamere a casa tua, come abbiamo suggerito l'ultima volta?"

Lei si morse un labbro e scosse la testa. "No. Ho pensato che visto che mi stavo trasferendo, sarebbe stata una perdita di tempo."

Logan sospirò, Ryder serrò le labbra come se fosse deluso.

"Pensavo che le avessi ordinate," disse Cole a bassa voce.

"Stavo per farlo, ma tra il lavoro e le valigie, continuavo a dimenticarmelo. Questa è una scusa di merda, e lo so. Avrei dovuto, ok? Lo ammetto. Mi dispiace tanto." Le sembrò di aver deluso tutti e si sentì incredibilmente stupida allo stesso tempo. Era lei che era andata da loro a chiedere aiuto. Era lei che non si sentiva al sicuro. Ed eccola lì, a comportarsi come una di quelle donne con la testa vuota dei film horror, che si nascondono dentro un capanno pieno di asce e coltelli.

"Va tutto bene," le disse Logan. "Quel che è fatto è fatto. Quando hai detto che ti trasferirai in quell'appartamento?"

Cole rispose prima di lei. "La prossima settimana, o non appena il direttore avrà finito di fare i suoi controlli."

"Mi assicurerò che il tutto venga accelerato," disse Ryder.

Logan annuì.

Blake continuò: "Alexis ha rintracciato il certificato di morte di Aubrey, e il medico legale ha dichiarato che la causa finale della morte è stata l'insufficienza respiratoria. La leucemia era elencata come fattore aggravante."

Sarah annuì. Lo sapeva già. La signora era arrivata in ospedale quando stava già male. Era solo questione di tempo prima che morisse.

"Il mutuo non è stato pagato da quando è morta," disse Nathan, unendosi alla conversazione. "Sono passato nel quartiere con Joel, l'altro giorno. Doveva vendere almeno una dozzina di stupidi libretti coupon per una raccolta di fondi della scuola, così ho pensato che quel quartiere andasse bene per iniziare."

"E una buona opportunità per controllare la casa, nel frattempo," intuì Blake.

"Ma non era pericoloso per Joel stare vicino a Owen?" chiese Sarah, mordendosi di nuovo un labbro.

"Per prima cosa, Owen non ha idea di chi sia io, tantomeno Joel," rispose Nathan. "Non avrebbe motivo di sospettare qualcosa. Secondo, non farei mai nulla per mettere in pericolo quel ragazzino. Gli ho detto tutto sul perché volevo andare lì ed era contento di partecipare a un'operazione, come la chiamava lui. E terzo, è una questione irrilevante, visto che non c'era nessuno in casa quando abbiamo bussato."

"Cos'hai visto?" chiese Ryder. "Dato che avete controllato il posto."

"Certo che l'abbiamo fatto. Sembra che il prato non venga tagliato da mesi. Le tende della finestra principale erano chiuse, siamo andati sul retro per bussare alla porta, abbiamo potuto vedere attraverso una grande finestra sul portico posteriore. Il posto era in disordine. Piatti sporchi accatastati nel lavandino con cibo rinsecchito sopra. Spazzatura ammucchiata ovunque. Non so se Owen viveva lì o no, ma era un porcile."

Sarah si sentì improvvisamente colpita da una fitta di pietà.

"Cos'era quel pensiero?" chiese Cole, accanto a lei. Era incredibile quanto fosse sempre così in sintonia con quello che provava.

"È solo che... Owen era molto preoccupato per sua madre e quando ho avuto quella breve conversazione con lei mentre Owen era fuori dalla stanza, anche lei era preoccupata per lui. Mi ha detto qualcosa sul fatto che si era sempre presa cura di lui e che non sapeva cosa avrebbe fatto quando lei se ne fosse andata."

Gli uomini annuirono tutti, come se la casa disordinata avesse perfettamente senso. Ma Owen era un adulto. Non c'era motivo per cui non potesse pulire la casa. Ma d'altra parte, non aveva nemmeno pagato il mutuo da quando sua madre era morta.

Nulla aveva senso in quella faccenda, e le situazioni prive di senso la rendevano molto nervosa.

"Il che ci porta alla cosa più importante che Alexis ha trovato nella sua ricerca," riprese Blake. "I soldi per l'invalidità che Owen riceve ogni mese sono perché soffre di disfunzione dello sviluppo."

Quelle parole colsero Sarah di sorpresa. Scosse la testa. "No, non è vero. Era completamente normale quando abbiamo pranzato."

"Molte volte, le persone che hanno un basso quoziente intellettivo come Owen possono nascondere la loro disabilità. Sembrano come tutti gli altri, ma alla fine non pensano allo stesso modo."

"Qual è il suo QI?" chiese Ryder.

"Non era elencato nei documenti di invalidità," disse Blake al gruppo. "Ma ho fatto qualche ricerca. Solo negli Stati Uniti, ci sono tra i sei e i sette milioni di persone che hanno un qualche tipo di ritardo mentale. La maggior parte delle persone ha un QI tra gli ottanta e i centoventi, con cento come media. Chi ottiene un punteggio di sessantanove o inferiore viene riconosciuto come "ritardato mentale" o meglio come invalido per disfunzione dello sviluppo, che è il termine più politicamente corretto. Per metterlo in prospettiva, un punteggio da sessanta a settanta è l'equivalente scolastico di un bambino di terza elementare."

"Ecco il punto: le persone che sono disabili nello sviluppo possono essere limitate nelle abilità di base necessarie per affrontare la vita quotidiana... cose come la cura di sé e le abilità sociali, ad esempio. Potrebbero non essere in grado di seguire delle indicazioni o di comportarsi in modo appropriato in situazioni sociali."

"Quindi... Owen stava con le spalle alla porta dell'ascensore forse perché semplicemente non capiva o non conosceva le regole non scritte dello stare in un ascensore o dello spazio personale," disse Sarah.

Blake annuì. "Esattamente."

"Allora i regali che sta lasciando non sono davvero pericolosi. Non capisce che mi sta spaventando."

"Forse sì, forse no," disse Blake, scuotendo la testa. "Hai ragione nel dire che potrebbe non capire bene come ti senti riguardo ai suoi doni, ma questo non significa che non sia pericoloso."

Sarah rabbrividì, anche la mano di Cole sulla gamba non la fece sentire meglio.

"Ci sono stati numerosi casi documentati di uomini con un basso QI che hanno commesso crimini efferati. Billy Wayne White è stato giudicato colpevole di aver sparato senza provocazione al proprietario di un negozio di mobili di sessantacinque anni, solo perché voleva dei soldi. Inoltre, negli anni settanta, Johnny Paul Penry violentò e uccise una donna a cui aveva consegnato un elettrodomestico poche settimane prima del delitto."

"Perché gli assassini hanno sempre un secondo nome?" sussurrò Sarah, a nessuno in particolare.

"Molte persone hanno un secondo nome," rispose Ryder con un sorriso. "Si dà il caso che ai media piaccia usare tutti i nomi, quando riferiscono di crimini orribili."

"Quello che voglio dire è: quei tizi avevano un basso QI. Solo perché qualcuno ha la capacità mentale di un bambino, non significa che non sia pericoloso," disse Blake. "E ho letto che un sacco di persone dallo sviluppo ritardato sanno comunque di essere la persona meno intelligente del loro gruppo... qualunque sia il gruppo. Quindi fanno del loro meglio per nasconderlo. Possono svolgere le loro attività quotidiane senza problemi, e gli altri potrebbero pensare che sono un po' strani, senza capire la portata della loro disabilità."

"Wow, hai davvero fatto delle ricerche," disse Sarah a bassa voce.

Blake si sporse in avanti, fissando Sarah con i suoi profondi occhi color nocciola, rendendola incapace di distogliere lo sguardo. "Cole potrà anche non avere il cognome

Anderson, ma è mio fratello tanto quanto gli altri tre uomini intorno a questo tavolo. E tu sei importante per lui, quindi sei importante per noi. Abbiamo tutti imparato a non sottovalutare mai coloro che potrebbero voler fare del male alle nostre donne. Quindi sì, Sarah, ho fatto delle ricerche."

Sarah rimase senza parole. Le salì un groppo in gola e dovette deglutire diverse volte per evitare di scoppiare in lacrime. Si era sentita sola per la maggior parte della vita. Sì, Mike e Jackson l'avevano adottata e l'avevano fatta sentire per la prima volta parte di una famiglia, ma essere una figlia adottiva di solito significava sentirsi sempre un po' un'estranea.

Cole le avvolse la mano dietro la testa e la attirò verso di sé, le baciò la tempia e tenne le labbra su di lei per un lungo momento.

"Quindi... " disse Logan, rompendo il silenzio carico di emozioni. "Sappiamo che Owen è disabile e ha una cotta per Sarah. Sua madre è morta e lei era presumibilmente la sola persona che si prendesse cura di lui. Non sappiamo quale sia il suo QI o se rappresenti un vero pericolo per Sarah. E, cosa più importante, non abbiamo idea di dove sia ora. Vive in casa o ha un posto da qualche altra parte? Ryder, il tuo amico Rex è riuscito a scoprire qualcosa su altri possibili membri della famiglia di Owen e Aubrey?"

"No. Niente. Non c'era un testamento," disse Ryder. "Il che significa che tutto va automaticamente al suo parente più prossimo in vita, cioè Owen. E questo ha senso, sapendo quello che sappiamo ora, ma lui non ha mai contattato un avvocato per avviare le pratiche. Anche i suoi conti non sono stati toccati. Ci sono i soldi per pagare il mutuo, ma immagino che Owen non sappia come muoversi."

Ci fu un altro lungo silenzio intorno al tavolo.

"Allora dove vive?" chiese Sarah. Le dispiaceva davvero per quell'uomo. "Deve essere stato molto spaventoso per lui veder morire sua madre. Specialmente se ha la capacità mentale di un bambino di terza elementare."

"Sì, questa è sicuramente una situazione complicata," rifletté Nathan. "Dobbiamo trovarlo. Questa è la cosa più importante. Una volta trovatolo, possiamo assicurarci che venga valutato e che riceva l'aiuto di cui ha bisogno."

Sarah guardò Cole. Era stato tranquillo per la maggior parte della conversazione, ma di certo non era felice. Digrignava i denti e aveva lo sguardo cupo.

"Cole? Cosa c'è che non va?"

"Temo che aver scoperto il suo ritardo mentale ci faccia abbassare la guardia. Non va bene il fatto che sia tonto... Soprattutto se non riesce a pensare come un adulto. Qual è il suo scopo? Farti regali per il resto della sua vita? Non me la bevo."

"È possibile che non sappia lui stesso qual è il suo scopo," disse Nathan. "Ci sono state volte in cui Joel ha cercato di manipolare sua sorella o me, ma poi si è accorto di aver sbagliato perché non ha pensato alle conseguenze delle sue azioni."

"Questo non mi fa sentire meglio," mormorò Cole.

"Giusto," disse Logan con decisione. "Il piano è che Sarah finisca di sistemare le sue cose. Deve mettere in magazzino gli oggetti che vuole tenere e allestire la casa in modo che possa essere venduta velocemente. Si trasferirà nell'appartamento qui a Castle Rock, così sarà al sicuro; intanto noi continueremo a fare il possibile per trovare Owen. Contatteremo di nuovo il dipartimento di polizia con le nostre scoperte e..."

"Ma non ti metterai nei guai?" lo interruppe Sarah.

"Nei guai?" chiese Logan, aggrottando la fronte.

"Sì. Cioè, probabilmente non era previsto che tu entrassi nei registri e scoprissi la sua disabilità. Se lo ammetti alla polizia, potresti essere nei guai."

Tutti e cinque gli uomini sorrisero.

Sarah guardò gli altri uno alla volta, confusa. "Cosa?"

"Hai ragione, è proprio carina," disse Ryder con un sorriso.

"Lo so," disse Cole.

"Davvero, sono seria," insistette Sarah.

"Apprezzo la tua preoccupazione, ma ho alcuni amici nella polizia. Non mi chiederanno come faccio a sapere quello che so. Hanno imparato a non farmi domande, negli anni," le disse Logan.

"Oh."

"Posso continuare?" le chiese con un sorriso.

"Già. Scusa."

"Comunque, andremo dalla polizia e forse anche da un rappresentante dell'ente pubblico per la salute mentale. Sembra che Owen potrebbe trarre beneficio dal vivere in una casa famiglia o in un ambiente specializzato nell'aiutare persone come lui ad affrontare la vita."

A Sarah piaceva quell'idea. L'ultimo posto in cui i disabili mentali dovevano stare era la prigione. Non potevano farci niente se erano nati diversi dagli altri.

Improvvisamente, tutto ciò che riguardava il cancro di Aubrey sembrava ancora più triste. Doveva sapere, prima di morire, che Owen sarebbe rimasto solo. Sarah era sconvolta dal fatto che la donna non avesse fatto di più, prima che la sua salute declinasse, per assicurarsi che suo figlio sarebbe stato accudito.

"Sarah, devi continuare a fare quello che stai facendo. Sii prudente, manda un messaggio a Cole quando esci e quando arrivi a casa. Parcheggia il più vicino possibile alle porte dell'ospedale. Se ricevi altri regali, fai delle foto e avvisaci il prima possibile. È solo una questione di tempo prima che troviamo Owen. Dobbiamo solo cambiare un po' il nostro modo di pensare. Dobbiamo pensare come un bambino. Se avesse paura o fame, dove andrebbe? Una volta che l'avremo capito, saremo in grado di aiutarlo."

"Grazie," disse Sarah. La riunione aveva alleviato di molto le sue paure. Purtroppo nessuno aveva trovato Owen, ma sapere che probabilmente non era un serial killer in attesa di mettere le mani su di lei per farne la sua piccola schiava sessuale la faceva sentire un po' meglio.

"Solo perché ha una ridotta capacità mentale non significa che non sia pericoloso," le ricordò Blake, come se potesse leggerle la mente. "Ci sono diversi uomini come Owen nel braccio della morte, in tutto il paese, per aver commesso omicidi spietati."

"Cavolo, grazie per questa immagine," mormorò Sarah.

"Stiamo facendo il possibile per tenerti al sicuro, ma anche tu devi continuare a fare la tua parte," disse Logan. "Ci hai contattato all'inizio perché eri a disagio e spaventata. Non è cambiato nulla da allora. Capito? Solo perché sappiamo un po' di più su Owen, non significa che i motivi del disagio siano spariti."

Sarah annuì. Era d'accordo, ma una parte di lei era comunque un po' sollevata nel sapere che Owen non pensava come un normale adulto.

"La terrò d'occhio io," disse Cole.

Gli altri uomini annuirono.

Avrebbe dovuto essere arrabbiata per quell'atteggiamento iperprotettivo. Ma come poteva? Se Cole la doveva proteggere, doveva per forza rimanere nei paraggi. Quel pensiero le piaceva molto.

"Vi faremo sapere se scopriamo altre informazioni pertinenti, o se lo troviamo," disse Logan mentre si alzava.

"Grazie," rispose Sarah.

"Felicity mi ha detto di dover andare a una serata tra ragazze, a breve," disse Ryder agli altri, ma aveva gli occhi puntati su Sarah.

Lei si accigliò. Perché la stava fissando?

"Hai detto che sei fuori per tre giorni. Questo include oggi o i prossimi tre?" le chiese.

"Uhm... compreso oggi," gli disse lei.

Ryder guardò Cole, Sarah seguì il suo sguardo appena in tempo per vedere Cole scuotere la testa al suo amico. Quando lei tornò a guardare Ryder, lui stava sorridendo. "Quindi la serata è andata. Ma che mi dici di domani?"

Sarah si limitò a fissarlo.

"Sarah? Sei impegnata domani sera?"

"Io?" chiese lei, confusa.

Ryder e gli altri ridacchiarono. "Sì, tu. Vuoi passare una serata tra ragazze con Grace, Alexis, Bailey e Felicity?"

Sarah continuò a guardare Ryder senza capire.

"Sì," disse Cole al suo amico. "Sarà con me, quindi mandami i dettagli, mi assicurerò che si presenti."

"Ottimo. Li aspetteremo tutti da Logan, visto che tocca a lui occuparsi dei bambini. Quando si saranno stufate, andremo a prenderle."

"Benissimo."

Senza capirci nulla, Sarah continuava a spostare lo sguardo da un uomo all'altro.

Cole le mise un braccio intorno alla vita e la condusse verso la porta. "Ci vediamo domani!" disse ai suoi amici.

Lei inciampò leggermente mentre si girava e salutava gli altri uomini. Cole sorrise ma non rallentò. Una volta arrivati alla macchina, lei fu di nuovo in grado di parlare. "Cos'è appena successo?" chiese.

"Ryder ti ha invitato a uscire con le altre donne, domani sera. A loro piace cercare di stare insieme almeno una volta al mese, ma in realtà si vedono abbastanza spesso. Di solito vanno al bar laggiù," le indicò un posto chiamato Rock 'N' Roll, dall'altra parte della strada, "ma siccome Grace non vuole stare senza i suoi bimbi per troppo tempo, Bailey è incinta, Alexis è non ama stare alzata fino a tardi e Felicity ha una voglia matta del suo uomo quando si ubriaca, le serate di solito durano solo fino alle dieci di sera."

Sarah si fermò in mezzo al marciapiede, Cole fu costretto a fermarsi con lei. "Vogliono che vada con loro?"

Il volto di Cole si ammorbidì. "Sì, angelo."

"Perché?"

"Perché sì. A loro piaci. Ora sei una di loro."

"E come lo sanno?"

Cole la studiò e fece un respiro profondo. "Non voglio spaventarti, ma te lo dico chiaro e tondo. Tu stai con me, Sarah. Usciamo insieme. Parlo sempre di te al lavoro, Felicity è più che consapevole del fatto che non parlo delle donne con cui esco... ed è una vita che non porto fuori qualcuna. È una delle mie migliori amiche e vuole conoscerti; visto che è la migliore amica di Grace, anche lei vuole conoscerti. E dato che Alexis e Bailey sono cognate... beh, non ufficialmente, ma potrebbero anche esserlo... anche loro vogliono conoscerti meglio. Quando Felicity ha saputo che saresti stata in città oggi, dato che avevi i prossimi due giorni liberi e che avevo intenzione di farti stare con me il più possibile, ha chiamato le altre e ha organizzato una serata tra ragazze."

"Oh."

Cole sorrise. "Beh? È tutto quello che hai da dire?"

"Penso di sì... sì."

"Va bene allora. Che ne dici di prendere qualcosa da mangiare?"

Sarah annuì, pensando ancora a quello che Cole le aveva appena detto. Non aveva mai avuto amiche. Non sapeva bene come relazionarsi con le altre donne. Quando era una ragazzina, le altre pensavano che fosse troppo buona per uscire con loro. Così aveva studiato duramente, aveva reso felici i suoi padri e aveva preso il massimo dei voti. Quando si stava diplomando, era troppo occupata a lavorare e studiare per preoccuparsi di bere o di uscire con altre persone della sua età. Aveva ottenuto il suo lavoro... e poi i suoi padri erano morti, mandando a ramengo tutta la sua voglia di vivere una vita sociale come quella delle altre ragazze.

Cole le tenne la portiera finché lei non si sistemò nel lato passeggero dell'auto, poi fece il giro per raggiungere il lato del guidatore. Una volta seduta, Sarah si ricordò di qualcos'altro che aveva detto a Ryder.

"Quindi... Starò con te?"

Cole la guardò con occhi pieni di speranza. "Voglio che tu passi la notte con me, a casa mia, stasera." Parlò velocemente, come se potesse convincerla a dire di sì con la parlantina. "Ho una camera da letto in più, quindi non sto presumendo nulla. Voglio solo passare più tempo possibile insieme, conoscerci meglio e assicurarmi che tu stia bene. Finché non si troviamo Owen, sono estremamente a disagio all'idea di farti andare in giro tutta sola, anche se sei un'adulta e sei stata da sola per anni, anche se ti ho dato lezioni di autodifesa. Hai detto che Owen ti supera di almeno cento chili, quindi potrebbe facilmente prenderti di sorpresa e sopraffarti. Sto cercando di non essere un fidanzato invadente, ma non posso farci niente. Sono fatto così. Mi preoccupo per tutti. Chiedi a Felicity. Ero la sua più grande scocciatura quando il suo stalker le dava la caccia."

Quando Cole si fermò per prendere fiato, Sarah gli mise una mano sulla coscia, zittendolo. Non lo aveva mai visto così nervoso. Era carino da morire, la faceva innamorare ancora di più. "Resterò con te," gli disse dolcemente. "A una condizione."

"Qualsiasi cosa," disse Cole, sospirando sollevato.

"Non so cosa indossare domani sera. Andiamo a fare shopping? Non ho un'idea precisa... e poi la maggior parte dei miei vestiti, a parte i camici e i jeans, sono già inscatolati."

Cole allungò una mano, la prese dietro il collo e la tirò più vicina. "Non c'è nessuno al mondo che potrebbe farmi mettere piede in un grande magazzino... a parte te. Sì, ti porterò a fare shopping, angelo. Ti porterò ovunque tu voglia andare."

Erano faccia a faccia e Sarah non riusciva a staccare gli occhi dalle labbra di Cole. "Grazie," gli sussurrò.

"Prima di andare a letto, possiamo buttare la tua roba in lavatrice. So che non è l'ideale indossare la stessa cosa per due giorni di seguito, ma penso che tu preferisca fare così che indossare i miei vestiti. Anche se non mi dispiace l'idea di farti dormire con qualcosa di mio."

Il solo pensiero di mettersi una delle enormi magliette di Cole fece agitare Sarah sul sedile.

"Avrei dovuto pensare di dirti di fare la valigia, ma non volevo che tu dicessi di no," ammise Cole. "Mi dispiace. So che alle ragazze piace avere le loro cose con sé."

"Se mi trovi uno spazzolino da denti nuovo e hai lo shampoo, sono a posto," gli disse lei.

"Ci penso io."

"Ok."

Cole chiuse gli occhi un secondo, quando li riaprì la fissò intensamente. "Non ti deluderò," le giurò.

Sarah annuì. Non sapeva se si stesse riferendo a quella sera, al giorno dopo o a un tempo sconosciuto nel futuro, ma non aveva molta importanza. Gli credeva.

Poi lui abbassò la testa e lei lo incontrò a metà strada. Lo aveva baciato solo una volta e quando si sfiorarono le labbra fu come se fossero le uniche due persone al mondo. Il bacio fu breve ma appassionato; quando finalmente lui si tirò indietro, entrambi respiravano a fatica. Cole le strinse affettuosamente la nuca, poi la lasciò andare con riluttanza.

"Volevo trovare un bel ristorante dove portarti, ma credo che preferirei portarti a casa. A casa mia."

"Mi darai da mangiare?"

"Sì."

"Allora portami a casa, Cole."

Sarah apprezzò il suo sorriso, perché dentro di sé si sentiva allo stesso modo. Stava cominciando a pensare che ovunque si trovasse Cole, l'avrebbe fatta sentire a casa. Era un pensiero spaventoso, visto che avevano appena iniziato la loro relazione, ma si fidava ciecamente di quell'uomo. Se i suoi padri fossero stati ancora vivi, sapeva che anche loro si sarebbero fidati di lui.

Dopo aver guidato fuori dal parcheggio, Cole le prese una mano, intrecciò le dita con quelle di lei e rimasero così per il resto del viaggio.

CAPITOLO UNDICI

CAPITOLO UNDICI

Erano le dieci e fuori era tutto buio. Cole era seduto sul divano con Sarah in braccio, stavano semplicemente parlando. Non avevano acceso la televisione per tutta la sera, sfruttavano il tempo passato insieme per conoscersi, proprio come desiderava lui. In fin dei conti, si conoscevano già abbastanza: le loro frequenti telefonate e conversazioni tramite SMS avevano creato una base eccellente.

Ma più Cole rimaneva seduto lì, con Sarah morbida e flessibile tra le braccia, più era difficile nascondere l'effetto che lei gli provocava. Non voleva metterla a disagio. Lei aveva già accettato di passare la notte a casa con lui, era una gran cosa.

Non volendo che la sua erezione dura come la roccia la sfiorasse accidentalmente, Cole si spostò.

"Scusami, ti sto schiacciando?" chiese Sarah.

Cole ridacchiò. "No no, va tutto benissimo."

Lei si voltò a guardarlo, poi disse: "Per essere il nostro terzo appuntamento, questo è stato piuttosto sorprendente."

Cole non capì cosa intendesse dire. "Ti avevo avvertito che non sono il miglior cuoco. I piatti principali sono difficili, ma so grigliare una buona bistecca. La colazione è la mia specialità."

Lei sorrise e chiuse gli occhi per un attimo. Cole notò per la prima volta quanto fossero lunghe le sue ciglia. In genere era uno che ammirava seni e sederi sodi, ma seduto lì, con la faccia a pochi centimetri da quella di Sarah, si diede dell'idiota per non aver notato quanto fossero belle le ciglia di una donna.

Quando lei alzò lo sguardo verso di lui, Cole non era preparato alla lussuria che le intravide nello sguardo.

Sarah si mosse prima che lui potesse anticipare le sue azioni.

Gli si mise a cavalcioni sul grembo e si spostò in avanti, premendogli la passera contro l'uccello, come se lo avesse fatto ogni giorno della loro vita.

Scioccato, Cole poté solo fissarla e pregare che non impazzisse sentendo quanto fosse eccitato.

Ma non accadde: Sarah si agitò contro di lui per un momento, poi gli avvolse le braccia intorno al collo.

"Ecco come stanno le cose," cominciò lei. "Jackson mi ha fatto il discorso sul sesso quando avevo dodici anni. Mi ha detto che gli uomini erano dei maiali e che si sarebbero approfittati di me, se glielo avessi permesso. Più tardi, quella sera, Mike è venuto in camera mia facendomi un discorso sul sesso molto diverso. Mi ha detto che avrei dovuto far aspettare qualsiasi ragazzo che mi piacesse. Sosteneva che se il ragazzo era bravo e mi voleva davvero, mi avrebbe aspettato."

Cole osava a malapena respirare. Sentire Sarah parlare di sesso era più eccitante di quanto avesse mai immaginato.

"Posso dirti che entrambi avevano ragione. Naturalmente Jackson stava solo cercando di non farmi piacere i ragazzi,

                    SUSAN STOKER

visto che ero la sua bambina, Mike era sempre il più romantico della coppia. Ci sono stati ragazzi che hanno approfittato della mia gentilezza. Avevo dimenticato quello che mi avevano detto i miei padri: è allora che è entrata in gioco la mia regola dei tre appuntamenti per i baci. Ho pensato che se piacevo a qualcuno, e intendo per davvero, avrebbe aspettato fino a quando non fossi stata pronta prima di andare avanti. E poi se avessi imposto la regola dei tre appuntamenti per i baci, avrei distinto gli uomini dai ragazzi."

Cole trasalì. Merda: lui non era mai stato capace di aspettare. Si era lanciato su di lei come un adolescente arrapato non appena l'aveva vista quella mattina. Spostò subito le mani sui fianchi, timoroso di toccarla, nel caso in cui lei fosse irritata con lui.

Sarah si piegò in avanti, Cole trattenne un gemito quando lei gli sfiorò il petto con il seno. Erano entrambi completamente vestiti, ma ciò non frenava la sua fantasia: immaginò la sensazione che gli avrebbero provocato quei capezzoli sul petto. Gli avrebbero fatto il solletico, mentre lei gli si strusciava addosso con il seno. Un'immagine molto sexy.

"Se ti dicessi che le cose stanno andando troppo in fretta e che ho bisogno di rallentare, cosa faresti?"

Cole la guardò negli occhi e si rifiutò di pensare al calore che sentiva tra le gambe di lei, sull'uccello. Voleva scoparla esattamente così... con lei in grembo, nuda, con le tette che rimbalzavano mentre lei lo cavalcava. "Aspetterei finché non sei pronta."

"Anche se fossero mesi?" incalzò lei.

"Vale la pena di aspettare," le mormorò.

"Per tua fortuna, non voglio aspettare," gli disse lei con calma.

Cole aprì la bocca, ma non uscì nulla.

Sarah si tirò indietro e si afferrò l'orlo della camicetta.

Prima che lui potesse reagire, lei se l'era già tirata su e se l'era sfilata da sopra la testa.

Senza pensarci, Cole le afferrò saldamente i fianchi e strinse la presa mentre lei spingeva ancora più forte contro l'uccello e si dimenava lentamente.

"Sei un brav'uomo, Cole," gli disse dolcemente. "Non mi sono mai sentita così per nessuno, prima d'ora. Non ho dubbi che se stessimo per fare sesso e ti dicessi che ho cambiato idea, ti tireresti immediatamente indietro. Ho inventato la regola dei tre appuntamenti perché nessun uomo mi ha mai fatto desiderare di stare con lui più a lungo di così. Ma dalla prima volta che ti ho visto, ho capito che eri diverso."

"Sono stato un idiota," disse Cole in modo soffocato.

"Eri occupato e stressato," sussurrò lei. "E sei venuto a cercarmi. Hai trovato il tempo di rassicurarmi e scusarti. Non hai idea di quanto sia raro. Ti voglio. Se non avessimo avuto da fare stamattina, ti avrei permesso di prendermi proprio lì, a casa mia."

Cole si leccò le labbra e lasciò cadere lo sguardo sul seno di Sarah. Che spettacolo: era racchiuso in un semplice reggiseno di cotone, ma non aveva mai visto niente di più sexy. Non era magrissima, aveva un accenno di pancetta e il seno rigoglioso, per lui era perfetta. Cole era circondato da corpi scolpiti e muscolosi tutto il giorno. Quello di Sarah era il più bello di tutti, in assoluto.

Non vedeva l'ora di sfilarle il reggiseno e godersi quelle belle tette, ma prima doveva essere sicuro di poter procedere. Lei doveva essere sicura.

"Se lo facciamo," la avvertì, sapendo che la sua voce suonava troppo roca e un po' dura, ma senza preoccuparsene nemmeno un po', "tu sei mia. Non darti a me se non sei sicura. Mi ucciderebbe."

Era sincero. Non glielo stava dicendo perché era un tipo possessivo... ok, lo era, ma non era quello il motivo. La stava avvertendo perché avrebbe sofferto troppo nel possederla e poi vederla andare via.

Cole sapeva che lei era quella giusta, la sua anima gemella. L'altra metà della sua anima... o qualsiasi termine romantico e sdolcinato con cui i poeti amavano chiamare il vero amore. Si era infatuato di lei.

"Sono sicura," disse Sarah dolcemente.

Cole sapeva di doverglielo chiedere di nuovo. Doveva farle capire esattamente cosa stava succedendo. Non stavano solo per fare sesso. Sarah si stava prendendo un impegno, accettando di lasciare che lui la proteggesse e provvedesse a lei. L'avrebbe difesa e affiancata nelle cause in cui credeva. Sarebbe stato stronzo con gli opportunisti, in modo che lei potesse sempre essere il suo angelo gentile.

Ma con lei seduta sull'uccello che gli premeva la passera e le tette lussuriose contro il corpo, Cole doveva fare appello a tutta la sua forza di volontà per contenersi. "Mia," ringhiò lui.

Invece di discutere, Sarah sorrise. "Mio," ripeté.

Cole fece la sua mossa.

Le infilò una mano nella parte posteriore dei jeans per palparle il sedere come meglio poteva, mettendole l'altra mano dietro la schiena per tirarla contro di sé.

La divorò come uno sciacallo affamato che non mangia da settimane. mentre si baciavano con foga. Cole sentì l'uccello diventare ancora più duro mentre i fianchi di Sarah ondeggiavano, come se lei volesse disperatamente averlo dentro di sé. Non poteva fare a meno di sorridere. Il suo angelo era tutto bontà e luce, ma Cole sapeva che a letto sarebbe stata una gatta selvatica... esigente e insistente nell'ottenere ciò che voleva.

Si tirò indietro dal bacio, facendola gemere, ma quando la spinse indietro e abbassò la testa, lei acconsentì immediatamente, gettando la testa all'indietro e inarcandosi per dargli spazio. Cole le tenne la mano sul culo, premendola contro i fianchi, ma portò l'altra mano verso l'alto e le tirò giù la coppa del reggiseno, esponendole un capezzolo roseo e sodo. Cole ci si attaccò e succhiò con forza.

Lei emise un grido di eccitazione, ma Cole non si fermò e non diminuì l'intensità del suo assalto. Se avesse potuto inalarla in quel momento, lo avrebbe fatto. Era fuori controllo, non avrebbe potuto fermarsi in nessun caso.

Mentre Sarah si contorceva in quella presa, lui alternava: le succhiava, le mordeva e le leccava i capezzoli. Ormai entrambe le coppe erano cadute, spingendole il seno verso l'alto quasi oscenamente. Lei gli aveva messo le dita tra i capelli, tirandoselo più vicino, chiedendo di più.

Cole non era mai stato così eccitato in vita sua. Né così vicino a venire senza aver fatto sesso. Sapeva che se non avesse preso in mano la situazione, sarebbe venuto nei suoi pantaloni prima ancora di essersene liberato.

Cole fece un respiro profondo e ignorò il modo in cui Sarah gli tirava i capelli, cercando di farsi succhiare ancora un po', poi la allontanò.

Non poteva fare a meno di guardarla in quel momento. Il petto era arrossato dal desiderio e i capezzoli erano rossi per lo sfregamento della barba e dei denti di Cole. Sarah stava ansimando e agitando i fianchi con impazienza. Era fottutamente bella ed era tutta sua.

"Cazzo, sei bellissima," le disse con ammirazione.

Lei arrossì e si morse un labbro. "Amo i tuoi tatuaggi," gli rispose. "Non credo di avertelo ancora detto."

Cole ridacchiò. Gli piaceva vederla così imbarazzata. "Non li hai visti tutti," scherzò. Sì, lei gli aveva visto il tatuaggio sul petto quando le aveva falciato il prato, ma non aveva visto cosa si nascondeva sotto la cerniera.

Una notte, quando aveva vent'anni, Cole si era ubriacato e aveva pensato che sarebbe stato divertente farsi tatuare una bussola proprio sopra l'uccello. Sapendo di aver commesso un errore colossale, aveva cercato di rimediare aggiungendo disegni geometrici tutto intorno a quella dannata cosa. Pensava che il risultato finale fosse piuttosto interessante, ma c'era sempre la possibilità che Sarah pensasse che era stupido.

Lei gli afferrò il lembo inferiore della camicia.

Sorridendo, Cole l'aiutò facendosi sfilare l'indumento sopra la testa. Poi, sapendo che era a pochi secondi dall'aprirsi i pantaloni (e quelli di lei) per penetrarla fin dove possibile, si alzò.

Sarah si lasciò sfuggire un piccolo strillo, ma gli agganciò immediatamente le caviglie intorno al sedere e si aggrappò al suo busto. Ad ogni passo che lui faceva verso la camera da letto, la passera gli strusciava contro l'uccello. Un fastidio decisamente piacevole.

Cole andò dritto verso il suo letto sfatto e si chinò, facendola cadere sul lenzuolo. Mentre lei si spostava verso il centro, lui la seguì, non volendo perdere il contatto con il suo corpo neanche per un secondo. Come se fossero telepatici, entrambi si mossero nello stesso momento per slacciarsi il bottone dei jeans a vicenda.

Lui si alzò per spingere via i propri jeans, la separazione da lei quasi gli faceva male fisicamente. Cole la guardò mentre si scrollava i jeans e le mutandine sui fianchi fino a quando non riuscì a calciarli via distrattamente.

Prendendosi un attimo per assaporare il momento, Cole fissò la donna che amava, vedendola nuda per la prima volta.

Sì, l'amava. Con tutto se stesso.

Avrebbe ucciso per tenerla al sicuro, se necessario. Sarebbe stata la donna più viziata del mondo, perché tutto quello che doveva fare era chiedere qualcosa, e sarebbe stato suo.

Aveva cosce pallide e sode. Fianchi larghi. Un seno perfettamente proporzionato alla sua costituzione, i capezzoli duri che lo chiamavano.

"Sei così fottutamente bella," le disse prima di rimettere le ginocchia sul letto e strisciare verso di lei.

———

Sarah non poteva credere di essere stata così sfacciata al piano di sotto, ma sapeva che Cole era un gentiluomo ed era sul punto di lasciarla sul divano per ritirarsi nella propria stanza. Non voleva che lui andasse a letto senza di lei. Così aveva fatto l'unica cosa che poteva pensare in quel momento... si era seduta su di lui.

Ma nel momento in cui si era messa a cavalcioni su di lui, non aveva capito più nulla. Il suo uccello sembrava enorme e lei non poteva fare a meno di spingersi contro di lui. Una mossa dopo l'altra... erano finiti a letto.

Nel letto di Cole.

Nudi.

Sarah non aveva mai desiderato niente di più nella vita.

Cole era enorme. Dappertutto. Ma il modo in cui la sovrastava sembrava solo farla sentire molto più protetta e curata. Aveva sentito la sua erezione quando gli si era seduta sulle ginocchia. Cole aveva cosce robuste come mattoni, ma era l'uccello la parte che le interessava di più in quel momento.

Quando lui si era tolto la camicia, Sarah conosceva già i suoi tatuaggi, che si estendevano dalle braccia, giù per il petto e fino alla pancia. Ma nel momento in cui Cole si era tolto i jeans, lei non era più riuscita a staccargli lo sguardo dal pene.

Aveva intravisto vagamente un tatuaggio lì vicino, ma non aveva tolto gli occhi dal pene abbastanza a lungo per controllare il disegno.

Cole aveva un uccello molto grosso. Molto più di qualsiasi altro pene avesse accolto dentro di sé in passato. Sarah sentì subito una sensazione di umidità tra le gambe, come se il suo stesso corpo si stesse preparando per lui. Ricordò il modo in cui le aveva toccato i seni, come se non potesse aspettare un secondo di più per metterci la bocca sopra... il modo in cui le aveva palpato il culo. Ripensò a come aveva preso il controllo del loro bacio e alla sua possessività in generale.

Ogni parte di Cole la eccitava, Sarah lo voleva dentro di sé. *In quel momento.*

Aprì le gambe e lui ne approfittò immediatamente, inginocchiandosi tra le cosce di lei, facendole divaricare ancora di più. Sarah avrebbe dovuto essere nervosa: era passato molto tempo da quando qualcuno l'aveva guardata proprio lì, ma lo sguardo sognante di Cole la fece sentire molto sensuale.

Dall'uccello colò una goccia di liquido pre-eiaculatorio. Sarah la sentì sulla coscia, così calda che si sentì quasi bruciare.

"Cole," gemette, facendogli scorrere le mani su e giù per le braccia e ammirando vagamente il modo in cui i suoi tatuaggi si muovevano e si flettevano al ritmo dei suoi muscoli.

Lui si chinò su di lei, facendole sentire il pene che le si strofinava contro le grandi labbra. Lei inspirò e trattenne il fiato per l'emozione, mentre lo sentiva fare grandi respiri.

"Prendi la pillola?" le sussurrò all'orecchio.

Sbattendo le palpebre verso di lui, Sarah si rese conto che non aveva pensato nemmeno una volta alla contraccezione o a proteggersi da qualsiasi tipo di malattia sessualmente trasmissibile. Ma quasi nell'istante in cui il pensiero della protezione le attraversò la mente, lo scartò. Era nel mondo di Cole in quel momento, sapeva senza nemmeno pensarci che lui non avrebbe mai fatto nulla per metterla a rischio.

"No."

Lui annuì, come se si aspettasse quella risposta. "Sapere che potrei metterti incinta in questo momento è la mia più grande fonte di eccitazione," le disse con la stessa voce bassa e suadente. "Ma prima devo assicurarmi che tu sia al sicuro..."

"Sì..."

"Da quello stronzo che pensa di essere innamorato di te," chiarì.

Sarah si sciolse per le sue vibrazioni protettive e annuì.

"Metterò un preservativo nel frattempo, perché l'ultima cosa di cui devi preoccuparti è un bambino che ti cresce in pancia quando non sappiamo dove siamo o cosa stiamo progettando. Ma, ti avverto, angelo, nel momento in cui Owen sarà fuori dai giochi, una volta per tutte, non userò più nulla. Quando me lo permetterai. Quando ci svegliamo la mattina, sotto la doccia, a tavola dopo la colazione, nelle pause pranzo, e sicuramente la sera prima di dormire." Poi, per qualche secondo, apparve insicuro. "Ti sta bene?"

"Sì." Sarah non riusciva letteralmente a dire altro. Il pensiero di lui che faceva l'amore con lei nuda e poi la riempiva di sperma era sexy, piuttosto che scoraggiante. Non aveva pensato al rischio a rimanere incinta prima di conoscerlo, quindi non si era troppo preoccupata di contraccettivi.

Anche se... immaginando di avere un figlio con Cole, non riusciva a toglierselo dalla testa. Aveva la sensazione che lui non avrebbe dato di matto, se lei fosse rimasta incinta.

Senza dire un'altra parola, Cole si chinò e aprì un cassetto accanto al letto. Con l'uccello bagnato le tracciò una linea di liquido sul ventre. Sarah si spostò per prendergli la base con la mano, proprio mentre lui afferrava una scatola nuova di zecca di preservativi. Cole sibilò un respiro e si sedette in ginocchio sopra di lei.

Sarah non poteva distogliere l'attenzione da lui: era così bello, duro e morbido allo stesso tempo. Gli pulsava l'uccello mentre il sangue pompava nell'erezione. Lei iniziò a masturbarlo, osservando come diventava ancora più duro davanti ai suoi occhi.

Cole le spinse via la mano con delicatezza, lei lo guardò infilarsi il preservativo. Poi Cole si spostò all'indietro e si abbassò sui gomiti.

Accigliandosi, dal momento che sperava di poter finalmente riceverlo dentro di sé, Sarah gettò la testa indietro mentre lui tornava a divorarle il seno. Era una bella sensazione, ma lei voleva di più. "Cole," protestò.

Lui alzò la testa. "Sì, angelo?"

"Scopami," lo supplicò.

Lui le rivolse un sorriso malizioso. "Lo farò. Ma prima voglio assaggiarti."

"Oddio, sì... per favore."

Cole scese verso il basso senza mai smettere di sorridere e iniziò a leccarle e succhiarle la passera con lo stesso entusiasmo dimostrato con il seno fino ad un attimo prima.

Sarah gemette, portandogli immediatamente le mani alla testa. Si alternava tra il tenerlo per la vita e il cercare di spingerlo più forte contro di lei. Cole si attaccò al clitoride e lo mordicchiò. Si avventò su di lei come se fosse un animale affamato. Sarah non aveva mai immaginato che qualcuno potesse essere così entusiasta di banchettare in quel modo di una donna. Si era già chiesta se Cole fosse il tipo di uomo che avrebbe smaniato così per lei... Se gli sarebbe piaciuto. Si eccitò ancora di più nel rendersi conto che la risposta a quei dubbi era affermativa.

Abbassò lo sguardo e vide che lui la stava fissando mentre la divorava. La sua barba era impregnata di fluidi; Cole le coprì il clitoride con la bocca, chiuse gli occhi come se fosse in estasi e la divorò. In pochi secondi, Sarah si stava già avvicinando all'orgasmo. Non avrebbe potuto fermarlo neanche se ci avesse provato.

"Oh cavolo, Cole!" gli gridò, proprio prima di esplodere. Lui la tenne ferma ficcandole due dita nella passera stretta e accarezzandola in un posto di cui lei aveva solo sentito parlare, ma che non aveva mai sperimentato prima.

Gridando seriamente, Sarah sollevò i fianchi in alto, quasi

spingendo via Cole, e fu scossa da tremiti violenti per il suo primo orgasmo sprigionatosi dal punto G.

Cole si spinse fino alle ginocchia e le tenne le cosce aperte mentre lei stava ancora ansimando e tremando. Guardandola negli occhi, si leccò le labbra, assaporandola, poi iniziò a penetrarla lentamente, mentre lei era ancora in preda agli spasmi.

"Cazzo, angelo. Sei incredibile," sospirò Cole.

Voleva dissentire, dirgli che, no, era lui quello incredibile, ma non poteva parlare. Tutto quello che poteva fare era aggrapparsi a Cole per non andare in frantumi.

Era grosso. Non aveva mai accolto una dimensione simile, prima di Cole. Ma invece di spingersi dentro di lei, Cole si prese il suo tempo. Penetrava per un centimetro, tenendosi fermo, poi si ritirava. Poi lo faceva di nuovo, guadagnando un altro mezzo centimetro prima di ritirarsi ancora una volta.

Prima che lui si fosse spinto fino al limite, Sarah lo stava implorando. "Ti prego, Cole. Ho bisogno di te. Fino in fondo. Di più!"

"Calma, angelo. Mi rifiuto di farti del male," mormorò. "Sei così stretta. Dio, ti sento benissimo." Gli pulsava una vena sul collo per lo sforzo di andarci piano, aveva i bicipiti duri come la roccia. Stava soffrendo. Per *lei*.

Alla mossa successiva, Cole iniziò a spingere lentamente dentro e Sarah piantò i piedi sul letto spingendo i fianchi più forte che poteva.

Entrambi ansimarono quando lui la penetrò fino in fondo. Sarah sentiva lo scroto che le colpiva il culo, il pube di Cole che le si strofinava contro il clitoride. Era totalmente dentro di lei.

Gemendo, Cole si abbassò e le afferrò il culo, spingendola più forte contro di lui.

"Tu. Sei. Mia," grugnì, fissandola negli occhi spalancati.

Sarah poteva solo annuire. Il piccolo momento di dolore per quell'azione avventata sfumò presto in piacere.

"Dico sul serio, Sarah. Questa passera è mia. Queste tette sono mie. Ogni orgasmo, ogni gemito, ogni sospiro. Sono miei. Ho cercato di avvertirti. Ho cercato di assicurarmi che sapessi a cosa andavi incontro, ma ormai è troppo tardi."

Quelle parole erano esageratamente possessive. Persino folli. Ma a Sarah non importava. Erano come un balsamo per la sua anima. Non era mai appartenuta a nessuno, prima di quel momento.

"Se io sono tuo, allora anche tu sei mio," gli disse ferocemente, avvolgendogli le gambe intorno al bacino e agganciandogli le caviglie intorno al culo. "Nessuna avrà il tuo cazzo, tranne me."

"Sono tuo," sospirò lui mentre cominciava a spingere lentamente dentro e fuori di lei.

Sarah lasciò cadere le gambe mentre inarcava la schiena e gemeva. Lui la riempiva così bene... era così grande. Le stimolava terminazioni nervose che lei non sapeva nemmeno di avere. Era così bagnata dall'orgasmo precedente che i rumori prodotti dai loro corpi potevano risuonare imbarazzanti.

Ma lei si dimenticò di ogni cosa mentre lui accelerava le sue spinte.

"Così va bene?" ansimò lui.

"Oh, sì", lo rassicurò lei. "Più forte."

"Non ti farò del male." Sembrava quasi che stesse parlando a se stesso, piuttosto che cercare di rassicurarla.

Si sentiva benissimo dentro di lei. Ma non era abbastanza. Lei non sarebbe mai stata il tipo di donna che poteva eccitarsi con un semplice rapporto sessuale. Aveva bisogno di più. Non sapendo se doveva dirglielo, mostrarglielo, o semplicemente lasciar perdere per la prima volta, non si rese conto che Cole la stava studiando mentre era persa nei suoi pensieri.

"Di cosa hai bisogno?" le chiese.

"Cosa?" chiese lei senza fiato.

"Di cosa hai bisogno per venire di nuovo?"

Sentendosi timida, ma sapendo che voleva assicurarsi che la loro vita sessuale fosse il più incredibile possibile, sbottò: "Il clitoride. Ho bisogno di una stimolazione diretta."

Cole non esitò. Non le disse di fare quello che doveva fare. Si spostò semplicemente sopra di lei e allungò una mano verso il basso per strizzarle il clitoride mentre riprendeva a scoparla. "Così?"

Sarah alzò gli occhi verso l'alto, in estasi. Il pollice di lui che le lavorava il clitoride, allo stesso ritmo con cui lui la penetrava, era il paradiso.

"Sìììì," sibilò.

Sarah colse il sorriso di Cole prima che lui cominciasse a spingere con più convinzione. Cominciò a pompare i fianchi costantemente, come se fosse una specie di macchina. Allo stesso tempo, Cole variava la pressione e la velocità del pollice sul clitoride. Quella combinazione la fece impazzire. Entro un minuto, si contorse nuovamente sotto di lui, tirandosi via dall'intensità del suo tocco, poi premendo su di lui: ne voleva di più. Era confusa e non aveva mai provato niente di simile in tutta la vita.

"Vienimi sul cazzo, angelo," le mormorò nel momento critico. Sarah strinse le chiappe, iniziò a tremare e sentì l'orgasmo arrivare come una valanga di fuoco. Nel momento in cui volò oltre il limite, gridò in estasi. Sentì Cole afferrarle i fianchi: se prima aveva pensato che la stesse scopando, si sbagliava.

In quel momento la stava scopando.

Cole spingeva l'uccello senza pietà, prolungandole il momento di massimo piacere; pompava e grugniva, con un rivolo di sudore che gli colava da una tempia.

Era bellissimo.

Non era sicura di aver mai visto qualcosa di così bello in tutta la sua vita.

Poi lui venne.

E quella era la cosa più bella che avesse mai visto.

Cole serrò la mascella, chiuse gli occhi, smise di respirare per un attimo e gettò la testa all'indietro. Spinse ancora una volta dentro di lei fino a dove poteva arrivare ed esplose.

Sarah sentì l'uccello che le si svuotava dentro riempiendo il preservativo. Ci vollero diversi secondi, ma alla fine Cole lasciò uscire il respiro che aveva trattenuto, rilassandosi del tutto, come un palloncino sgonfiatosi improvvisamente.

Senza dire una parola, cadde sui gomiti sopra di lei, attento a non schiacciarla, e le seppellì il viso tra i capelli, sul cuscino. Rimasero così per alcuni minuti, entrambi respirando a fatica, cercando di riprendersi da quell'atto incredibile.

Sarah non sapeva se il sesso con Cole sarebbe stato così ogni volta; sperava quasi di no. Era intenso, oltre ogni immaginazione... ma oh, così bello.

Lo sentì ammorbidirsi lentamente dentro di lei, quando finalmente uscì, entrambi sospirarono con disappunto. Poi Cole fece qualcosa di sorprendente. Si abbassò fino a portare la testa al livello del seno di Sarah e le appoggiò una guancia sulla tetta. Le mise una mano sul collo, senza fare pressione, si appoggiò lì e basta.

Il respiro di Cole le fece indurire il capezzolo, ma lui non si mosse.

"Dicevi sul serio?" le chiese dopo un po'; Sarah non l'aveva mai sentito così insicuro.

Ma non aveva bisogno di chiedere cosa intendesse. Lei era sua, proprio come lei sperava che lui fosse suo. "Dicevo sul serio," lo rassicurò.

Cole annuì. "Non te ne pentirai. Te lo giuro."

"Lo so. Ma tu potresti." Doveva dirlo. Non si sentiva esattamente la scelta migliore: era troppo gentile, un po' solitaria, non aveva una famiglia su cui contare. Ma Cole scosse subito la testa.

"Mai," giurò.

Si addormentarono poco dopo. Cole avvolto intorno a lei, usando il seno come cuscino. Le lenzuola sarebbero state un disastro al loro risveglio, ma a Sarah non importava. Niente poteva far scoppiare la sua bolla di felicità. Niente.

CAPITOLO DODICI

CAPITOLO DODICI

Beh, *quasi* niente. La bolla di felicità di Sarah durò fino alle sette della sera successiva.

La giornata era stata fantastica. Cole l'aveva svegliata e l'aveva portata sotto la doccia. Lì avevano fatto l'amore, era stato intenso ed eccitante come la notte precedente.

Poi avevano fatto colazione ed erano andati al centro commerciale per trovarle dei vestiti. Dato che nessuno dei due si era ricordato di buttare i vestiti di Sarah in lavatrice, si rimise i jeans e una delle magliette di Cole legata con un nodo laterale. Sarah aveva la sensazione che chiunque li vedeva sapesse esattamente cosa avevano fatto la notte prima e quella mattina, ma sorprendentemente non le importava nulla.

Cole l'aveva convinta a comprare un vestitino nero per la sua serata tra ragazze di quella sera; Sarah aveva trovato anche alcuni top carini in saldo che aveva anche deciso di acquistare. Non aveva pensato che Cole si sarebbe rifiutato di lasciarle pagare le sue cose, però. Lei aveva discusso, ma lui si era limitato a fissarla con quel particolare sguardo che lei cominciava a riconoscere come "non ci provare, tanto non cambio idea" e le aveva detto: "Eri d'accordo."

Così lei lo aveva lasciato fare, ma aveva fatto il voto mentale di comprarsi i vestiti solo quando era sola. Poi erano tornati nel suo appartamento, una coccola dopo l'altra... Aveva scoperto che potevano fare l'amore giocosamente, senza l'intensità della notte precedente, ma era comunque molto piacevole.

Cole la portò al bar Rock 'N' Roll, dove doveva incontrare le altre per la loro serata tra ragazze. Sarah divenne subito nervosa.

"Smettila di stressarti," le disse Cole, sistemandole una ciocca di capelli castani dietro un orecchio.

"Non posso farci niente. E se non faccio bella figura? E se mi trovano strana? Se non mi approvano, questo renderà le cose imbarazzanti tra te e i tuoi amici. Io non..."

"Rilassati," le ordinò Cole. "Ti vorranno bene. Diavolo, ti vogliono *già* bene. Bevi qualcosa. Rilassati. Sii semplicemente te stessa. Andrà tutto bene."

Sarah fece un respiro profondo. Cole aveva ragione. Aveva già incontrato Felicity, che era stata sempre molto gentile con lei.

Cole si chinò in avanti, Sarah sentì il suo respiro solleticarle i capelli vicino all'orecchio prima che le sussurrasse: "Non vedo l'ora di aiutarti a toglierti questo vestito. Anzi, forse ti prenderò mentre lo stai ancora indossando, piegata davanti a me."

Lei rabbrividì.

"Pensi che ti piacerebbe?" chiese Cole.

Sarah si voltò a guardarlo negli occhi. "Penso che mi piacerebbe qualsiasi cosa tu mi facessi."

Lui si leccò le labbra, Sarah fu ben felice di avere il potere di eccitarlo con così poco. Ciò le diede il coraggio di continuare. "Se ti piace la Sarah sobria, aspetta di incontrare la Sarah alticcia, che si prende quello che vuole."

"Figataaa," mormorò Cole.

Sarah ridacchiò, lo baciò intensamente sulle labbra, poi aprì la portiera. "Ti scrivo più tardi, quando saremo pronte."

Lo vide sistemarsi l'erezione nei pantaloni e annuire. "Saremo tutti da Logan, quindi possiamo essere qui in pochi minuti quando sarete pronte per andare."

Sarah annuì e chiuse la portiera.

"Sarah?"

Lei si chinò di nuovo. "Sì?"

"Ti vorranno bene perché sei premurosa, gentile... è impossibile non volerti bene."

"Grazie," sussurrò.

"Ora vai, prima che io ti riprenda in questa macchina e ti porti nel mio appartamento per devastarti."

"Sissignore," scherzò lei, poi si allontanò salutandolo, prima di fare un respiro profondo e dirigersi verso la porta del bar.

———

Un'ora e quattro drink dopo, Sarah si stava divertendo tantissimo.

Era decisamente brilla, al limite dell'ubriachezza, ma non riusciva a ricordare l'ultima volta in cui si era sentita così bene.

Grace era un po' silenziosa, proprio come lei, ma le altre compensavano la loro reticenza. Bailey non beveva a causa della gravidanza, ma non importava: non aveva bisogno di alcol per essere divertente.

"Così ero lì, cercavo di ottenere informazioni sulla banda e dovevo continuare a bermi bicchierini di tequila," disse Alexis, gesticolando mentre raccontava la sua storia. "Era davvero disgustoso. Poi Damian ha messo la mano sotto la gonna della cameriera, proprio lì al tavolo!"

Tutte gemettero con disgusto.

"Vero? Voglio dire, mi piace un buon ditalino, come a tutte, ma non da lui, e non nel bel mezzo di un bar affollato!"

Scoppiarono a ridere per l'osservazione improvvisata di Alexis.

Felicity appoggiò il mento su una mano e fissò Sarah dicendole: "Allora, Sarah... raccontaci tutto di te."

"Io? Non c'è niente da dire," disse Sarah.

"Ma smettila!" esclamò Bailey. "Un giorno Cole è single e libero come un uccellino, il giorno dopo continua a dire: 'Sono occupato. Devo andare a casa e sedere sul mio divano a parlare con Sarah'..."

Sarah si coprì la bocca con la mano e ridacchiò.

Felicity concordò: "Infatti, vado a Chicago a visitare la tomba di mia madre, e quando torno, il mio socio stacanovista permette ai nostri impiegati di fare davvero il loro lavoro, così lui non deve essere lì ventiquattr'ore su ventiquattro. Qual è la tua storia?"

"È stato un idiota, quando ci siamo conosciuti," ammise Sarah.

Le quattro donne si sporsero verso di lei, curiosissime per altri dettagli.

"Non sapeva che potevo sentirlo ed è stato un po' cattivo. Ma dopo si è scusato. Poi credo che siamo cresciuti meglio." Sarah sapeva di essere stata troppo vaga, ma non era sicura di come spiegare la sua relazione con Cole e di come si fosse sviluppata così in fretta.

"Ha uno stalker," sbottò Alexis.

"Davvero?" chiese Grace.

"Sì," rispose Alexis, prima che potesse farlo Sarah. "Le lascia regali inquietanti e lettere d'amore. Ma non è come

Donovan," disse, rivolta a Bailey. "Ha la capacità mentale di un bambino di dieci anni."

Apparvero tutte scioccate e Sarah si limitò a sorseggiare il suo ultimo drink mentre Alexis aggiornava le altre sulla sua situazione.

"Allora, cosa stai facendo per proteggerti?" chiese Felicity.

Sarah fece spallucce. "Sto vendendo la mia casa, affitto un appartamento qui in città con una sicurezza ventiquattr'ore su ventiquattro, vado a letto con Cole, la Ace Security ha detto che farà il possibile per risolvere il mio problema."

Le ragazze rimasero in silenzio.

"Tutto qui?" chiese Felicity dopo un istante.

Sarah la fissò confusa. "Uh... sì? Dovrei fare qualcos'altro?"

"Che ne dici di prendere una pistola? Un coltello? Di pensare a un piano, nel caso in cui questo tizio ti prenda?"

"Cole mi sta insegnando tecniche di autodifesa..." disse Sarah a bassa voce.

"Senti, non voglio spaventarti, ma potrebbe non essere sufficiente. Fidati di me, lo so," disse Felicity, biascicando leggermente a causa della quantità di alcol che aveva bevuto.

"Leese," la avvertì Grace.

"Cosa? No!" esclamò Felicity. "Lei mi piace. È carina. Simpatica! L'hai vista prima, quando è andata al bar a prendere da bere. Quella sgualdrina le ha tagliato la strada e ha mostrato le tette al barista, Sarah non si è nemmeno incazzata. Ha solo aspettato il suo turno. Chi aspetta il proprio turno al bar? Nessuno! Proprio nessuno. Infili i soldi sotto il naso del barista per farti servire. Poi, quando l'altra ragazza l'ha guardata dall'alto in basso, non ha detto niente. Neanche una parola! L'ultima cosa che voglio è che un pazzo che si crede innamorato le metta le mani addosso. Ha bisogno di armarsi! Deve essere pronta a fargli il culo, se necessario."

Sarah mise una mano sul braccio coperto di tatuaggi di Felicity per cercare di calmarla. "Felicity, va tutto bene."

"No!" insistette l'altra donna. "È spaventoso come l'inferno e non voglio che tu ci passi. Quando Joseph mi ha preso, non ero preparata come avrei dovuto. Avrebbe potuto spararmi in testa! E se suo padre, ancora più pazzo... se non fosse arrivato al momento giusto, sarei morta. E non si trattava solo di me. Aveva preso Nate!"

"Leese!" disse Grace con più forza, ma Felicity la ignorò, si voltò e afferrò il braccio di Sarah, premendole le dita sulla pelle. "Per colpa mia, ha quasi rovinato la vita della mia migliore amica rapendole il bambino. E se questo Owen cercasse di arrivare a te attraverso Cole? O bruciasse la nostra palestra? O cercasse di nuovo di rapire uno dei bambini? Devi essere pronta. Devi avere un piano!"

Sarah non era sicura che Felicity stesse facendo la stronza di proposito, finché non vide le lacrime formarsi nei suoi occhi. Quella donna tosta era estremamente turbata da quello che Owen avrebbe potuto fare a Sarah, e forse anche ad altri.

Sarah iniziò a farsi prendere dal panico. Felicity aveva ragione. Non poteva sopportare che Owen facesse qualcosa a qualcun altro a causa sua. "Oh, mio Dio," sussurrò, poi si rivolse a Grace. "Non voglio che ti rapisca i bimbi." Poi guardò Alexis. "E tu sei già stata quasi sepolta viva una volta, non può succedere di nuovo." Fissò Bailey. "E tu e Joel... siete quasi morti asfissiati... o quello che è..." Agitò la mano in aria mentre biascicava la parola. Poi toccò Felicity sulla spalla. "E non voglio che ti sparino in testa!"

"Calmatevi," disse Bailey, l'unica sobria. "Nessuno verrà rapito, sepolto, soffocato o ucciso."

"Non puoi saperlo!" esclamò Sarah, con una voce acuta e stressata. "Oggi sono bei regali e note d'amore. Domani Owen potrebbe odiare me e tutti i miei amici. E voi siete mie amiche. Non ho mai avuto amici prima! Non voglio perdervi!"

"Non ci perderai," disse Bailey gentilmente, nel momento

in cui Alexis si alzò dalla sedia per raggiungere Sarah. Le gettò un braccio intorno alle spalle e si appoggiò a lei.

"Sei una di noi," disse Alexis seriamente, anche se le sue parole erano biascicate. "Grace ha avuto Felicity come amica solo perché i suoi terribili genitori erano super terribili. Io ero troppo ricca per avere amici. Bailey era la ragazza di un ex capo banda e tutti avevano paura di lei, Felicity non si permetteva di avere altri amici oltre a Grace e Cole perché aveva paura del suo stalker. Siamo come le anti-amici. E dato che stai con Cole, e lui è il migliore amico di Felicity, e lei è la migliore amica di Grace, e Grace è mia cognata, e Bailey è sposata con il fratello del mio uomo... ora sei una di noi!"

Sarah non riusciva nemmeno a seguire il ragionamento di Alexis da ubriaca, ma non importava. Tutto ciò che importava era che era stata invitata a far parte di quella cerchie di donne incredibili. "Va bene!" sbottò.

Tutte applaudirono, tranne Bailey, che alzò gli occhi al cielo, ma sorrise e alzò il suo bicchiere d'acqua quando Alexis propose un brindisi.

"A Sarah! Quella simpatica!"

"A Sarah!" fecero eco tutte.

Gli occhi di Sarah si riempirono di lacrime.

"Non piangere!" ordinò Grace, puntando il dito contro Sarah. "Se tu piangi, piango anch'io. E se piango, Logan sarà preoccupato e non farà l'amore con me nel mio nuovo vestito nero da zoccoletta!"

Felicity si mise a ridere. "Come no!" esclamò, evidentemente aveva ripreso il controllo. "Non c'è nessuna possibilità che non ti attacchi appena entri dalla porta."

"I nostri ragazzi amano i nostri vestitini succinti", aggiunse Alexis.

"Amano anche quando diventiamo brille!" aggiunse Grace.

"Brille?" mormorò Bailey. "Prova con 'sbronze'!"

"Non fare la guastafeste," disse Alexis mentre barcollava di nuovo intorno al tavolo fino alla sedia e ci si sedeva con fatica. "Solo perché stai covando un frugoletto e non puoi bere con noi, non significa che devi romperci le palle."

Bailey rise e si passò una mano sulla pancia ancora quasi piatta. "Non sono affatto una guastafeste. In realtà mi sto divertendo."

Sarah mise la mano su quella di Bailey e chiese preoccupata: "Ma non è che non farai sesso, dato che non sei ubriaca?"

Ci fu silenzio per un momento, prima che tutte e quattro le donne scoppiassero a ridere.

Sarah sbatté le palpebre. "Cosa c'è di così divertente?" chiese, quando tutte si furono calmati un po'.

"Tu," disse Grace.

"Perché?"

"Diciamo solo che i fratelli Anderson sono... entusiasti quando si tratta delle loro mogli e di portarsele a letto," disse Bailey con un piccolo sorriso.

"Se riescono a raggiungere un letto," aggiunse Felicity.

"O entrare in casa," disse Grace.

Sarah guardò le altre una dopo l'altra, erano intente a sfoggiarle grandi sorrisi.

"Ma siete tutte sposate da un po'," disse Sarah, con il cervello ufficialmente confuso.

"E quindi?" chiese Alexis.

"Ho solo pensato... uh... che... sai." Quella sera aveva avuto l'impressione che alle altre donne piacesse uscire tra loro perché ai loro mariti piacesse fare sesso con loro quando erano ubriache. Avevano avuto una breve conversazione su come tutti i ragazzi non vedevano l'ora di essere convocati, quando erano pronte per andare a casa, perché questo significava che avrebbero potuto "approfittare" delle loro mogli. E in qualche modo, man mano che lei consumava sempre più alcol, la sua ubriachezza le aveva suggerito che i fratelli Anderson scopassero le mogli solo da ubriache.

"Cole ti scopa solo quando sei ubriaca?" chiese Alexis.

"Umm, no," disse Sarah.

"Porca puttana, non l'avete ancora fatto?" chiese Felicity, alzando le sopracciglia.

"Sì! L'abbiamo fatto. Ieri sera. E questa mattina..." esitò, poi aggiunse: "...e questo pomeriggio."

Tutte risero come se Sarah fosse la comica più divertente del mondo. "Oh, finitela," disse lei, con un broncio.

Bailey ebbe pietà di Sarah e le spiegò: "Ragazza, Cole non sarà un Anderson, ma è fatto della stessa pasta. Quando i nostri uomini trovano qualcosa che li eccita, si impegnano al massimo. Dal lavoro, al metterci incinte," si strofinò di nuovo la pancia, "o al compiacere la loro donna. Ci piace vestirci sexy e bere qualcosa solo perché è divertente. E l'anticipazione di sapere quanto ci eccitiamo fa sì che i ragazzi si eccitino ancora di più. Vedrai quando Cole verrà a prenderti."

"Non prendo la pillola," sbottò Sarah.

"Ragazzaaaaa," disse Alexis, scuotendo la testa. "Faresti meglio a fare qualcosa al riguardo se non vuoi figli."

"Li voglio," disse Sarah, che poi bevve un altro piccolo sorso del cocktail fruttato. Le piaceva l'idea di avere delle amiche. Era bello poter parlare di sesso e di altre cose da ragazze. "Voglio assolutamente dei figli," aggiunse.

"Ma?" la incalzò Alexis.

"Niente ma. Li voglio. Tipo sei, o di più. Una casa piena. Ma voglio adottarne alcuni. Bambini più grandi che si sentono come se nessuno li volesse. Come me," disse Sarah.

"Se non prendi la pillola, li avrai," la avvertì Alexis.

Sarah sorrise sognante. "Lo so. Cole ha fatto un accenno. Ha detto che l'idea di mettermi incinta lo eccitava. Ha anche detto che non voleva più usare i preservativi, una volta che Owen fosse stato preso... e non mi ha detto di prendere la pillola o altro, quindi... Ho pensato che forse li voleva subito. Penso che mi piacerà il processo di *fabbricazione*."

"Cole è il mio migliore amico e voglio il meglio per lui," commentò Felicity. "Ma le cose con te sono state piuttosto veloci."

"So che sono state veloci, ma onestamente... le cose tra noi sono scattate fin da subito... beh, dopo che si è scusato per essere stato scortese con me prima di incontrarmi. Ma posso parlare con lui di qualsiasi cosa. È la prima persona a cui penso quando mi alzo la mattina e l'ultima prima di andare a dormire."

"Ma... i bambini?" chiese ancora Felicity.

Sarah fece spallucce. "Il mio primo vero ricordo è di quando ero seduta su un'altalena e guardavo un uomo e una donna che giocavano con il loro bambino in una sabbiera. Ricordo di aver pensato quanto fosse strano che degli adulti stessero giocando con un bambino. Non capivo che erano la mamma e il papà."

"Quanti anni avevi?" chiese Felicity.

"Forse quattro, o cinque. Il punto è che non ho mai legato molto bene con le persone. Penso che forse è perché non ho avuto nessuno con cui connettermi quando ero piccola. Mi piacevano i miei padri, ho legato con loro. Ma con Cole... Sono entrata subito in sintonia con lui. So che non posso salvare tutti i bambini in affido nel mondo, ma forse posso aiutare qualcuno a imparare come formare amicizie e connettersi con gli altri prima di quanto abbia fatto io. E non riesco a immaginare nessun padre migliore di Cole."

Quando Sarah finì di parlare, ci fu un momento di silenzio, così aggiunse goffamente: "E poi... sono abbastanza sicura di amare Cole."

"Lo ami?" chiese Alexis gentilmente.

"Sì, lo so che è pazzesco. Non lo conosco nemmeno da tanto tempo. Ma lui mi guarda come se fossi la donna più bella del mondo, quando tutti sappiamo che non è affatto vero. Mi ascolta quando parlo, quando mi prende tra le braccia, mi sembra che niente e nessuno possano farmi del male."

Felicity mise una mano sul braccio di Sarah. "Anche lui ti ama," disse senza mezzi termini.

Sarah sbatté le palpebre.

"Ti ama," insistette. "Nelle ultime settimane parla solo di te. Di quanto sei coraggiosa, intelligente e brava nel tuo lavoro. Non riesce a smettere di parlare di te, pensare a te o preoccuparsi per te."

Alexis si chinò dall'altra parte del tavolo e prese la mano di Sarah nella sua. "Quando ero sdraiata nel bagagliaio di quella macchina e venivo portata chissà dove, una cosa continuava a passarmi per la testa."

"Cosa?" chiese Sarah.

"Blake mi avrebbe trovato. In qualche modo... Sì, mi avrebbe trovata. Penso che quando hai quella convinzione profonda nell'anima, la convinzione che il tuo uomo farà di tutto per tenerti al sicuro, è così che riconosci l'uomo di cui ti devi innamorare."

"Cole ha promesso che se Owen mi avesse trovato, non avrebbe mai smesso di cercarmi finché non fossi tornata a casa," ammise Sarah.

"E tu gli credi?" chiese Alexis, con gli occhi fissi in quelli di Sarah.

"Sì," disse lei.

"No," disse Alexis, scuotendo la testa. "Tu. Gli. Credi? Tipo, se tu fossi sdraiata a terra, pugnalata, o violentata, o se qualcuno ti stesse seppellendo una palata alla volta..."

"Alexis!" la interruppe Grace. "Smettila!"

Alexis ignorò le parole dell'amica e continuò a fissare Sarah con un'intensità che le avrebbe fatto paura, se non fosse stata già ubriaca. "Non importa cosa ti succeda, o quanto tempo ci voglia, credi che lui non smetterà mai di cercarti?

Credi che lui continuerebbe ad amarti a qualunque costo? Se tu avessi cicatrici su tutto il corpo, o se tu fossi stata contaminata?"

Sarah non rispose immediatamente. Pensò alla faccia di Cole quando le aveva chiesto di essere sicuro prima di portarla in stanza. Ricordò la forza nel suo tono, quando aveva detto quel "mia" prima di fare l'amore con lei.

Poi si leccò le labbra e annuì "Sì."

Alexis sorrise e si sedette. Prese il suo bicchiere e fece un lungo sorso. "Bene."

Sarah fu felice quando l'attenzione della conversazione si spostò da lei e dalla sua relazione con Cole a Grace e i gemelli. Nate e Ace stavano crescendo a vista d'occhio e avevano iniziato a camminare, sgambettando dappertutto.

Sarah era rilassata dall'alcol e dalla sensazione di essere finalmente accettata in un gruppo di donne a cui sembrava piacere veramente per quello che era. Non perché era una brava operatrice sociosanitaria o solo perché stava con Cole.

Un'ora dopo, Felicity posò il suo telefono sul tavolo con un tonfo e sorrise al gruppo.

"Perché quel sorriso?" chiese Grace alla sua amica.

"Spero che tutte ne abbiate avuto abbastanza," disse Felicity.

"Perché?" chiese Bailey.

"Perché scommetto che i ragazzi saranno qui a prenderci tra circa sette minuti e mezzo."

Sorpresa, Sarah guardò l'orologio. "Non è così tardi."

"Penso di aver bevuto abbastanza, e per quanto vi adori ragazze mie, ho bisogno di un po' di tempo con il mio uomo," disse Felicity.

"Cos'hai fatto?" chiese Alexis.

"Ho mandato un messaggio a Ryder e gli ho detto che tutti parlavano di bambini, forse era ora di smettere di parlarne solo noi e fare qualcosa," disse Felicity.

"Nooo!" esclamò Grace.

"Bene!" disse Alexis.

"Era ora," disse Bailey con un sorriso.

"Visto che è da Logan con tutti i ragazzi, sono sicura che l'avrà detto a tutti. E immagino che quando Cole saprà che stiamo tutte parlando di farci mettere incinte, sarà qui con gli altri tra circa..." guardò l'inesistente orologio al polso "...altri sette minuti."

"Oh, Dio. Devo andare!" esclamò Sarah, improvvisamente in preda al panico, con gli occhi spalancati. "Cole penserà che sono pazza a volere dei figli così presto nella nostra relazione!"

Saltò dalla sedia e inciampò, quasi cadendo a terra, ma Bailey allungò una mano e le afferrò il braccio prima che potesse schiantarsi.

"Smettila di farti prendere dal panico!" le ordinò.

Sarah scosse la testa. "Non posso!"

In un secondo si trovò circondata da Grace, Alexis, Bailey e Felicity.

"Sei stata tu a dire che lui ha tirato fuori i bambini per primo," le ricordò Felicity. "E conosco il mio amico. Questo non lo spaventerà."

"Sì!" esclamò Sarah.

"Verrà a sfondare quella porta, pronto a ingravidarti qui e ora," le disse Felicity con sicurezza. "Fidati di me."

Sarah deglutì a fatica.

"Ci scommetto," disse Felicity. "Tutto quello che vuoi. Ma è meglio che non scommetta nulla che non sia disposta a perdere."

"Si arrabbierà, Felicity," argomentò Sarah.

"No. E se ho ragione, devi venire con me a farti un tatuaggio. Puoi scegliere quello che vuoi, ma devi andare fino in fondo."

"E se è arrabbiato e stranito dal fatto che abbiamo parlato tutte di avere dei bambini?" chiese Sarah.

"Mi occuperò io di tutto ciò che riguarda il tuo trasferimento nel tuo nuovo appartamento. Imballerò tutto quello che non hai già inscatolato, organizzerò un camion per portarlo qui a Castle Rock, prenderò il magazzino per tutto quello che non entrerà nel tuo appartamento e disimballerò tutta la tua roba per te."

Sarah ci pensò per due secondi. "Affare fatto." Non era affatto impaziente di muoversi. Il pomeriggio seguente doveva iniziare a tirare fuori la roba in soffitta. Non aveva idea di cosa ci fosse lassù, aveva la sensazione che sarebbe stata molto depressa se avesse perso Cole una volta per tutte, dopo aver parlato troppo poco con le sue nuove amiche.

"Inizia a pensare a cosa vuoi per il tuo tatuaggio," disse Felicity con un sorrisetto.

Sarah aprì la bocca per ribattere che Felicity avrebbe dovuto iniziare a capire dove prendere un mucchio di scatole... quando ci fu un trambusto alla porta del bar.

Le donne intorno a lei si voltarono, affiancando ancora Sarah da entrambi i lati.

Sarah sentì a malapena la risatina di Felicity e un delicato "Te l'avevo detto" prima che anche lei si girasse per trovarsi Cole davanti a lei.

I suoi occhi brillavano, lei non l'aveva mai visto così... inquieto.

"Cole? Stai bene?"

Invece di rispondere, le chiese: "Hai partecipato a quella conversazione?"

"Ehm... quella sui bambini?"

"Sì, Sarah. Quella sui bambini."

Lei non riuscì a leggere il suo umore e disse timidamente: "Sì?"

"Vuoi avere dei figli con me?" le chiese.

"Ti amo, quindi sì."

Avrebbe voluto prendersi a calci per aver spifferato quella bomba. Maledetto alcol.

Senza dire un'altra parola, Cole fece un passo verso Sarah, si piegò leggermente e se la gettò sulle spalle.

Lei urlò e gli afferrò il lato della camicia. "Cole!" protestò.

Lui non rispose e si voltò verso la porta del bar.

"Ci vediamo dopo!" la salutò Blake.

"Guida con prudenza!" disse Nathan.

"Non fare nulla che io non farei!" aggiunse Ryder.

Logan non c'era, ma Sarah sapeva che Ryder avrebbe portato Grace a casa, dato che suo marito non poteva lasciare da soli i bambini per andare a prenderla.

"Cole! Mettimi giù!" gli disse Sarah, puntellandosi come meglio poteva, mettendogli le mani sulla schiena e inarcandosi. Non aveva paura di cadere: il braccio intorno alle sue cosce era bello stretto... e poi era Cole. Non l'avrebbe lasciata cadere. Assolutamente no.

Cole uscì a grandi passi dal bar, diretto verso la sua macchina sportiva. Il mondo stava girando, così Sarah si rilassò semplicemente e lasciò che Cole la portasse ovunque volesse. Lui la infilò nel sedile del passeggero, ancora senza parlare, e prima che lei potesse battere ciglio, lui stava già uscendo dal parcheggio.

"Cole?" gli disse lei, ma lui alzò una mano per fermarla.

Sarah aspettò che lui dicesse qualcosa, ma non lo fece. Si limitò a rimettere la mano sul volante e a guardare dritto davanti a sé. Onestamente non aveva idea se fosse arrabbiato con lei, o seccato, o una qualsiasi delle altre cento emozioni. Poteva vederlo digrignare i denti, stringeva il volante fino a fargli diventare le nocche bianche.

Nonostante quello che aveva scommesso con Felicity, aveva sperato che Cole fosse eccitato dal fatto che lei voleva dei figli con lui. E aveva pensato che lo fosse all'inizio, l'intera mossa del "gettarsela sulle spalle come un vichingo che porta via una sposa vergine" era piuttosto sexy. Ma visto che lui non le parlava e sembrava che fosse a due secondi dal perdere la testa, non poteva esserne sicura.

L'alcol in circolo la stava rendendo piuttosto emotiva, prossima al pianto, non riusciva a pensare chiaramente. Mordendosi un labbro, Sarah rimase in silenzio. Non riusciva a staccare gli occhi da Cole, però. Se quella era l'ultima volta in cui poteva fissarlo a suo piacimento, non ci avrebbe di certo rinunciato.

Cole accostò nel parcheggio del suo complesso residenziale e mise la macchina in folle. Poi si voltò verso di lei e disse: "No. Non. Muoverti."

Così Sarah rimase seduta immobile mentre lui camminava intorno alla parte anteriore dell'auto, fino a raggiungerla. Aprì la portiera e la fece scendere. Invece di caricarsela di nuovo in spalla, la cullò come avrebbe fatto un marito mentre la portava oltre la soglia della loro nuova casa. Sarah gli si accoccolò addosso, amava quella sensazione e quell'odore. Gli appoggiò la testa sulla spalla e chiuse gli occhi mentre il mondo continuava a girare.

Non li aprì nemmeno quando lui la mise in piedi davanti alla porta d'ingresso. La avvolse tra le braccia e aprì la porta. La fece entrare e, dopo aver chiuso la porta, lasciò semplicemente cadere le chiavi.

Il rumore che fecero quando colpirono il pavimento la sorprese, tanto da farle spalancare gli occhi. Sarah inclinò la testa all'indietro e fissò Cole con trepidazione, chiedendosi cosa avesse da dirle.

Cole le prese le spalle tra le mani e la fece lentamente indietreggiare. Sarah lo fissò, confidando che lui non l'avrebbe fatta cadere.

"Quanto sei ubriaca?" le chiese.

Sarah inclinò la testa e sollevò una mano, mostrandogli un piccolo spazio tra il pollice e l'indice.

"Quanto hai bevuto?"

"Quattro drink. Aspetta... forse cinque. Non mi ricordo."

"Merda. Sono uno stronzo... ma non posso resistere."

"A cosa?" chiese Sarah.

Cole si fermò e la girò in modo che fosse rivolta verso il soggiorno. Le mise una mano sulla schiena e la spinse fino a farle toccare il retro del divano con la pancia. Poi le spostò le mani sul vestitino nero, sollevandolo sui fianchi.

Sarah girò la testa e lo fissò di nuovo. Cole le stava fissando il sedere con uno sguardo così caldo, così intenso, che sentì subito il corpo inumidirsi. "Cole..."

"Ieri sera ti ho avvertito che se ti fossi donata a me, sarebbe stato definitivo. Non si torna indietro."

Sarah annuì, ma fu distratta quando lui si portò le mani al bottone dei jeans.

"Non stavo mentendo. Tu sei mia, angelo. So che sei ubriaca, ma l'idea che tu mi lasci mettere un bambino nella tua pancia è troppo. E poi hai anche ammesso che mi ami... forse avrei potuto resistere, se non l'avessi detto." L'uccello gli spuntò fuori dai jeans, sembrava spesso e duro come una lancia. Si agitava davanti a lui, come l'asta di una bandiera al vento.

Le mise una mano sulla schiena e l'altra tra le gambe. Le spostò le mutandine di lato e sorrise. "Bagnata," mormorò tra sé e sé, prima di ficcarle un dito in profondità.

Sarah gemette e abbassò la testa.

"Resisti, angelo. Sarò duro e veloce." Fu l'unico avvertimento ricevuto da Sarah prima che Cole si spostasse, sollevandola in modo che non toccasse più il pavimento con i piedi. Sarah fece in tempo ad allungare le braccia per raggiungere il divano, prima di sentire Cole che la penetrava.

Spinse forte, entrambi gemettero a quella sensazione.

L'elastico delle mutandine creava una scomoda frizione nel movimento, ma lei non si lamentava. Non poteva lamentarsi.

Cole la stava scopando con forza e le piaceva. Molto.

"Sì... Cole!"

"Ti amo, Sarah. Così fottutamente tanto," grugnì lui, lasciandole tutto il tempo di assorbire quelle belle parole.

Oh, Sarah non voleva né poteva muoversi. Poteva semplicemente stare lì e prendere tutto quello che lui le stava offrendo. Era così glorioso. Quando le ficcò una mano tra le gambe e le pizzicò il clitoride, mentre continuava a martellarla, Sarah si scatenò. Si dimenava sulla spalliera del divano, pregandolo di scoparla più forte, agganciò i piedi intorno ai polpacci come meglio poteva, da quella posizione.

In pochi secondi era già sul punto di venire.

Nessuno dei due parlò, ma nel momento in cui lei iniziò a contorcersi, lui si piantò dentro di lei e grugnì mentre veniva con lei.

Forse rimasero così per ore, o secondi, ma alla fine lei iniziò a riprendersi.

Sentiva la stanza vorticare, tra gli effetti dell'alcol e del sesso spaziale con Cole.

Ancora senza dire una parola, Cole si tirò indietro, si girò immediatamente verso Sarah e la prese in braccio. Aveva ancora i pantaloni calati intorno ai fianchi, l'uccello ancora mezzo duro mentre la accompagnava nella sua stanza. Le tolse il vestitino nero, le scarpe, il reggiseno e le mutandine, poi si tolse i vestiti.

Sarah si era già ficcata sotto il lenzuolo, lui la raggiunse lì qualche istante dopo. La posizionò sopra di lui, si prese il pene in mano e la penetrò delicatamente, facendola scendere mentre lui sprofondava di nuovo in lei.

Tirando un sospiro di soddisfazione, Sarah si accasciò e si sdraiò sopra di lui.

"Sono troppo stanca per muovermi," si lamentò lei.

"Va tutto bene. Dormi e basta."

"Ma tu... sei dentro di me."

"Sì."

"Non... è normale?" chiese lei.

"Ho la sensazione che questa sia la mia nuova normalità," le disse Cole con una piccola risatina. "Sono sempre mezzo duro intorno a te, il mio cazzo vuole sempre stare con te, dove è tutto bagnato e caldo."

Sarah trasalì, sollevando leggermente la testa. "Non hai usato il preservativo," gli disse.

"No." Non sembrava stressato o preoccupato.

"Potrei rimanere incinta," lo informò.

"Sì."

Troppo stanca e brilla per preoccuparsene, Sarah si sdraiò di nuovo.

Cole le baciò una tempia. "Dormi, angelo."

"Mmm." Fu l'ultima cosa che ricordava.

———

Cole tenne abbracciata Sarah che dormiva sopra di lui. L'uccello non si era ancora sgonfiato; amava la sensazione di essere dentro di lei. Non le aveva mentito, avrebbe potuto fare l'amore con lei per ore, ma era stanca e ubriaca. Probabilmente non avrebbe dovuto scoparla sullo schienale del divano, ma non poteva fermarsi.

Lei lo amava.

Voleva avere dei bambini con lui.

Così aveva fatto del suo meglio per darle quello che voleva. Quello che anche lui voleva.

Voleva vederla con il suo bambino.

Voleva legarla a lui così profondamente da non farla mai andare via.

Se lei voleva adottare, a lui andava bene, ma prima avrebbero avuto un bambino o una bambina con i suoi occhi e il suo mento.

La voglia di riempirla di nuovo era travolgente, ma non l'avrebbe mai posseduta quando lei era incosciente o addormentata. L'uccello avrebbe dovuto aspettare che lei si svegliasse.

Cole si sentì finalmente in pace con il mondo.

La cosa migliore che gli fosse mai capitata era accoccolata tra le sue braccia come se non volesse mai andarsene. E a lui andava benissimo così.

Mentre la notte procedeva, Cole faceva dei piani. Piani per far conoscere Sarah a suo fratello e ai suoi genitori. Sarebbe piaciuta a tutti. Era meglio fare il viaggio in quel momento, prima che lei fosse troppo avanti nella gravidanza.

Cole non aveva dubbi, poteva averla già messa incinta, considerando la quantità di testosterone che gli scorreva nelle vene.

Sorridendo, le palpò il fondoschiena e la spinse più vicino a sé. Sarah si mosse nel sonno e strinse la presa su di lui. La vita era bella.

No, era *fantastica,* porca miseria.

CAPITOLO TREDICI

CAPITOLO TREDICI

QUANDO SARAH si svegliò la mattina dopo, le ci volle un attimo per ricordare dove fosse, perché le facesse così male la testa e cosa fosse successo con Cole. Aprì un occhio e vide che era da sola nel suo letto. Avrebbe potuto essere arrabbiata per il fatto che lui l'avesse lasciata da sola, ma aveva bisogno di un minuto o due per ritrovare il suo equilibrio.

Poi ricordò tutto quello che era successo la sera prima. Quello che aveva detto al gruppo e come aveva ammesso che non le sarebbe dispiaciuto rimanere incinta subito. Cole non si era arrabbiato perché lei voleva dei figli. Anzi, era così eccitato che se l'era scopata non appena erano entrati nel suo appartamento.

E non solo quello... Sarah spostò le gambe e sentì molta umidità.

L'aveva fatto senza preservativo.

Il pensiero di essere a rischio gravidanza avrebbe dovuto farla impazzire, specialmente alla luce del fatto che la questione con Owen non era stata risolta. E invece, le sembrava... giusto.

Chiudendo gli occhi, Sarah si stiracchiò. Portò le braccia sopra la testa, inarcò bene la schiena. Poi sorrise e aprì gli occhi...

E si bloccò.

Cole era in piedi sulla porta, la fissava con un gran sorriso sul volto. Era senza maglietta e indossava un paio di pantaloni della tuta a vita bassa. I suoi muscoli a V e gli addominali erano ben scolpiti come sempre. Non c'era da meravigliarsi che fosse stato in grado di portarla in giro così facilmente, la notte precedente. Era così dannatamente muscoloso che faceva quasi ridere.

"Ciao," gli disse timidamente.

"Ciao, come ti senti?" le rispose lui.

Lei scrollò le spalle e tirò su il lenzuolo, assicurandosi di essere coperta. "Sto bene. La testa mi fa un po' male, ma non troppo."

"Ti ricordi ieri sera?"

Sarah considerò di mentire, invece annuì.

Cole si spostò dallo stipite della porta e andò verso di lei, si sedette sul bordo del letto e le sistemò una ciocca di capelli dietro l'orecchio.

Sarah aveva la sensazione che i capelli fossero completamente fuori controllo. Si agitò perché lui non diceva nulla, si limitava a fissarla con uno sguardo indecifrabile sul viso.

"Devo farmi un tatuaggio," esordì lei.

Cole si accigliò. "Cosa?"

"Ho perso una scommessa con Felicity."

"Che tipo di scommessa?"

"Dopo che ha mandato quel messaggio, sono andata nel panico e ho pensato che avesse rovinato tutto quello che stavamo costruendo. Ha detto che saresti arrivato da un momento all'altro e io non le ho creduto. Ha detto che se non eri arrabbiato e spaventato per la storia dei bambini, dovevo andare a farmi un tatuaggio con lei."

"E se invece fossi stato arrabbiato? " chiese Cole con un sorriso.

"Avrebbe dovuto inscatolare la mia roba, spostare tutto e disimballare tutto nel mio nuovo appartamento."

Lui sorrise ancora di più. "È subdola, quella lì. Era una scommessa per modo di dire, perché mi conosce troppo bene. Avevo già pianificato il tuo trasloco, e lei lo sapeva."

"Davvero?"

"Sì. Nella tua prossima pausa dal lavoro, ho fatto in modo che una ditta di traslochi locale impacchetti tutto quello che non hai ancora imballato e ti trasferisca qui."

"Quando avevi intenzione di dirmelo?" chiese Sarah, alzandosi in piedi in modo da avere la schiena contro la testiera del letto.

Cole trasalì. "Oggi?"

Lei ridacchiò. "Ti sei salvato per un pelo."

"E devi sapere che ti inviterei a traslocare qui con me in un batter d'occhio, ma voglio che tu sia al sicuro, e l'altro edificio ha una sicurezza migliore. Quindi mi vedrai spesso nella tua nuova casa, angelo. E nel momento in cui si libererà un appartamento più grande, farò il possibile per prendercelo. Soprattutto adesso."

"Adesso?"

Cole si sporse in avanti, praticamente sfiorandole il naso con il suo. "Ti ho scopata senza preservativo, ieri sera."

Sarah deglutì a fatica e annuì.

"E voglio farlo di nuovo questa mattina. E prima che tu vada a casa oggi... Se non sei già incinta, è solo una questione di tempo, perché ora che ti ho spogliata e riempita del mio seme, voglio farlo ancora. Più volte. Sono già dipendente dalla tua bella passerina, e tu vuoi dei bambini. Dobbiamo iniziare a farli, così non saremo sessantenni quando avremo il nostro ultimo figlio."

Sarah sentì il cuore che martellava nel petto. Iniziò a girarle la testa, tanta era la fretta di Cole. Ma non poteva negare che voleva tutto con lui. Sarebbe stato un padre fantastico. Sarebbe stato severo, ma giusto. Protettivo, ma non soffocante.

Pazzesco. Vero?

"Ok," sussurrò lei.

"Sei davvero d'accordo o lo dici solo perché sei spaventata?" le chiese astutamente.

"Un po' di entrambi? Ti amo, Cole, ma non posso fare a meno di pensare che questo stia succedendo troppo in fretta."

Lui chiuse brevemente gli occhi alla sua affermazione, ma annuì. "Ed è per questo che avrai quell'appartamento. Così potrai assicurarti che il nostro rapporto funzioni."

Sarah si accigliò. "Ma hai appena detto che stavi cercando di mettermi incinta."

Cole sorrise. "Sì. Non ho dubbi che le cose tra noi funzioneranno, Sarah. Ti sto solo dando un po' di spazio perché tu possa giungere alla stessa conclusione."

"Oh."

Si chinò e le baciò la fronte. "Ora, alzati. Fai la doccia. Poi vieni in cucina. Ho preparato la colazione."

Sarah era sorpresa. Aveva appena detto che voleva fare di nuovo l'amore con lei... e poi le stava dicendo di fare la doccia. Quell'uomo era confuso.

Come se potesse leggere la sua mente, Cole disse: "Doccia, qualche pillola per il tuo mal di testa, del cibo per l'energia, poi voglio mangiarti di nuovo... e guardarti mentre mi cavalchi finché non ti vengo in quella bella fighetta."

Sarah sentì lo stomaco contorcersi... dal piacere.

Cole sorrise: "Sì, angelo. Le cose tra noi funzioneranno." Chinandosi in avanti, appoggiò la fronte a quella di lei. "Ti amo, angelo. Più di quanto abbia mai amato qualcuno o qualcosa nella mia vita. Tu sei mia, così come io sono tuo. Proteggerò, curerò e amerò te e i nostri figli fino alla fine dei miei giorni."

Sarah sorrise. "Ricorda solo chi l'ha detto per primo," gli disse.

Lui rise e si alzò. Sulla porta, si voltò e disse: "Non vedo l'ora di vedere cosa decidi per il tuo tatuaggio. . . ma mi fai un favore?"

"Cosa?" chiese lei quando lui non finì la frase.

"Mettilo in un posto che posso vedere solo quando sei nuda. Il pensiero di un tatuaggio sulla tua pelle mi eccita così tanto che ho paura di saltarti addosso ogni volta che lo vedo... non importa dove siamo o con chi siamo."

Sarah rise mentre lui lasciava la stanza. Avrebbe dovuto inventarsi qualcosa di stupefacente. Qualcosa che avrebbe tolto il fiato a Cole ogni volta che l'avrebbe visto. Sperò che Felicity le potesse concedere un po' di tempo per pensarci, prima di trascinarla nel salone dei tatuaggi.

"Vuoi che entri con te?" le chiese Cole mentre si stavano salutando fuori dalle loro macchine. L'aveva seguita fino a Parker: Sarah aveva cercato di dissuaderlo, ma lui aveva insistito.

Lei aveva parcheggiato la macchina in garage e si stavano salutando accanto a quella di Cole.

Era stata una giornata incredibile. Una giornata che Sarah non avrebbe mai voluto terminare. Ma il giorno seguente doveva tornare al lavoro e Cole aveva delle cose da fare per la palestra. Sarah doveva anche inscatolare tutte le sue cose prima che riprendessero i turni di lavoro. Soprattutto se Cole aveva intenzione di far venire dei traslocatori e iniziare a portare via tutto. Aveva bisogno di organizzarsi, capire cosa voleva lasciare in magazzino e cosa voleva portarsi dietro.

Le faceva strano salutare Cole. Avevano passato gli ultimi due giorni insieme e, se doveva essere onesta con se stessa, non voleva separarsi da lui. Si sentiva appiccicosa, non era da lei. Si sentiva di nuovo la bimba di sei anni che non voleva mai perdere di vista Mike o Jackson, nel caso in cui qualcuno dei servizi sociali fosse venuto a portarla via.

Sapeva riconoscere del bene in una persona e sicuramente aveva visto la meraviglia di Cole. Ridevano insieme, il sesso era fantastico, ma non era solo quello... si sentiva a suo agio con lui. Non si sentiva obbligata a intrattenerlo, era altrettanto felice di stare seduta in una stanza con lui, senza parlare, senza per forza portare avanti una conversazione approfondita sull'assistenza sanitaria negli Stati Uniti.

"Se lo voglio? Sì. Ma abbiamo entrambi delle cose da fare," gli disse lei sorridendo.

Cole non sorrise. La fissava con uno sguardo così ardente che Sarah aveva la sensazione che avrebbe preso fuoco immediatamente, se non avesse distolto lo sguardo. "Vieni qui," le disse, raggiungendola.

Sarah si chinò volentieri verso di lui, senza sorprendersi per la pelle d'oca che le scoppiò sulle braccia quando lui l'abbracciò e la baciò. Il bacio fu in qualche modo agrodolce, perché sarebbero passati almeno altri tre giorni prima di potersi rivedere. Sarah aveva turni di dodici ore per tre giorni, quindi doveva lavorare assiduamente, per poi tornare a casa ogni sera così stanca da crollare sul letto.

Ma alla fine di quei tre giorni, avrebbe rivisto Cole, si sarebbe trasferita nel suo nuovo appartamento e avrebbe iniziato la sua nuova vita.

Cole le tenne una mano sulla nuca quando lei tentò di allontanarsi. Le disegnò dei cerchi con un pollice, facendole irrigidire i capezzoli all'istante.

"Non guardarmi così," l'ammonì Cole.

"Così come?" chiese Sarah, con tono malizioso.

"Come se fossi un cono gelato che vuoi leccare," le rispose.

Sarah ridacchiò. "Ora che ci penso, non sono mai riuscita a... leccare," disse timidamente.

Cole gemette. "Merda, angelo, ora non sarò in grado di pensare a nient'altro che a te in ginocchio, con quelle labbra deliziose avvolte intorno al mio cazzo."

Lei si contorse contro di lui. "Grazie," disse lei.

Cole si accigliò. "Per cosa?"

"Per essere così sorprendente. So di non essere esattamente la fidanzata del secolo. Ho un passato triste, c'è Owen con i suoi regali agghiaccianti. Vivo troppo lontano, mi è stato detto non so quante volte che devo ribattere di fronte a chi mi fa un torto. E poi..."

"Fermati," le ordinò Cole.

Sarah serrò le labbra.

"Fanculo le persone che te l'hanno detto. Sei una boccata d'aria fresca. Se ci fossero più persone come te, il mondo sarebbe davvero un posto migliore. Non cambiare mai. Sii chi sei e al diavolo quello che pensano gli altri. Ho visto la faccia di quella donna quando ti sei offerta di scaricarle la spesa nel carrello, mentre il suo bambino urlava a squarciagola. Non era così sicura di me, ma dopo uno sguardo al tuo sorriso amichevole e accogliente, era decisamente sollevata. E quando oggi ho dovuto andare in palestra per un po', non ti sei lamentata. Giuro su Dio che quella donna ti ha benedetto."

Sarah arrossì. "Stava piangendo, Cole. Dovevo ignorarla?"

"No. Cazzo, no. Ma questo non ha impedito a tutti gli altri di ignorarla. Invece tu sei andata dritta da lei e le hai chiesto cosa c'era che non andava e se potevi aiutarla."

"Non era bello che quelle ragazze la prendessero in giro."

"No. Infatti quelle ragazze non sono più le benvenute

nella Rock Hard Gym. Nessuno si vergogna del proprio corpo, nella mia palestra. Non mi interessa se qualcuno pesa più di cento chili. Il mio punto è che probabilmente anch'io non l'avrei nemmeno notata, se tu non fossi stata lì. Quindi, per favore, non cambiare mai. Ho bisogno di te nella mia vita. Ho bisogno che tu mi faccia rallentare e notare la bellezza del mondo. Finora ho cercato solo il male. Stare con te mi sta già facendo guardare il mondo in modo diverso."

"E le altre stronzate che hai appena detto? Tutti hanno un passato, angelo mio, e io ti amo a prescindere. Tra meno di una settimana, non vivrai più così lontano. Sarò subito accanto a te. E risolveremo questa situazione con Owen. Sembra che abbia bisogno di stare in una specie di casa famiglia dove possano sorvegliarlo, e se questo è il caso, la Ace Security si assicurerà che abbia l'aiuto di cui ha bisogno. Ok?"

"Ok," accettò Sarah. Cos'altro poteva dire? Cole faceva sembrare tutto così facile. Sperava che avesse ragione!

"Ok," ripeté Cole. Poi la baciò ancora una volta, un bacio breve e forse meno soddisfacente, ma più sicuro, considerando che già non riuscivano a tenere le mani lontane l'uno dall'altra.

"Chiamami o mandami un messaggio domattina quando parti per l'ospedale," le disse.

"Guarda che parto presto," lo avvertì.

"Sarò già in piedi. Inoltre, anche se non lo fossi, sentirti è un bel modo di iniziare la mia giornata."

Sarah si leccò le labbra e Cole gemette. Le diede una piccola stretta dietro la nuca, poi si tirò indietro. "Dai, vai. Prima che io ti trascini dentro e ti scopi senza pietà."

Sarah ebbe la sensazione che Cole non stesse scherzando. Non le sarebbe dispiaciuto, ma sapeva che anche lui aveva del lavoro da fare, così annuì e si incamminò verso il garage, fissando Cose (non aveva trovato nessun regalo di Owen sul portico, quando aveva accostato, grazie al cielo). Aprì la porta del garage e si voltò per salutare Cole.

Lui le sorrise, sollevando un dito dal volante, poi fece marcia indietro nel vialetto. Lei guardò finché non riuscì più a vedere la macchina, poi finalmente entrò in casa.

Sembrava straordinariamente grande e vuota. Sarah sapeva che la casa le sembrava vuota perché aveva appena trascorso due giornate incredibili con Cole. Lui era come un raggio di sole in una vita di oscurità, sembrava illuminare e riempire tutte le crepe solitarie dentro di lei. Per la prima volta, Sarah si rese conto che la casa in cui era cresciuta, la casa dove aveva imparato dai suoi padri cosa fosse il vero amore, non la sentiva più come *casa*. Semplicemente perché Cole non era lì con lei.

"È ora," sussurrò mentre si guardava intorno. C'erano scatole accatastate alla rinfusa nel soggiorno e in cucina. L'agente immobiliare stava chiamando un'azienda per venire a sistemare la casa in modo professionale, una volta tolte tutte le scatole. Costava un po' di più, ma ne valeva la pena, così non doveva preoccuparsi di traslocare più di una volta. Poteva inscatolare tutta la sua roba in quel momento e far trasportare tutto da qualcuno.

Sapendo di avere un sacco di lavoro davanti, specialmente se voleva affrontare le scatole in soffitta, Sarah fece un respiro profondo. Mise il telefono nella tasca posteriore e si diresse verso la camera da letto. Aveva quasi finito in casa, ma doveva fare ancora un po' di ordine nella camera da letto principale, poi avrebbe visto quanta roba c'era in soffitta. Aveva più o meno già pianificato di aprire tutte le scatole lassù, controllare velocemente cosa c'era dentro e poi probabilmente donare la maggior parte del contenuto. Se non aveva usato quella roba per tanti anni, non c'era bisogno di tenerla.

Sarah si sentiva bene per il compito che l'aspettava, era eccitata dal fatto che con ogni scatola che impacchettava e smistava era più vicina a trasferirsi a Castle Rock per iniziare la sua nuova vita con Cole, anche se non poteva fare a meno di pensare a tutti i posti in cui le faceva male e che non le avevano mai fatto male prima.

Cole era un amante energico. Le aveva fatto (e fatto fare) cose che non aveva *mai* sperimentato. Non scherzava quando le aveva detto che era dipendente da *lei*. Ogni volta che poteva, era dentro di lei. A volte la scopava con forza, a volte lentamente, ma ogni volta si assicurava che lei avesse un orgasmo prima di lui, piantandosi il più profondamente possibile dentro di lei.

Sarah si trovava all'ingresso della sua camera da letto e si mise una mano sulla pancia. Forse era già incinta in quel momento. Non ne sarebbe stata sorpresa. Non aveva dubbi che i piccoli nuotatori di Cole fossero incredibilmente potenti, proprio come lui.

Chiudendo gli occhi, sorrise. Forse le cose non avrebbero funzionato. Forse Cole avrebbe deciso che non era la donna dei suoi sogni, dopo tutto, ma per quel momento, per quel giorno, lei gli apparteneva; proprio come lui apparteneva a lei. Decidendo di preoccuparsi del futuro un altro giorno, lasciò cadere la mano, aprì gli occhi e si diresse verso la scatola più vicina. Prima impacchettava tutto, prima poteva iniziare la sua nuova vita con Cole.

———

Senza rendersene conto, Sarah aveva fatto molto tardi. Si era distratta nella stanza di Mike e Jackson. Aveva trovato dei fogli che non aveva mai visto prima. Erano nascosti in una scatola di scarpe, su una mensola dell'armadio. Dato che Mike amava le scarpe e ne aveva possedute un milione di paia, Sarah aveva semplicemente pensato che la scatola ne contenesse una in più. Ma nel momento in cui aveva tirato fuori la scatola dallo scaffale, aveva capito che c'era dell'altro.

Era finita seduta sul pavimento dell'armadio principale, piangendo e cercando di leggere tra le lacrime. La scatola conteneva i ricordi che i suoi padri avevano conservato di lei. La lettera che diceva che erano stati approvati come genitori adottivi. I primi biglietti per la festa del papà che lei aveva regalato loro. Le sue pagelle della scuola elementare. Persino i documenti della scuola quando era stata messa in punizione per aver litigato con un'altra ragazzina.

Sarah ricordava chiaramente quel giorno. Una mocciosa viziata l'aveva presa in giro perché aveva due papà invece di un papà e una mamma, le aveva chiesto se sarebbe diventata lesbica perché i suoi papà erano gay. Sarah l'aveva colpita, dandole un pugno in bocca. Aveva dieci anni. Aveva fatto male e aveva dovuto scrivere una lettera di scuse alla bambina, il che non era giusto, dato che non era stata lei a sbagliare, ma i suoi padri l'avevano fatta sedere e le avevano detto che ci sarebbero sempre state persone cattive e brutte nell'animo, che era più difficile distinguersi ed essere una persona migliore.

Quella era stata la prima e ultima volta che aveva colpito qualcuno.

Nella scatola c'erano anche delle foto di lei quando era piccola, di lei e Mike, di lei e Jackson.

Ma la cosa più preziosa che aveva trovato era una lettera che i suoi padri avevano scritto all'uomo che un giorno l'avrebbe sposata.

Per quanto ne sapeva, l'avevano scritta quando lei era al liceo e probabilmente avevano programmato di leggerla alle prove del suo matrimonio, o qualcosa del genere.

All'uomo che vuole sposare la nostra Sarah,

Non vai abbastanza bene per nostra figlia.

Ma d'altra parte, nessuno sarà mai alla sua altezza.

Tuttavia, per qualche ragione, lei ti ama e tu la ricambi.

Sarah è sempre stata speciale. Vede il lato migliore di ogni persona, mai il peggiore. Questa è la sua qualità migliore, ma anche la più spaventosa.

Come suoi padri, abbiamo cercato di incoraggiarla a diffondere l'amore nel mondo invece dell'odio. C'è già troppo odio. Lo abbiamo vissuto per tutta la vita.

Proteggila da quell'odio. Sii il suo scudo, come abbiamo cercato di fare noi.

In cambio, non conoscerai mai un amore così puro e incondizionato come quello di Sarah.

Vi auguriamo una lunga e bella vita insieme... ma se le torci anche un solo capello, o la fai piangere con parole o azioni imprudenti, o se in qualsiasi modo le fai pensare che non è abbastanza buona per te, non ci sarà nessun posto dove potrai nasconderti da noi.

Sii buono con la nostra bambina.

Le vogliamo bene.

Tienila al sicuro.

Dalle dei figli.

Lascia che la sua luce luminosa risplenda.

È un angelo sotto mentite spoglie, siamo fortunati a chiamarla nostra figlia.

Proprio come tu sei benedetto ad averla come moglie.

~Mike & Jackson Butler

Sarah aveva pianto per diversi minuti. I suoi padri avrebbero adorato Cole. Mike sarebbe andato in estasi per il suo spirito protettivo, Jackson avrebbe semplicemente annuito in segno di approvazione.

Ma non riusciva a superare l'ultima parte della loro lettera.

Angelo sotto mentite spoglie... e Cole la chiamava *angelo*.

Dalle dei figli... e Cole stava già facendo del suo meglio, in *quel* senso.

Sollevando la testa per guardare in alto, sussurrò: "Grazie."

Poi piegò la lettera, la rimise con riverenza sopra gli altri cimeli nella scatola da scarpe e chiuse il coperchio. Quello era senza dubbio uno dei suoi beni più preziosi, sperava di avere la possibilità di condividere la lettera di Mike e Jackson con Cole. Era troppo presto nella loro relazione, ma se le cose fossero andate come sperava, gliel'avrebbe letta la sera prima del loro matrimonio.

Sì, voleva sposare Cole. Voleva diventare Sarah Butler-Johnson. Sperava che lui non avrebbe avuto problemi con il fatto che lei avesse deciso di mantenere il proprio cognome. Voleva onorare gli uomini che l'avevano accolta e amata, dandole una casa e una famiglia.

Pensava continuamente alla lettera, a Cole, ai bambini e al timore di scoprire quanta roba ci sarebbe stata in soffitta, mentre allungava la mano e afferrava la corda che avrebbe tirato giù le scale dal soffitto.

Era stata in soffitta solo poche volte, non le piacevano il caldo e l'angustia che si sentiva lassù. Tirò giù le scale e cominciò a salire. I pioli erano traballanti e incerti, ma Sarah si rassicurò pensando che una volta sistemata la soffitta, non sarebbe mai più dovuta salirci.

Stava pensando che Cole non l'avrebbe mai lasciata andare su e giù per una scala come quella se fosse stato nei paraggi, specialmente se lei fosse stata incinta; quando raggiunse la cima della scala, poté vedere la soffitta per la prima volta.

Ma il volto di un uomo apparve improvvisamente davanti a lei e Sarah emise un grido e fece istintivamente un passo indietro.

Naturalmente, dato che era su una scala, cadde nel vuoto. Agitò le braccia e urlò mentre cadeva.

Successe tutto molto in fretta. Sarah non riuscì a trattenersi dal soccombere alla forza di gravità, un piede si impigliò in un piolo della scala, rallentando la sua caduta, ma tirandole dolorosamente la caviglia nel processo.

Atterrò con forza sul sedere, colpì il pavimento di legno duro con la testa, facendo un *crack* agghiacciante.

Mentre giaceva lì, stordita e in preda a un dolore lancinante, guardò Owen Montrone scendere dalla scala che portava alla soffitta. Sembrava preoccupato, ma anche eccitato.

Quell'aspetto era terrificante.

La vista cominciò a oscurarsi, Sarah sapeva che stava per svenire. Proprio prima di perdere i sensi, Owen si chinò su di lei e le accarezzò il petto, come farebbe un bambino con un cane.

"Va tutto bene. Owen si prenderà cura di te, e tu di lui."

Il grande uomo chino su di lei fu l'ultima cosa che Sarah vide prima di svenire.

CAPITOLO QUATTORDICI

CAPITOLO QUATTORDICI

COLE ERA PREOCCUPATO.

Erano le dieci del mattino e non aveva notizie di Sarah.

Si erano detti che lei lo avrebbe contattato prima di partire per il lavoro, ma non aveva ricevuto il suo messaggio.

Sapeva che lei non aveva motivo per essere arrabbiata; si erano salutati con estrema dolcezza. I giorni che avevano passato insieme erano stati perfetti. Inoltre, lei non era il tipo di donna che spariva nel nulla. Se aveva detto che avrebbe chiamato o mandato un messaggio, lo avrebbe fatto. Non si rimangiava la parola detta.

Aveva già chiamato l'ospedale, ma la persona con cui era stato finalmente collegato non era autorizzata a dare informazioni su pazienti o dipendenti.

Cole era stufo di stare seduto ad aspettare che lei rispondesse. C'era qualcosa che non andava. Lo sapeva nel profondo delle viscere.

Sarah era nei guai e aveva bisogno di lui.

Si ricordò della promessa che le aveva fatto: se fosse

successo qualcosa e lei fosse scomparsa, non avrebbe mai smesso di cercarla. Gli venne un conato di nausea. Quando aveva fatto quella promessa, non pensava che si sarebbero mai trovati in una situazione del genere.

E invece, eccoli lì.

Ma non importava: sapeva che Sarah era in pericolo.

Anche se i poliziotti gli dicevano che Sarah era un'adulta e poteva andare da qualche parte senza dirglielo.

Lei era nei guai e lui non si sarebbe fermato se non dopo averla trovata.

Felicity non era ancora andata al lavoro: lo aveva sostituito negli ultimi due giorni, mentre lui aveva passato del tempo con Sarah. Sapeva che Logan e Blake dovevano essere a Colorado Springs quella mattina, per proteggere un uomo anziano dalla figlia avida che lo stava portando in tribunale, cercando di dimostrare che era incapace di intendere e di volere e che non era in grado di badare a se stesso.

Ma Nathan e Ryder dovevano essere in ufficio a quell'ora. Lo sapeva perché Felicity gli aveva detto i suoi orari la sera prima: se Felicity andava in palestra, Ryder andava negli uffici della Ace Security.

Cole se ne andò senza dire nulla allo studente universitario che presidiava la scrivania. Non gli importava se perdeva una riunione o se doveva tenere una lezione, Sarah era più importante.

Irruppe negli uffici della Ace Security come se i segugi dell'inferno lo stessero inseguendo. Nathan e Ryder erano seduti nel grande spazio aperto dietro la scrivania. Cole sbottò l'unica cosa che aveva pensato nelle ultime ore.

"Sarah è scomparsa e quello stronzo di Owen l'ha presa."

———

Tre ore dopo, Cole camminava avanti e indietro mentre i fratelli Anderson svolgevano il loro lavoro: cercare di capire cosa diavolo stesse succedendo. Ryder aveva chiamato uno dei suoi amici Mercenari di Montagna perché prendesse il posto di Logan e Blake al palazzo di giustizia, in modo che loro due potessero correre a Castle Rock per aiutare a trovare Sarah. Cole non era mai stato così grato ai suoi amici in tutta la sua vita. Non l'avevano scaricato, né gli avevano detto che era paranoico. Erano entrati subito in azione e avevano fatto il possibile per capire cosa fosse successo a Sarah.

"La sua macchina non è all'ospedale o a casa sua," disse Ryder. "I poliziotti di Parker hanno fatto un giro in macchina e un controllo a casa. Nessuno ha risposto alla porta, non hanno trovato la sua macchina nel garage. Non c'erano segni di effrazione e la casa era chiusa a chiave. Hanno guardato nelle finestre ma di lei nessuna traccia."

"Non ha nemmeno timbrato il cartellino questa mattina," borbottò Nathan.

"Ho parlato con il suo capo e lei non si è data malata, né ha mandato un'e-mail dicendo che oggi non ci sarebbe stata," aggiunse Logan.

Più parlavano, più Cole perdeva la testa.

"Dobbiamo andare a casa sua e vedere cosa possiamo trovare," disse Blake con impazienza. "È probabile che qualsiasi cosa sia successa, sia successa lì."

"Perché?" chiese Nathan. "Potrebbe essere stata vittima di un'imboscata mentre andava all'ospedale. Ci sono più di venti miglia da casa sua a Castle Rock. Potrebbe essere successo qualcosa tra casa sua e qui."

Blake scosse la testa. "No. Cole ha detto che lei gli mandava sempre un messaggio prima di uscire di casa e quando arriva all'ospedale. Se le fosse successo qualcosa mentre andava al lavoro, Cole avrebbe comunque ricevuto il primo messaggio."

"Potrebbe averlo dimenticato," disse Logan.

"No," disse Ryder con fermezza. "Lei lo sa bene. Senti, è stata lei a venire da noi con questo caso. Era a disagio con Owen anche quando non ne sapeva il perché. Anche quando i poliziotti non credevano che ci fosse una minaccia, lei lo sentiva lo stesso. Dopo aver passato gli ultimi due giorni con Cole, onestamente non credo che si sarebbe semplicemente 'dimenticata' di mandargli un messaggio prima di uscire per andare al lavoro questa mattina."

Cole era d'accordo, ma tenne la bocca chiusa e lasciò ragionare i suoi amici.

"Bene. Sono d'accordo. Cole, quando vi siete salutati, ieri?" chiese Logan.

"Alle tre, o giù di lì," gli disse.

"Quindi in qualche momento tra... diciamo, le tre e mezzo di ieri e le cinque e mezzo di questa mattina, è successo qualcosa," concluse il fratello maggiore degli Anderson.

Non stava dicendo nulla che Cole non avesse già pensato, ma sentirlo dire in modo così succinto gli faceva venire voglia di vomitare.

Quattordici ore. Poteva essere scomparsa da quattordici ore prima che lui si accorgesse che qualcosa non andava. In quel momento ne erano passate quasi ventiquattro. Non c'era modo di sapere cosa le stesse facendo Owen. Disabile mentale o no, quell'uomo pensava di essere innamorato di Sarah e avrebbe potuto farle qualsiasi cosa in quel momento.

Sì, stava per vomitare.

Camminando velocemente verso il bagno, Cole si chinò sul primo water libero e svuotò lo stomaco. Non aveva mangiato nulla quella mattina, era troppo preoccupato per non aver ricevuto notizie di Sarah.

Sentì una mano sulla schiena e girò la testa per vedere Felicity in piedi: quando era arrivata in palestra, aveva sentito cosa stava succedendo ed era andata immediatamente negli uffici della Ace Security. Non aveva detto molto e stava facendo del suo meglio per occuparsi dei telefoni, mentre il resto del gruppo capiva quali dovevano essere i prossimi passi.

"Questo è il bagno degli uomini," disse Cole, senza sapere bene cosa diceva. "L'ultima volta che ho controllato, non hai l'attrezzatura giusta per stare qui."

"Taci," gli disse la sua migliore amica. "La troveranno."

Lui annuì e andò al lavandino per spruzzarsi la faccia con l'acqua fredda.

"Fidati," insistette lei.

Cole appoggiò le mani ai lati del lavandino e si guardò allo specchio. Per tutta la vita, la gente gli aveva detto quanto era bello. Le donne gli davano sempre il loro numero di telefono e la sua tatuatrice gli aveva fatto capire che era più che felice di portarlo nella stanza sul retro e fargli un pompino. Si era impegnato al massimo per mantenersi fisicamente sano e in forma. Era stato reclutato più di una volta per diventare un bodybuilder professionista.

Per tutta la vita, quando la gente lo vedeva, vedeva il suo aspetto esterno.

Ma non Sarah.

La prima volta che si erano guardati, Cole aveva capito che lei aveva visto oltre il suo aspetto. Era come se gli avesse guardato l'anima. E lei lo amava. Amava lui.

Non poteva perdere un altro minuto. Doveva raggiungere Parker e assicurarsi che Sarah non fosse sdraiata sul pavimento, ferita e incapace di alzarsi o di raggiungere un telefono. Se non era a casa sua, doveva capire dove cazzo era, cosa le aveva fatto Owen, riportarla a casa.

Un altro pensiero lo colpì, come una scarica elettrica. Gli si gelò il sangue.

Forse Sarah portava in grembo suo figlio.

C'era davvero una buona possibilità che lei portasse in grembo suo figlio. Cole aveva fatto del suo meglio per metterla incinta negli ultimi due giorni, lei aveva detto che era nel periodo fertile.

Certo, se era incinta il bambino non era più grande di un granello di sabbia, ma ad ogni modo...

Nessuno avrebbe fatto del male alla sua donna.

Nessuno avrebbe fatto del male a suo figlio.

Nessuno.

Si girò senza dire un'altra parola a Felicity e si diresse fuori dal bagno, dritto verso la porta della Ace Security.

"Dove stai andando?" lo chiamò Blake.

Ryder non si preoccupò di chiedere nulla. Si alzò e seguì Cole.

"Parker," disse Cole senza fermarsi. "Sarah è nei guai e le ho promesso che se fosse successo qualcosa l'avrei trovata. Non posso farlo stando qui."

"La troveremo," disse Blake.

"Andate," disse Logan, annuendo. "Tu e Ryder controllate la casa e fateci sapere cosa trovate. Contatteremo la polizia di Castle Rock e faremo emettere un mandato di ricerca per la sua auto."

"Non è stata ancora denunciata la sua scomparsa," argomentò Nathan.

Logan si rivolse al fratello. "Non ce lo negheranno. Sanno che facciamo sul serio. Troppi dei nostri cari sono scomparsi e non ho intenzione di accettare che la polizia rimanga con le mani in mano. Sarah è una di noi, e ha bisogno del nostro aiuto."

Nathan annuì immediatamente.

"Andate", ripeté Logan.

Cole non se lo fece ripetere. Stava uscendo dall'ufficio in pochi secondi, con Ryder alle calcagna.

"Guido io," disse succintamente l'altro uomo.

Cole non discusse. Sapeva che probabilmente non avrebbe dovuto mettersi al volante di una macchina, in quel momento:

avrebbe guidato in modo troppo veloce e imprudente, l'ultima cosa di cui Sarah aveva bisogno era che lui avesse un incidente mentre stava andando a cercarla.

Cole di solito non era un uomo che pregava, ma mentre Ryder sfrecciava verso Parker, pregò di trovare Sarah viva, a casa. Se fosse stata ferita, bene, se ne sarebbero occupati, ma se non fosse stata lì... non era sicuro di cosa avrebbe fatto.

———

Sarah gemette e si portò una mano alla testa. Sentiva dolore ovunque. Ma quando cercò di girarsi, quasi svenne ancora una volta per il dolore che le attraversò la caviglia. Gemette: non riusciva a ricordare cosa diavolo fosse successo e perché le sembrava di avere dei coltelli conficcati nella gamba.

"Riposa," disse una profonda voce maschile. "Ti farò stare meglio."

Sarah aprì gli occhi e fissò Owen con orrore: era in piedi sopra di lei e sorrideva. Le tese un bicchiere di plastica. "Tieni. Bevi."

Muovendosi lentamente, cercando di capire cosa diavolo stesse succedendo, Sarah si spinse fino alla posizione seduta. La testa le girava e la caviglia le pulsava. Allungò la mano e prese la tazza offerta da Owen, annusando il contenuto sembrava ci fosse del succo d'arancia.

"Quando sto male, il succo mi fa stare meglio," disse con orgoglio.

Sarah voleva dargli un calcio in faccia e correre fuori dalla stanza per cercare aiuto, ma durante una delle loro tante conversazioni, Cole le aveva insegnato a usare la testa in ogni situazione pericolosa. Nessuno poteva dirle come comportarsi e cosa fare in *ogni* situazione, perché erano tutte diverse. Alcune donne erano in grado di lottare come delle dannate e di far desistere i loro rapitori, facendoli scappare. Ma in altre situazioni, quando una donna combatteva, finiva subito con la gola tagliata.

Trattare con un rapitore significava valutare la situazione e fare tutto il necessario per tenerlo calmo. E poi, quando si presentava l'occasione, fuggire.

Guardando la stanza, Sarah non riconosceva dove fossero. Sembrava una grande stanza con una cucina su un lato e due letti gemelli dall'altra parte. C'era un tavolo di legno con due sedie dietro un divano, ma non vedeva una televisione da nessuna parte. Lei seduta proprio sul divano, esattamente al centro. Si trattava di un divano molto vecchio. C'erano dei buchi nel cuscino accanto a lei, come se ci vivessero dei roditori.

Quel pensiero la fece rabbrividire, ma lo respinse. Occuparsi di qualche topo non era un grosso problema, non quando l'uomo che torreggiava su di lei rappresentava la minaccia più grave.

Ma Owen non sembrava una gran minaccia, al momento. Le stava ancora sorridendo come se lei stesse ballando per intrattenerlo, o qualcosa del genere.

"Dai, forza, bevi," le ordinò gentilmente.

Sarah non aveva idea se il succo fosse drogato o meno, ma aveva sete. Non sapeva nemmeno per quanto tempo era rimasta svenuta. Bevve un sorso della bevanda e fu felice di non sentire sapori strani. "Grazie," disse dolcemente.

Se possibile, il sorriso di Owen si allargò ancora di più. Annuì più volte e ripeté: "Il succo rende tutto migliore."

Sarah non ne era così sicura. Guardò la sua caviglia e trasalì. Era molto gonfia, era diventata grossa quasi il doppio. Non indossava scarpe e sapeva che non c'era modo di appoggiarsi a quella caviglia. Aveva la sensazione di essersela rotta, le avrebbe fatto male. Molto male.

Si sentiva prossima al pianto. Se avesse potuto camminare, poteva fingersi gentile con Owen e poi iniziare a correre non appena lui avesse abbassato la guardia. Ma con quella caviglia conciata male, niente da fare. Anche muovendo il piede di un centimetro le veniva voglia di urlare dal dolore.

"Dove siamo?" chiese, prima di prendere un altro sorso di succo d'arancia.

"Casa mia," disse Owen con orgoglio.

"E dov'è?" Aveva bisogno di informazioni. Se fosse riuscita a raggiungere un telefono, forse quando Owen si fosse addormentato, avrebbe potuto chiamare il pronto intervento e riferire dove trovarla.

"Sulle montagne."

Oh, merda. Castle Rock era circondata da montagne. Non capiva dove fossero.

"Dove, nelle montagne? Siamo vicini a Denver?"

Owen scosse la testa. "Non siamo vicini a niente. Questa era la casa della nonna. Poi di mia madre. Ora è mia. La mamma mi ha insegnato come arrivare qui. Possiamo vivere qui per sempre. Io posso prendermi cura di te e tu puoi prenderti cura di me."

La testa di Sarah continuava a pulsare, si sentiva molto male. Guardò verso l'unica finestra e non vide altro che alberi. "Owen, devi riportarmi indietro."

Lui si accigliò e scosse la testa.

"Sì. Mi fa molto male la caviglia. Ho bisogno di un dottore."

"No!" urlò, spaventando Sarah a morte. "Ho portato la mamma dal dottore ed è morta! Nessun dottore!"

"Va tutto bene, Owen," disse Sarah nel modo più calmo possibile. "Non ho quello che aveva tua madre. Non sto per morire."

"No! No no no no no!" cantilenò, tirandosi i capelli mentre camminava avanti e indietro davanti al divano su cui lei era seduta.

Sarah non aveva mai visto un uomo adulto fare i capricci,

ma era esattamente quello che Owen stava facendo davanti ai suoi occhi.

"Nessun dottore! Nessuna partenza! Vivremo qui per sempre. Io ti amo e tu mi ami. Siamo sposati come lo era la mamma. Lei ha detto che ti saresti presa cura di me! Non te ne andrai. Mai. Cucinerai per me e pulirai. Io ti aiuterò. Giocheremo e vivremo felici e contenti proprio come nei libri!" Mentre parlava, alzava sempre di più la voce, finendo praticamente per urlare.

Sarah sentì gli occhi pieni di lacrime, ma annuì immediatamente e accettò. "Ok, Owen. Niente dottore. Calmati."

"Non dirmi di calmarmi!" urlò. Poi si chinò e le puntò un dito in faccia. "Tu non te ne vai. Ti ho fatto dei regali! Noi ci amiamo! Ti ho osservato. Sei bella e tranquilla. Mi piaci. Avremmo potuto vivere insieme a casa tua, ma poi hai iniziato a fare i bagagli. Volevi lasciarmi! Non te lo permetterò."

"Mi osservavi?" chiese Sarah, tremando.

"Dalla soffitta della tua casa."

Improvvisamente fu tutto chiaro. "Vivevi nella mia soffitta?" sussurrò con orrore.

Owen sorrise e si raddrizzò. Annuì. "Sì, ero molto silenzioso. Come mi ha insegnato la mamma. Tu mi compravi il cibo e avevi anche dei vestiti da maschio. Scendevo quando uscivi di casa. Ho portato i vestiti e le cose con me, anche per te." Si precipitò verso un angolo della stanza dove erano impilate alcune scatole.

Sarah le riconobbe all'istante. Tirò fuori alcuni vestiti di Mike e Jackson, ovviamente Owen pensava che lei li avesse comprati per lui. Poi tirò fuori una specie di orribile vestito extralarge, con fiorelloni sgargianti.

"Tu indossi il vestito della mamma!" le disse con tono allegro.

"Oh, Dio," ansimò Sarah sottovoce.

"Poi c'è da mangiare!" Owen si precipitò in cucina e aprì un armadietto pieno di cibo in scatola. "Ho fatto la spesa mentre venivo qui e ho anche portato del cibo da casa tua per noi. Durerà per secoli!"

Sarah sollevò il capo, folgorata da un'idea. "Cosa succede quando finiamo il cibo?" gli chiese. "Dovrò andare a prenderne dell'altro." Se riusciva a farsi portare da lui in un negozio, avrebbero capito che era stata rapita.

Owen scosse la testa. "Tu fai una lista. Andrò io. Sono bravo a fare la spesa."

Le speranze morirono così com'erano nate, Sarah guardò Owen che tornava verso il divano. Si sedette sul cuscino accanto a lei, facendola inspirare bruscamente quando i suoi movimenti le fecero rimbalzare la caviglia, inviandole scariche di dolore.

Lui le accarezzò il petto mentre parlava. Non in modo sessuale, Sarah lo sapeva, ma in un gesto infantile che voleva intendere come rassicurante, ma che in realtà era spaventoso da morire.

"Io e te. Ora siamo sposati. Finché morte non ci separi."

E con quella dichiarazione tutt'altro che rassicurante, Owen si alzò e si sedette sul pavimento di fronte al divano. Tirò un trenino davanti a sé e cominciò a giocare, borbottando di tanto in tanto qualcosa sottovoce.

Sarah iniziò a piangere in silenzio. Si chinò, posò la tazza mezza vuota di succo di frutta sul pavimento, si abbassò con cautela finché non fu di nuovo distesa. La testa le pulsava e il dolore alla caviglia era quasi insopportabile.

Chiudendo gli occhi, pregò che Cole mantenesse la sua promessa e che non smettesse mai di cercarla, perché aveva la sensazione che sarebbe rimasta lì per *molto* tempo, se lui non l'avesse trovata.

———

Cole si trovava al centro del soggiorno di Sarah e girava in tondo, cercando di trovare un qualche segno di dove fosse andata. C'erano scatole dappertutto perché era nel bel mezzo dell'imballaggio ed era impossibile dire se qualcosa avesse interferito o se era come l'aveva lasciato lei. Gli armadietti della cucina erano aperti, con vari oggetti sparsi sui banconi e sul pavimento.

Lui e Ryder avevano già perlustrato la casa e non avevano trovato Sarah. Ciò era un bene e un male, allo stesso tempo. Un bene perché significava che lei non era lì incosciente, spaventata e ferita, sperando che qualcuno la trovasse. Un male perché non avevano assolutamente idea di dove fosse.

"Non riesco a trovare la sua borsa," disse Ryder entrando nel soggiorno.

Cole annuì. "La sua macchina non c'è più, quindi ha senso."

"Ma ho trovato questo," disse Ryder, mostrando il telefono di Sarah. "Ho già chiamato Alexis e le ho detto di non preoccuparsi di rintracciarla."

Cole fissò il telefono di Sarah e si sentì sconfitto. Aveva pregato che lo avesse con sé per poterla rintracciare con il segnale. Lo prese e premette il pulsante "Home". Quando l'aveva rimproverata per non averlo bloccato, lei si era limitata a ridere dicendo che non aveva nulla da nascondere e che non stava facendo nulla di illegale, quindi non importava se qualcuno poteva usare o meno il suo cellulare.

Cliccò sull'icona dei messaggi di testo e deglutì a fatica. Poteva vedere tutti i messaggi che le aveva inviato quando aveva cercato di contattarla. Tutti senza risposta.

Controllò l'e-mail. Spam, per la maggior parte. Ce n'era una da lui e una da una delle infermiere con cui lavorava. Scosse la testa per la disperazione. Se solo avesse comprato le telecamere per il portico anteriore, avrebbero potuto scaricare il video e vedere chi l'aveva rapita e in che direzione erano andati, ma lei non l'aveva fatto. Ne avevano parlato e avevano deciso che, dato che lei aveva ritardato così tanto e si sarebbe trasferita nel monolocale in pochi giorni, non ne valeva più la pena.

Dio, che stupidi erano stati.

Sospirando, Cole mise il telefono in tasca. L'avrebbe dato ai poliziotti per vedere se sarebbero stati in grado di trovarci qualcosa, ma aveva la sensazione che non avrebbero trovato nulla.

Guardando Ryder, Cole chiese: "Dov'è?"

L'altro uomo si avvicinò a lui e gli mise una mano sulla spalla. "Non mollare," gli ordinò. "Sono stato nei tuoi panni, fa schifo, ma non puoi dubitare che la troveremo."

"Sai bene quanto me che le percentuali delle persone che non vengono trovate nelle prime quarantotto ore non è rassicurante," disse Cole al suo amico.

Ryder strinse la sua presa sulla spalla dell'amico. "Non me ne frega un cazzo di quello che dicono le statistiche. Questa è Sarah. Lei è tosta. Le hai insegnato tutto quello che deve sapere in una situazione come questa. Inoltre, sappiamo entrambi che questo *non* è un caso normale."

Cole combatté contro la nausea, compagna costante da quella mattina. "Cosa vuoi dire?"

"Owen Montrone non è come le canaglie con cui abbiamo a che fare di solito."

Sì, Owen poteva non avere la capacità mentale di un adulto, ma ciò non significava che non potesse fare del male a Sarah. C'erano molti casi in cui uomini (e donne) con un basso QI facevano del male a chi li circondava. Cole annuì comunque al suo amico.

Era sicuro di non essere stato così convincente, ma Ryder non volle insistere.

"Andiamo. Dobbiamo dare un'altra rapida occhiata in giro, ma non toccare nulla, se puoi evitarlo. La casa potrebbe essere una scena del crimine. Ho detto a Logan di chiamare la polizia di Parker, quindi non so quanto tempo abbiamo prima che arrivino."

Era un bene che la polizia stesse arrivando, ma rendeva anche le cose più reali. Sarah non c'era più. Svanita. *Puff*... scomparsa nel nulla.

Stringendo i denti, Cole inspirò profondamente dal naso. Impazzendo, non poteva aiutare Sarah. Doveva rimettersi in sesto e vedere se riusciva a trovare qualche indizio che lo aiutasse a capire dove l'aveva portata quella testa di cazzo.

Lui e Ryder trovarono il loro primo indizio.

C'era una piccola macchia sul parquet. Minuscola. Ryder l'aveva quasi calpestata quando Cole gli aveva urlato di fermarsi.

Sangue.

Non c'era modo di dire di chi fosse, guardando, ma Cole sapeva che era di Sarah.

Era nel corridoio di sopra. Era solo un punto, ma uno era sufficiente. Guardandosi intorno, Cole cercò di capire perché. Perché lì? Cosa stava facendo in mezzo al corridoio? Se aveva visto Owen, perché non era scappata?

Poi qualcos'altro catturò la sua attenzione, si ricordò di quello che lei aveva pianificato di fare la sera prima.

Indicando verso l'alto, Cole disse: "Ryder, la soffitta. Le scale sono proprio sopra di noi. Sarah aveva sempre rimandato di affrontare le scatole che si trovavano lassù, ma mi ha detto che l'avrebbe fatto ieri sera."

Con aria torva, Ryder annuì e raggiunse la corda che pendeva dalla botola sul soffitto. Videro una scaletta ripiegata verso l'interno, i due uomini la tirarono giù. Ryder mise fuori il braccio quando Cole si mosse per salire le scale.

"Lasciami fare."

Cole esitò. Voleva protestare. Voleva dire al suo amico che

lassù poteva esserci la sua donna. Sarah aveva bisogno di lui. Ma capiva perché l'altro uomo voleva salire per primo.

Lo stava proteggendo nel caso in cui avessero trovato il corpo senza vita di Sarah.

Capiva, ma non gli piaceva lo stesso.

Ryder salì lentamente la scala sgangherata, guardò oltre il bordo del pavimento della soffitta e dopo qualche secondo imprecò a lungo e a bassa voce.

"Cosa?" chiese Cole con urgenza. "È lassù? Devo chiamare il pronto intervento?"

Ryder guardò Cole e scosse la testa. "Dammi un minuto. Qualsiasi cosa tu faccia non venire quassù. Capito? È importante, Cole."

"Se Sarah è lassù, io vengo," ringhiò Cole.

"Non credo che ci sia. Ma se la trovo, ti chiamo. Ok?"

"Cosa c'è che non va?" chiese Cole.

"Dammi un minuto," ripeté Ryder, fissando Cole con significato.

A malincuore, Cole annuì. "Bene."

Ryder non rispose, fece solo un passo avanti, Cole lo perse di vista mentre entrava in soffitta, tenne la testa inclinata all'indietro e fissò lo spazio dove era appena sparito il suo amico.

Mantenendo la parola, Ryder tornò in un minuto e cominciò lentamente a ridiscendere la scala.

"Cosa? Cosa c'è lassù?" gli chiese Cole con impazienza.

"Scatole. Un sacco," gli disse Ryder.

"E quindi?"

"Non ti piacerà," lo avvertì Ryder.

"Non mi piace già niente di tutto questo! Sarah è scomparsa," sbraitò Cole. "Sappiamo entrambi che quella testa di cazzo l'ha presa. Qualunque cosa ci sia lassù non può essere peggio di non sapere dov'è Sarah, se è ferita o spaventata, o che cosa le sta facendo. Qualunque cosa ci sia lassù, non può essere peggio di quello che sto immaginando. Sputa il rospo, cazzo!"

Ryder fissò Cole per un secondo prima di dire: "Ci sono prove che qualcuno ha vissuto in soffitta."

Cole sbatté le palpebre. "Cosa?"

"Se dovessi indovinare, direi che la ragione per cui non siamo riusciti a trovare Owen Montrone è che ha passato le ultime due settimane a vivere nella soffitta della tua ragazza."

Cole si sbagliava. Era peggio di qualsiasi cosa avesse immaginato. *Molto* peggio.

———

Sarah dormì a tratti per quasi tutto il giorno. Si svegliava e trovava Owen seduto vicino a lei che la guardava con occhi spalancati e spaventati. Owen le dava altro succo d'arancia e le dava una pacca sul braccio o sulla gamba, le diceva che avrebbe vegliato su di lei... il che non era esattamente confortante.

Quando scese la notte, Sarah si rese conto che ovunque fossero non sarebbe stato facile trovarli. In qualche modo Owen, con il suo basso quoziente d'intelligenza, era riuscito a portarla in un posto fuori mano, in un posto dove Cole e i suoi amici non avrebbero potuto trovarla immediatamente.

Ogni volta che si svegliava, sperava di trovare Cole che la stringeva tra le braccia, dicendole che sarebbe andato tutto bene. Ma non succedeva mai. Si ritrovava sempre lì.

Sarah fece un respiro profondo, sapeva di dover iniziare a capire cosa fare. Cole la stava cercando, non aveva dubbi. Non voleva nemmeno pensare a quanto probabilmente lui fosse incazzato e spaventato. Doveva concentrarsi sul salvare se stessa. Voleva rimanere rannicchiata sul divano, ma ciò non l'avrebbe fatta tornare da Cole, né avrebbe risolto magicamente i suoi problemi.

Al momento, il problema più grande era la sua caviglia. Era messa male. *Davvero* male. Lei non era una dottoressa, ma aveva visto abbastanza ossa rotte da sapere cosa fare. Avrebbe sofferto parecchio, non c'era dubbio. Ma non riusciva a sentire il piede e sapeva che se non avesse almeno tentato di rimettersi le ossa a posto, avrebbe potuto perdere il piede del tutto... o la gamba. Se il flusso di sangue veniva interrotto o molto limitato, la gamba sarebbe stata in grossi guai.

"Owen?" chiese lei.

Lui stava trafficando in cucina. Lo stomaco di Sarah brontolava, ma sapeva che se avesse mangiato qualcosa, probabilmente l'avrebbe vomitata quando si sarebbe occupata della caviglia.

"Sì?" chiese Owen, quasi saltando al suo fianco.

"Ci sono antidolorifici qui intorno?"

Lui si accigliò, non capendo.

"Tua madre prendeva delle pillole? Le ha qui?"

Lui sorrise. "Oh! Sì, aspetta." Andò nel bagno situato fuori dalla stanza principale e riapparve in pochi secondi. Aveva una borsa di stoffa, che le porse.

Sarah annuì e allentò il nodo intorno alla parte superiore. Rovistando nella borsa, trovò un tesoro di narcotici. Aubrey aveva ovviamente sofferto molto, verso la fine della sua vita, Sarah poteva scegliere tra un'ampia gamma di antidolorifici.

Non le piaceva l'idea di assumerne uno, sapendo che sarebbe stata meno lucida; ma d'altra parte, sapeva anche che non sarebbe stata in grado di fare quello che doveva, senza un aiuto. Spinse una delle compresse di OxyContin fuori dalla confezione, dritta nella propria mano.

Guardando Owen, chiese: "Posso avere dell'altro succo d'arancia?"

"Certo! Sì!" le disse il grande uomo in preda all'eccitazione. "Ti fa passare tutto!"

Sarah quasi sorrise mentre lui si affrettava a tornare in

cucina per riempirle il bicchiere di plastica. Sua madre evidentemente glielo aveva ripetuto di continuo, perché era chiaro che Owen ci credeva davvero. Tornò poco dopo e Sarah prese la pillola senza esitazione.

"Owen ti aiuta ancora un po'?" le chiese.

"No, sto bene per ora."

"Bene." Poi si girò e andò al tavolo, dove prima aveva steso un puzzle, chinandosi di nuovo sui pezzi.

Rimettendo la testa sul braccio del divano, Sarah cercò di non piangere. Era spaventata a morte. Fino a quel momento, Owen non aveva fatto nulla di violento nei suoi confronti. Sì, l'aveva rapita da casa, ma non le aveva fatto del male. No, se l'era fatto da sola cadendo dalla scala. Aveva battuto la testa abbastanza forte da sanguinare, pensava di avere una leggera commozione cerebrale, ma vista la situazione surreale in cui si trovava, quella era l'ultima delle sue preoccupazioni.

Sarah si sentiva stupida per non essersi resa conto della portata della disabilità di Owen, quando si era presa cura di sua madre in ospedale.

Si era sempre vantata di essere gentile, di essere in grado di capire di cosa avesse bisogno la gente prima ancora che lo chiedessero, ma aveva completamente sbagliato quando si trattava dei Montrone. Pensava che Aubrey fosse solo una mamma normale, quando aveva detto che suo figlio era "speciale". Aveva fatto un cenno di assenso quando lei aveva parlato della necessità di trovare qualcuno responsabile e generoso che badasse a lui, quando lei se ne sarebbe andata. Sarah non voleva insinuare che sarebbe stata *lei* quella persona, ma forse Aubrey l'aveva capita così? Si chiese se avesse detto ad Owen che Sarah avrebbe badato a lui dopo la sua morte... Se fosse stata lei la prima ad aver piantato quell'idea nella testa del figlio.

Quando cominciò a sentirsi come galleggiare, Sarah si rese conto che il potente antidolorifico stava facendo effetto. Era una sensazione piacevole. Per la prima volta dal suo risveglio nella cabina, non sentiva dolore. Beh... lo sentiva molto di meno.

Ma non poteva addormentarsi, non prima di aver fatto ciò che doveva essere fatto.

Si mise seduta, ignorando il modo in cui la stanza girava, poi si fissò il piede. Si chinò e premette con cura sul nodulo che vide sul lato della caviglia... e quasi urlò di dolore.

Dannazione.

Quello era un osso. Non avrebbe dovuto sporgere in quel modo. Non sarebbe stato divertente.

Guardando Owen, vide che era ancora assorto nel puzzle. Doveva agire.

Fece un respiro profondo, strinse le labbra e fece quello che doveva fare.

CAPITOLO QUINDICI

CAPITOLO QUINDICI

"Dannazione! Sono passati tre giorni!" urlò Cole con frustrazione e rabbia, mentre si passava una mano tra i capelli. "Dov'è?" Era in piedi nel retro della Ace Security, insieme a Logan, Blake, Nathan e Ryder. C'erano anche Grace, Alexis, Bailey e Felicity. I piccoli Nate e Ace giocavano tra loro, ignorando la tensione nell'aria.

"Ci stiamo avvicinando," lo rassicurò Logan.

"Non abbastanza!" gridò Cole.

Felicity si avvicinò a lui e gli mise una mano sulla schiena.

Cole sapeva che avrebbe dovuto calmarsi, essere più razionale, ma non poteva. "Ce l'ha da tre giorni," disse a Felicity, con la voce rotta. "Deve essere spaventata a morte e si sta chiedendo perché non sono andato a prenderla."

"Stiamo tutti facendo il possibile," gli rispose lei.

"E se non fosse abbastanza?" chiese Cole con angoscia. "E se lui la uccidesse, se lei morisse pensando che non l'ho amata abbastanza per trovarla?"

"Sa che la stai cercando," insistette Felicity.

Cole si voltò e fissò la sua amica. "Come? Come fa a saperlo? Non siamo più vicini a trovarla oggi di quanto lo fossimo tre giorni fa. Quel bastardo viveva nella sua soffitta e noi non ne avevamo idea! Non si sa per quanto tempo sia stato lassù, e ora l'ha presa!"

Felicity si avvicinò e prese il viso di Cole tra le mani. "Sono sicura che sa che la stai cercando il più possibile, perché io ero nei suoi panni. Quando Joseph mi aveva preso, sapevo senza dubbio che Ryder stava facendo di tutto per arrivare a me. Pensavo a te, a Logan, Blake e Nathan. Lei lo sa, Cole, e tu devi tenere duro per poter essere lucido e trovarla."

Cole chiuse gli occhi, stringendoli ancora di più quando sentì le braccia di Felicity che lo circondavano. Poi sentì un altro paio di braccia circondarlo da dietro. Poi un altro da sinistra e infine un paio da destra. Era circondato dalle donne dei suoi amici. Non male, ma le uniche braccia femminili che voleva davvero attorno a sé in quel momento erano quelle di Sarah.

Dopo un momento, aprì gli occhi e fece un respiro profondo. Le donne si tirarono indietro. "Grazie, ragazze," disse dolcemente. "Ora sto meglio."

"Lei è intelligente. Non si metterà contro di lui," disse Grace.

"Sarah è la persona più tranquilla che abbia mai incontrato," aggiunse Bailey. "Giuro su Dio, nessuno può resisterle. Farà di tutto per tenerlo calmo."

"Se ne avrà la possibilità, scapperà," commentò Alexis. "Non ne dubito."

Cole sapeva che le donne stavano cercando di rassicurarlo, ma tutto quello che usciva dalle loro bocche lo rendeva solo più ansioso, pensando a quello che Sarah poteva passare.

"Sei pronto a rivedere tutto di nuovo?" chiese Felicity.

Cole non riuscì a trattenere un piccolo sorriso riluttante.

Si lasciò aiutare dalla sua migliore amica. "Sì," le disse. "Dall'inizio. Ci sta sfuggendo qualcosa. Lo so."

Felicity annuì e gli prese la mano. Lo condusse al tavolo da cui lui si era allontanato per sfogare il suo piccolo scatto d'ira.

"Dammi il dossier su Owen," disse Cole. "Quell'uomo ha la capacità mentale di un bambino di dieci anni. Non dovrebbe essere così difficile trovarlo".

Gli altri uomini annuirono a Cole e ripiegarono la testa sui fogli davanti a loro o sugli schermi dei computer. C'era qualcosa che stava sfuggendo a tutti, anche ai poliziotti. Owen Montrone non era semplicemente scomparso nel nulla. Era da qualche parte. Ovviamente aveva preso l'auto di Sarah o l'aveva costretta a guidare da qualche parte. La segnalazione non aveva dato alcun risultato, quindi dovevano supporre che l'auto fosse nascosta o che fosse stata distrutta in qualche modo. Owen poteva avere solo dieci anni mentalmente, ma era anche la persona più subdola in assoluto, o la più fortunata.

Nessuno dei due pensieri fece sentire meglio Cole.

———

Tre giorni. Erano passati tre giorni e Sarah era ancora in quel tugurio con Owen.

Il giorno dopo essersi rotta la caviglia era stato un inferno. Ogni volta che si svegliava, buttava giù un Oxy e sveniva di nuovo.

Quel giorno stava meglio. Non bene, ma meglio. Non aveva mangiato o bevuto molto, ma quella mattina sapeva di dover fare il possibile per stare meglio. Doveva iniziare a mangiare e a bere per recuperare le forze. Non voleva certo vivere in quel postaccio con Owen per un anno. Se non avesse recuperato le forze, poteva anche succedere.

Sapeva che il fatto che Cole e i ragazzi della Ace Security

non l'avessero ancora trovata non era un buon segno. Dopo aver trascorso tre giorni con Owen, sapeva anche che era decisamente carente dal punto di vista mentale, ma era astuto. Lei non aveva avuto a che fare con molti bambini nella sua vita, ma aveva incontrato un ragazzino simile, in ospedale. Era subdolo, e faceva di tutto per manipolare chi lo circondava. Sapeva piangere a comando e faceva i capricci quando gli servivano. Quel bimbo aveva imparato presto che, anche se era giovane, sapeva esattamente come ottenere ciò che voleva.

Owen non era certo da meno. Aveva messo gli occhi su di lei, in qualche modo aveva nascosto le sue tracce abbastanza bene da rendere difficile trovarlo.

Ma Cole non si sarebbe arreso. Sarah ne era sicura. Non si sarebbe fermato finché non l'avrebbe ritrovata.

Si mise una mano sulla pancia. Non sapeva ancora se era incinta, ma l'ultima cosa che voleva era avere un bambino in quel posto in mezzo al nulla, da sola con Owen e con il suo desiderio esagerato di aiutarla.

Anche se sapeva che alcune donne vivevano in cattività per anni. Si ricordò di Amanda Berry e delle altre ragazze di Cleveland, che erano state rapite e abusate per più di un decennio. E Morgan Byrd. Era stata rapita e portata nella Repubblica Dominicana per un anno.

Ma gli amici di Ryder, quel gruppo di Colorado Springs, l'avevano trovata e lei era sopravvissuta a tutto quello che le era stato fatto, quindi anche Sarah poteva farlo.

Aveva già scoperto che non aveva più paura di Owen. Tra un sonnellino e l'altro, aveva imparato a conoscerlo un po' meglio. Non si fidava esattamente di lui, ma non le aveva fatto del male, e ogni volta che si era svegliata, lui si era preoccupato per lei e voleva sapere cosa poteva fare per aiutarla.

Giocava molto con i giocattoli sparsi per la sala. Sembrava

che un negozio di giocattoli fosse esploso in mezzo alla casa. C'erano blocchetti di lego ovunque, insieme a libri illustrati, un set di treni, pezzi di puzzle, e c'era persino un'enorme casa delle bambole artigianale, in un angolo della stanza. Sembrava simile a quella che Owen le aveva mandato, ma ovviamente non era la stessa.

Le aveva anche fatto altri regali.

La maggior parte erano cose che provenivano da casa sua. Ovviamente lui aveva lasciato la soffitta quando lei non c'era e le aveva rubato oggetti sparsi in giro. Le aveva regalato animali di peluche, gli stessi di quando era piccola, le aveva persino regalato alcuni libri di cui si sentiva molto orgogliosa.

Libri letti da suo padre. Gli stessi libri di Jackson che lei pensava di aver dato via.

Era contenta di sapere che non se ne era sbarazzata per sbaglio, ma era inorridita dal fatto che Owen avesse frugato in casa sua e avesse preso tutto quello che voleva.

Invece di urlare contro Owen, perché lui certamente non avrebbe capito il motivo della sua ira, si era limitata a prendere i regali e a ringraziarlo.

"Cosa vuoi fare oggi?" chiese Owen avidamente, quando vide che lei era sveglia.

"Cosa vuoi fare tu?" chiese Sarah, cercando di ignorare il modo in cui le pulsava la caviglia. Dopo aver spinto l'osso al suo posto (o almeno, sperava di averlo rimesso a posto) l'aveva fasciato con pezzi di una copertina che era riuscita a trovare in giro. Era una fasciatura rozza, sapeva che se non fosse andata presto in un ospedale probabilmente non sarebbe guarita, ma era il meglio che potesse fare in quelle circostanze.

Gli occhi di Owen si illuminarono. Ogni volta che si era svegliata, lui le aveva chiesto la stessa cosa e lei lo aveva ignorato, aveva preso un altro antidolorifico e si era addormentata. Era ora di iniziare a fare quello che poteva per portare

Owen dalla sua parte, una volta per tutte. Inoltre, Sarah si annoiava. Anche se aveva dormito molto, in quella casa non c'era assolutamente nulla da fare. Non c'era la televisione, non aveva visto nemmeno una radio.

"Giocare a carte!" urlò Owen, ovviamente entusiasta che lei volesse giocare con lui.

"Ok. Ma la mia caviglia mi fa ancora male, quindi dovremo giocare qui sul divano," gli disse Sarah.

"Evviva!" rispose Owen, che iniziò immediatamente a preparare la stanza per il loro gioco.

Prima le aveva portato un panino con burro d'arachidi e gelatina per colazione. Aveva un buon sapore, il che era un po' sorprendente, non mangiava in quel modo infantile da molto tempo. Non si aspettava che le piacesse così tanto. Dando un'occhiata alla cucina, Sarah vide che era tutta in disordine. Owen era ovviamente in grado di gestire solo i pasti più semplici e non si preoccupava di cercare di pulire. Più tardi, avrebbe provato a convincerlo di riordinare almeno la cucina. Ci mancavano solo le lotte con i roditori e le blatte.

"Dopo aver giocato, la cucina deve essere pulita," disse con fermezza, mettendolo alla prova.

Owen fece il broncio, ma annuì.

"E i tuoi giocattoli sono ovunque. Sarebbe facile inciampare e caderci sopra."

Lui spalancò gli occhi. "Fa male quando cado e mi faccio male alle ginocchia."

Sarah annuì, sentendo nascere la speranza. Aveva notato che l'uomo-ragazzo faceva quasi tutto quello che lei gli diceva. Era andato a letto quando lei gli aveva detto di farlo. Le portava qualsiasi cosa lei gli chiedesse, e quando lei doveva andare in bagno lui l'aveva portata in braccio fino alla porta, lasciandola sola quando lei gli aveva detto di farlo, e poi l'aveva riportata sul divano.

Se doveva restare lì abbastanza a lungo per far guarire la

caviglia, forse avrebbe potuto convincerlo a portarla in città... doveva esserci qualche centro abitato, nelle vicinanze. Lui aveva detto che era andato a fare shopping. Se fosse riuscita a convincerlo a portarla con sé, avrebbe potuto trovare qualcuno che l'avrebbe aiutata, o forse l'avrebbero riconosciuta. Sapeva che Cole e la Ace Security avevano probabilmente messo la sua faccia su tutti i giornali.

Sapeva che, uscendo da quella casetta, si sarebbe salvata.

———

Cole fissò i fogli sparsi sul tavolo. Li aveva guardati fino a farsi incrociare gli occhi, non era più vicino a trovare Sarah di quanto lo fosse stato cinque giorni prima.

Cinque giorni. Accidenti. Era stato così sicuro che avrebbero scoperto in poche ore il posto dove Owen aveva portato Sarah. Era convinto che con il suo basso QI, Owen non sarebbe mai stato in grado di nascondersi a lungo. Ma si era sbagliato.

Cole non aveva dormito più di qualche ora. Come poteva rilassarsi, quando non aveva idea se Sarah stesse dormendo?

Non aveva mangiato niente, oltre ai pasti che Felicity e gli altri lo avevano costretto a mangiare. Come poteva, quando non aveva idea se Sarah avesse la pancia piena.

Non aveva fatto la doccia e non gli importava di puzzare. Come poteva godersi quel lusso, quando non aveva idea delle condizioni in cui viveva Sarah?

L'unica ragione per cui la sua palestra era ancora in funzione era l'aiuto di Felicity, che aveva preso in mano la situazione senza che glielo chiedesse.

Ma a Cole non importava neanche più nulla della palestra. Non gli importava di perdere ogni centesimo dei suoi risparmi; voleva solo riavere Sarah tra le braccia, sana e salva.

Anche la polizia stava perdendo la speranza. L'aveva

sentito nella voce del detective l'ultima volta che era andato negli uffici a parlare con la squadra che si occupava del caso. La polizia pensava che Sarah fosse probabilmente morta. Nella maggior parte dei casi, i rapitori uccidevano quasi sempre le loro vittime dopo qualche giorno di prigionia. Ma Cole aveva la sensazione che non fosse il caso di Sarah. Ne era certo.

Se non fosse stato per il sostegno dei fratelli Anderson, Cole sapeva che avrebbe perso la testa. Logan e gli altri erano stati instancabili nella ricerca di Owen. Ryder aveva persino contattato il suo misterioso ex capo, giù a Colorado Springs, per farsi aiutare.

Ma non avevano scoperto nulla su Owen... o su Sarah.

Avevano esaminato ogni regalo che le aveva lasciato. Grazie alle sue foto e ai suoi appunti, avevano una lista completa. Il libro di cucina, i gioielli e persino i vestiti, i biglietti che le aveva scritto... nessun dettaglio rilevante, ogni pista che avevano seguito era stata un vicolo cieco. C'erano numerose scatole di documenti trovati in casa di Aubrey Montrone, li avevano visti tutti, ma era stato impossibile leggere ogni singola parola. Quella donna accumulava di tutto e di più, era impossibile trovare qualche dettaglio utile su dove Owen avesse potuto portare Sarah.

Nathan era seduto alla sua scrivania con gli occhi incollati al computer, continuava la sua ricerca. Logan era al telefono con un giornalista e Blake stava organizzando un gruppo di ricerca per continuare a scandagliare il quartiere dove si trovava la casa di Sarah.

Le donne erano tutte a casa di Grace. Il rapimento di Sarah aveva riportato alla mente di Grace gli incubi sul figlio rapito, quindi non aveva voluto separarsi dai suoi bambini. Cole non poteva biasimarla. Così le donne avevano iniziato a passare le giornate a casa di Grace: le tenevano compagnia e poi aiutavano con le ricerche. Avevano alcuni scatoloni della casa dei Montrone e li stavano passando al setaccio molto più accuratamente di quanto i loro uomini avessero il tempo di fare.

Ryder era seduto dall'altra parte del tavolo rispetto a Cole, fissava degli altri fogli che avevano già guardato almeno un centinaio di volte.

Cole fissava quasi senza vedere realmente il casino che aveva davanti. Si sentiva di merda, ma non si sarebbe fermato fino al ritrovamento di Sarah. Gliel'aveva promesso. Le aveva detto che, se mai fosse scomparsa, l'avrebbe trovata. Ed eccolo lì impalato mentre lei affrontava un pericolo.

Sospirando, raggiunse alla cieca il pezzo di carta più vicino e si costrinse a concentrarsi. La risposta era lì... da qualche parte. Lui doveva solo essere abbastanza sveglio da trovarla.

Cole non era un investigatore. Era solo un ragazzo a cui piaceva allenarsi e che in qualche modo aveva avuto la fortuna di guadagnarsi da vivere in quel modo. Ma aveva imparato molto osservando e prestando attenzione agli Anderson. Avevano osservato cose a cui lui non avrebbe pensato due volte. Gli avevano insegnato a mettere tutto in discussione.

Non solo, ma avevano avuto una lunga discussione sullo stato mentale di Owen. Era fondamentalmente un bambino. I bambini pensavano diversamente dagli adulti. Se Cole voleva trovare Sarah, doveva pensare come Owen. Il che era estremamente difficile, perché guardare quello stronzo in una foto che avevano preso a casa Montrone rendeva difficile ricordare che era un uomo dallo sviluppo ritardato. La sua grande statura e la barba trasandata lo facevano sembrare un uomo di mezza età che poteva e voleva fare del male a chiunque si mettesse tra lui e l'oggetto del suo desiderio.

E quell'uomo voleva Sarah. Per quale scopo, non era dato saperlo.

Ma non poteva averla. Sarah era sua, dalla cima della testa fino alle belle dita dei piedi, era *sua*.

Cole lesse il pezzo di carta che aveva in mano. Era la lista delle cose che Sarah aveva ricevuto da Owen. Mentalmente, accoppiò la lista con le foto che lei aveva inviato via e-mail alla Ace Security.

Libro di cucina. Foto.

Nota. Foto.

Cappotto. Foto.

Burro di arachidi. Foto.

Lettera. Foto.

Gioielli. Foto.

Fiori, caramelle, set di Lego... foto, foto, foto.

La lista continuava. Alcuni degli oggetti erano bizzarri, come la padella con il barattolo di zuppa di pollo all'interno. Ma altri sembravano semplicemente un regalo che un ragazzo avrebbe fatto ad una ragazza, come i fiori di campo secchi, la pigna che aveva detto di aver trovato (pensava che fosse carina e aveva voluto darla a Sarah).

Cole stava per mettere da parte il foglio e concentrarsi su qualcos'altro quando un regalo sulla lista attirò la sua attenzione.

Casa delle bambole.

Con le sopracciglia aggrottate, Cole fissò la parola. Non ricordava di aver letto di quel regalo. Avevano una foto della casa delle bambole? Non pensava, perché probabilmente qualcuno avrebbe detto qualcosa al riguardo.

Rovistando tra i fogli, cercò di trovare la cartella che conteneva tutte le foto dei regali che lei aveva ricevuto.

"Cosa c'è?" chiese Ryder, guardandolo mentre frugava nel contenuto del tavolo.

"Dov'è la cartella con le foto di tutto quello che le ha mandato?" chiese Cole.

Ryder lo aiutò a cercare per un momento e lo tirò fuori da una pila di altre carte. "Eccola."

Cole la prese e ne sfogliò rapidamente il contenuto. Poi lo

fece di nuovo, più lentamente. Poi lo fece una terza volta, con il foglio che conteneva la lista dei regali. Controllò ognuno dei regali, facendo corrispondere le immagini alla lista che aveva in mano.

Quando ebbe finito, l'unica cosa di cui non avevano una foto era la casa delle bambole.

"Dov'è la casa delle bambole?" chiese Cole a Ryder.

"Quale casa delle bambole?"

Indicò la lista. "Proprio qui. Ha scritto che aveva ricevuto una casa delle bambole. Dov'è?"

Ryder si raddrizzò. "Non abbiamo alcun indizio."

"Non ha fatto una foto?" chiese Cole.

"Non lo so. Non ricordo di averne vista una. Potrebbe essere stata cancellata?"

"Deve aver fatto qualcosa con la casa delle bambole," insistette Cole, sentendo finalmente l'adrenalina in corpo. "Non è a casa sua o in soffitta. L'avremmo trovata."

"Non farti illusioni," disse Ryder, ma Cole percepiva l'eccitazione nella voce dell'amico per la prospettiva di avere qualcosa di nuovo da esaminare.

Una casa delle bambole non era normalmente qualcosa che un ragazzo avrebbe regalato a una ragazza... a meno che non avesse un qualche significato per lui. Avevano già capito il significato dietro la maggior parte degli altri regali. A parte alcuni oggetti che sembravano essere stati scelti come gesti romantici, come i fiori e i gioielli, tutto il resto dei regali aveva una cosa in comune: potevano tutti essere usati in qualche modo da Sarah per prendersi cura di Owen.

Il barattolo di burro di arachidi era il suo cibo preferito, forse.

Il libro di cucina, per poter cucinare per lui.

Il cappotto, per stare al caldo.

La padella era ovvia, così come la zuppa di pollo.

Ma cosa c'entrava una casa delle bambole?

A meno che...

Poteva essere davvero così ovvio? Avevano trascurato l'unica cosa che gli stava praticamente gridando indizi dall'inizio?

Poi gli venne in mente qualcos'altro. "Ryder", disse Cole, "c'era un pagamento delle tasse sugli estratti conto da qualche parte, giusto?"

"Sì, penso di sì. Perché?"

"Era per la casa a Castle Rock?"

Ryder annuì.

"Siamo sicuri?" chiese Cole. "Perché stavo pensando... e se Aubrey avesse una seconda casa? Voglio dire, se Owen stava dando a Sarah regali che avevano significati più profondi, cose che l'avrebbero aiutata a prendersi cura di lui, una casa avrebbe senso, no? Ma una casa delle bambole? Se Aubrey avesse posseduto una seconda casa, ci avrebbe pagato le tasse. E se Owen avesse portato lì Sarah? Ci sono centinaia di piccole baite sulle montagne, a ovest di qui. Sarebbe un ottimo posto per nascondersi."

"Merda. Hai ragione. E la casa delle bambole deve significare qualcosa. Darò un'altra occhiata ai registri delle imposte e vedrò se possiamo ottenere più informazioni sulla proprietà su cui sono state pagate le tasse. Tu puoi rintracciare quella casa delle bambole e vedere se c'è qualcosa che possiamo ricavarne."

Cole annuì. Non si sentiva ancora entusiasta della ricerca di Sarah, ma almeno si sentiva un po' più fiducioso per aver trovato una nuova pista.

"Resisti, tesoro. Sto arrivando," mormorò mentre si metteva al lavoro cercando di capire cosa aveva fatto Sarah con la casa delle bambole che le aveva regalato Owen.

———

Quando sorse il sole del settimo giorno della sua prigionia, Sarah si prese un momento per pregare di essere ritrovata da Cole.

Sorprendentemente, vivere nella casetta con Owen non era poi così male. A parte il fatto che non poteva camminare a causa della caviglia, e a parte la noia, Owen era stato estremamente attento. Faceva quello che lei gli chiedeva senza lamentarsi, compreso il pulire tutti i piatti che aveva sporcato nei primi giorni dopo averla portata lì.

L'aveva portata in braccio da e verso il bagno, lasciandola da sola a fare le sue cose. Lei non era in grado di stare in cucina a preparare da mangiare per entrambi, ma lui aveva fatto del suo meglio per seguire le sue indicazioni alla lettera. Owen era stato molto orgoglioso quando era riuscito a preparare una semplice cena a base di pasta al sugo.

Avevano giocato a carte, Famiglie era il suo gioco preferito, oltre a un sacco di giochi da tavolo. Lei l'aveva anche aiutato a comporre un puzzle con il quale lui aveva avuto difficoltà.

L'unica volta che Sarah aveva visto Owen perdere il suo carattere allegro era stato quando lei aveva chiesto se l'avrebbe accompagnata in città. Lui si era accigliato e aveva scosso violentemente la testa.

"No! Qualcuno ti vedrà e ti porterà via!"

Sarah aveva fatto subito marcia indietro, ma si era sentita mancare. Owen sapeva bene quanto lei che l'unico modo in cui avrebbe potuto "tenerla" era che lei rimanesse un segreto.

L'unica opzione sarebbe stata strisciare fuori dalla casetta e camminare nella foresta per chissà quante miglia, ma Sarah non poteva farlo.

"Buongiorno!" disse Owen felicemente mentre si sedeva sul letto accanto a lei. I letti gemelli erano stati un sollievo; sapere che lui non si aspettava di dormire con lei o accanto a lei era una preoccupazione in meno. Il materasso non era molto comodo, ma dopo che lui le aveva preso un cuscino dal divano e l'aveva aiutata a sostenere la caviglia, era meglio del divano.

"Buongiorno," disse Sarah. Cole le mancava più di quanto potesse dire, cominciava a pensare che ci sarebbe voluto molto più tempo del previsto perché lui la trovasse. Ma non aveva intenzione di arrendersi.

"Giochiamo a Famiglie?" chiese Owen.

Sarah sospirò. Era così stufa di quel gioco di carte, ma era molto meglio di Guerra, perché almeno finiva. Aveva fatto l'errore di accettare di giocare a Guerra con lui il giorno prima, ma dopo cinque ore pensava che avrebbe urlato di frustrazione quando ancora la partita non era finita.

Qualcuno aveva rifornito la casa con una tonnellata di giochi per bambini. C'era un intero armadio pieno di: Pictionary, Mouse Trap, Cluedo Junior, Shark Bite, Apples to Apples, Battaglia Navale, Trouble, HiHo! Cherry-O, e Let's Go Fishin'. Li aveva provati con Owen, ma tra tutti preferiva Famiglie. Era semplice e facile, non doveva pensare troppo. Inoltre, l'uomo-ragazzo era un cattivo perdente, era più facile barare per farlo vincere a Famiglie che in altri giochi.

"Certo. Possiamo giocare a Famiglie," disse Sarah svogliatamente.

"Evviva!" disse Owen, applaudendo con gioia. "Ma prima, Owen deve occuparsi di Sarah."

Sarah annuì e si preparò al suo tocco. Lui poteva comportarsi come un bambino, ma ogni volta che la prendeva in braccio, lei aveva il terrore che la facesse cadere o che decidesse di toccarla come un adulto. Inoltre, la caviglia le faceva molto male, aveva smesso di prendere l'Oxy per paura di diventarne dipendente ed era passata al semplice Tylenol. Non era così efficace, ma almeno le toglieva il fastidio.

Quando Owen la lasciò in bagno per farle fare pipì e pulirsi con una salvietta, Sarah si fissò nello specchio. I suoi capelli erano un disastro; non li aveva lavati da quando era arrivata. L'enorme vestitone che indossava le nascondeva il corpo, ma sapeva di essere dimagrita. Lo stress della situazione le stava costando caro.

Tutto sommato, Sarah sapeva di essere comunque fortunata: Owen non le aveva fatto del male. Anzi, era stato piuttosto dolce, tralasciando il dettaglio che lui la teneva in quella capanna contro la sua volontà. Le aveva parlato di sua madre e di quanto gli mancasse. Aveva parlato della vita con la madre, Sarah aveva capito esattamente quanto Aubrey avesse fatto per il suo unico figlio. Ovviamente lo aveva amato, probabilmente era stata terrorizzata per lui quando aveva scoperto che stava morendo. Questo non la scusava per aver fatto credere a suo figlio di poter trascinare qualcuno nel bosco e vivere per sempre felici e contenti, ma dopo aver passato del tempo con Owen, Sarah almeno lo capiva.

Ma le mancava la sua vita.

Le mancavano i suoi nuovi amici.

Le mancava Cole.

Dio, quanto le mancava Cole.

Per la prima volta, provò una vera empatia per Owen. Entrambi soffrivano la mancanza di una persona cara. Naturalmente, Cole non era morto e Sarah era tenuta nascosta.

Sarah odiava vacillare tra il dispiacere per Owen e il terrore di non vedere più Cole, così fece un respiro profondo, si mise una mano sulla pancia e chiuse gli occhi. "Ti prego, trovami presto, Cole," sussurrò. "Sono pronta a tornare a casa."

———

"Grazie mille," disse Logan al telefono, mentre faceva un cenno agli altri. "Potrebbe mandarmi una foto? Sì... Aspette-

rò... Lo apprezzo molto... Se ho altre domande, posso richia-
marla? Perfetto. Grazie... Lo speriamo anche noi. Salve."

Riagganciò la chiamata e disse: "La signora dell'ospedale
ha trovato la casa delle bambole! Sarah l'ha donata al reparto
pediatrico. Da allora si trova in una delle sale giochi."

"Sta mandando una foto?" chiese Blake.

"Sì."

Cole camminava avanti e indietro; cercava in tutti i modi
di non farsi illusioni, ma tutto il resto si era rivelato un vicolo
cieco. Ryder stava ancora controllando i pagamenti delle tasse
sui conti di Aubrey, ma per il resto erano bloccati. Avevano
cercato per una settimana e non avevano trovato nulla.
C'erano state alcune occasioni in cui pensavano di essere sulla
pista giusta, ma poi ogni pista si interrompeva, o se i poliziotti avevano indagato non avevano trovato nulla. A quel
punto, Cole era pronto a tutto.

Sarebbe andato a bussare di porta in porta, disposto ad
attraversare le montagne, qualunque cosa fosse necessaria per
trovare la sua Sarah.

Non l'aveva trovata solo per perderla in quel momento.
Avevano molti anni da vivere insieme. Voleva invecchiare con
lei e guardare i loro figli, nipoti e pronipoti che si riunivano
intorno allo stesso tavolo durante le vacanze. Voleva quel
caos, voleva vedere il sorriso sul volto di Sarah mentre si
crogiolava nella gloria della sua famiglia.

"Mi è arrivata la foto," disse Logan mentre il suo telefono
suonava per l'arrivo di un'e-mail. "La sto inoltrando a tutti.
Un attimo."

Cole fissò il suo telefono con impazienza mentre aspettava che arrivasse l'e-mail. Non appena arrivò, ci cliccò sopra
e scaricò la foto.

A prima vista, la casa delle bambole non era niente di
speciale. Una casetta a due piani con un mucchio di mobili di
legno e due bambole piccole, con un paio di Barbie più

grandi. Immaginò che le Barbie fossero state aggiunte da qualunque bambino ci avesse giocato per ultimo.

"Sembra una normale casa delle bambole," osservò Nathan.

Cole ignorò la delusione avvertita nel tono del suo amico e ingrandì l'immagine.

Quella casetta sembrava completamente fatta a mano, Cole fu sorpreso.

Anche gli altri notarono quel dettaglio.

"Questa non è una casa delle bambole da quattro soldi," disse Logan.

"No. È fatta a mano," concordò Ryder.

"Sto migliorando l'immagine," disse Nathan.

"Andrò all'ospedale per vedere questa cosa da vicino. Vi manderò altre foto, e se riesco a trovare una firma o un marchio di chi l'ha fatto, vi manderò anche quello," disse Blake, già in piedi.

"Se riusciamo a scoprire chi l'ha fatto, possiamo sperare di ottenere più informazioni su chi l'ha comprato," disse Logan, di nuovo emozionato.

"Molte volte gli artigiani hanno un'ispirazione per le loro creazioni," aggiunse Ryder. "L'autore potrebbe aver modellato questa casa basandosi su una vera casa."

"Se riusciamo a trovare una firma, posso cercare il nome su internet," disse Nathan.

A ogni parola che passava sulle labbra dei suoi amici, la speranza di Cole rifioriva. Si erano imbattuti in fin troppi vicoli ciechi e in moltissime cattive notizie negli ultimi sette giorni, tanto che anche quelle piccole idee aprivano grandi spiragli di ottimismo.

"Chiamerò Alexis mentre vado all'ospedale," disse Blake. "Di' a lei e alle altre donne di cercare qualsiasi riferimento a falegnami o prodotti artigianali. C'è un'intera scatola di ricevute sparse. Forse saremo fortunati."

Sì. Cole ne era sicuro.

Era quello l'anello mancante. Ne era certo.

Si passò una mano tra i capelli arruffati, non poteva fare a meno di agitarsi. Era stata una lunga settimana. Sette giorni che sembravano sette anni. Ma presto avrebbe riavuto Sarah tra le braccia, e il figlio di puttana che l'aveva presa l'avrebbe pagata.

"Chiamo il detective," disse Logan, allontanandosi dal tavolo con il telefono all'orecchio.

Cole sapeva che dovevano tenere la polizia informata su quello che stavano facendo, per la loro stessa sicurezza. Nessuno di loro voleva essere accusato di ostacolare le indagini, non potevano partire e agire in base a qualche dritta senza includere i poliziotti. Ma Cole voleva muoversi. Voleva correre con qualsiasi informazione trovata dalla Ace Security e riprendersi la sua Sarah. Non voleva aspettare un secondo in più.

Ma bisognava muoversi nel rispetto della legge.

Se venivano sparati dei colpi e Owen veniva ucciso, nessuno di loro voleva essere accusato di omicidio. Se Sarah aveva bisogno di cure mediche, c'era bisogno di un'ambulanza pronta.

Ma tutto ciò richiedeva tempo.

Cole non voleva che Sarah passasse un secondo in più alla mercé di quell'uomo.

"La riporteremo indietro," disse Ryder dolcemente, accanto a Cole.

Lui annuì.

Sapeva che ce l'avrebbero fatta.

———

Il sole era tramontato nel suo settimo giorno alla capanna.

Una settimana.

Sarah era lì da una settimana. Per certi versi sembrava un'eternità, ma per altri sembrava solo il giorno prima, quando aveva trovato Owen nella sua soffitta.

Pensò a Cole, alle loro telefonate e ai loro messaggi. Pensò a come era attento a letto, a come si sentiva tra le sue braccia.

Le si formarono delle lacrime negli occhi, ma lei le respinse.

Non avrebbe pianto. Cole la stava cercando e l'avrebbe trovata. Non poteva dubitarne.

Grazie al cielo, aveva deciso di dargli una seconda possibilità, dopo che lui l'aveva scaricata in palestra. Se non l'avesse fatto... Sarah rabbrividì.

Se non l'avesse fatto, nessuno avrebbe sentito la sua mancanza. Al lavoro qualcuno si sarebbe chiesto cosa le fosse successo e perché non si fosse presentata, ma i poliziotti probabilmente avrebbero dato per scontato che era una donna adulta e che poteva andare dove voleva, quando voleva. Almeno per i primi due giorni. Dopo di che, probabilmente avrebbero iniziato a indagare, ma chissà se sarebbero stati in grado di collegare tutti i punti arrivando a Owen e a quella baita nel bel mezzo del fottuto nulla.

Era il destino.

Cole le apparteneva, come lei gli apparteneva. L'avrebbe trovata. Doveva farlo.

"Un'altra partita!" la implorò Owen.

Sarah voleva dirgli che era ora di andare a letto. Se lo avesse fatto, non aveva dubbi che lui avrebbe messo il broncio, ma avrebbe obbedito. Si sarebbe messo il suo pigiamone (che aveva un aspetto estremamente strano, su quel quarantaquattrenne sovrappeso), si sarebbe lavato i denti e sarebbe andato a letto.

Ma era presto e Sarah non era pronta a rimanere da sola con i suoi pensieri così presto. Sapeva che sarebbe rimasta sveglia e si sarebbe lambiccata sulla sua situazione. Era molto meglio giocare un'altra partita a carte, piuttosto che annegare nel malcontento.

"Vada per un'altra," accettò.

"Evviva!" esclamò Owen, rimbalzando sul sedere all'estremità del letto, facendola trasalire mentre la vibrazione del materasso le faceva pulsare la caviglia.

Owen non era una cattiva persona. L'aveva presa contro la sua volontà, ma non l'aveva picchiata, non aveva abusato di lei, anzi... era estremamente preoccupato per lei. Era generalmente una persona felice, anche se a volte era eccessivamente emotivo.

Era ovvio che non capiva le sue azioni. Era felice nella sua consapevolezza di aver fatto ciò che sua madre aveva voluto per lui. Aveva "sposato" Sarah, che si sarebbe presa cura di lui per il resto dei suoi giorni.

Chissà se Aubrey avrebbe mai immaginato che il figlio la prendesse così alla lettera, rapendo Sarah e portandola lontano da tutti per accudirlo.

La casetta era pulita. Sarah aveva persino inventato un gioco per far raccogliere a Owen i suoi giocattoli. Ogni volta che lui riempiva uno dei grandi contenitori di giocattoli lungo una delle pareti, lei giocava con lui a carte. Quando lui spazzava il pavimento e puliva i piani della cucina, lei gli cantava una canzone. E quando lui puliva i piatti nel lavandino e li metteva via, lei gli leggeva un libro. Il rinforzo positivo sembrava funzionare meglio con Owen, Sarah era già diventata molto brava.

"Vuoi mangiare prima di giocare?" chiese Owen, speranzoso.

Sarah non poté fare a meno di ridacchiare. Sapeva che lui non le stava chiedendo se voleva uno spuntino, ma lo stava chiedendo perché ne voleva uno.

"Certo, ma non i popcorn. L'ultima volta hai fatto un casino cercando di far scoppiare quella roba sul fornello.

Penso che un barattolo di pesche dovrebbe bastare a farti passare il tempo." In momenti come quello, Sarah quasi dimenticava che Owen era sulla quarantina. Era molto chiaro nell'esprimere le sue emozioni.

Owen fece il broncio, ma annuì e scese dal letto di Sarah. Il movimento le fece di nuovo sobbalzare la caviglia e lei inspirò profondamente, cercando di respirare profondamente per non sentire il dolore.

Non stava migliorando. Anche se l'aveva steccata per bene, la caviglia continuava a pulsare in agonia ogni minuto di ogni giorno. Se non se ne fosse occupata, probabilmente sarebbe rimasta bloccata a vita.

Decise di non pensarci e di vivere minuto dopo minuto. Era l'unico modo per superare tutto quel casino. Non poteva pensare a come sarebbe stata la sua vita se fosse rimasta lì... un anno.

Cercando di mettersi comoda, Sarah puntellò i cuscini dietro la schiena e cercò di rilassarsi. Le mancava ancora un'ora prima di poter prendere un altro Tylenol. Aveva preso quelle pastiglie ogni quattro ore, solo per tenere a bada il dolore.

Un rumore di raschiamento fuori dalla finestra alla sua destra la spaventò.

Cercò subito Owen con lo sguardo, ma lui era in cucina, non aveva sentito nulla. Stava canticchiando sottovoce mentre armeggiava con l'apriscatole sulla lattina con le pesche.

Non osando guardare oltre, nel caso in cui Owen la vedesse, il cuore di Sarah andò in tilt.

Cole l'aveva trovata? La polizia stava circondando la baita in quel momento?

E se fosse stato così... cosa avrebbe fatto Owen quando avrebbe capito che la bella vita che aveva creato per loro due stava per finire?

O forse era solo un animale? Un altro topo che cercava di trovare una via d'accesso per stare al caldo?

Sarah non aveva idea di cosa avesse provocato quel rumore, ma pregava di concludere quella lunghissima settimana con il suo imminente salvataggio.

CAPITOLO SEDICI

CAPITOLO SEDICI

COLE SI NASCOSE dietro un albero e fissò la casetta nel bosco. Era buio ormai, erano passate quattro ore impegnative da quando avevano trovato la casa delle bambole all'ospedale.

Blake era andato lì ad esaminare lo strano regalo di Owen. Aveva trovato una firma sul fondo. Nathan aveva rintracciato l'artista e aveva scoperto che viveva in una piccola città sulle montagne, a ovest di Castle Rock, chiamata Twin Cedars. Non era un granché come città, non più almeno. C'erano solo una stazione di servizio e una piccola drogheria a conduzione familiare.

Bastò una telefonata all'artista per verificare che aveva davvero fatto lui la casa delle bambole. Aveva riprodotto quel particolare pezzo su misura per la signora Aubrey Montrone anni prima. Si era specificamente ricordato che non c'era spazio nella casetta di montagna dove voleva riporla. Così, quando gli aveva commissionato la casa delle bambole, gli aveva mandato una foto della casetta stessa e gli aveva detto di usarla come ispirazione, ma gli aveva chiesto di abbellirla e renderla più grande, con due piani invece di uno. L'artista si era anche offerto di fare un secondo pezzo, una casa delle bambole più piccola, sempre per Aubrey, circa vent'anni prima.

Poi l'artista aggiunse che aveva visto il figlio di Aubrey nell'unico negozio locale circa una settimana prima.

L'artista era andato in quel negozio per visitare un suo amico, il proprietario del locale, e aveva riconosciuto Owen da una foto che Aubrey aveva condiviso con lui quando aveva ordinato la casa delle bambole più piccola. Owen non aveva detto molto, aveva solo comprato uno strano assortimento di cibo. Per lo più cibo in scatola. Niente di fresco. Cose che sarebbero durate a lungo.

Quando Nathan aveva chiesto a quell'uomo se avesse visto la macchina che Owen stava guidando, la risposta era stata positiva: era salito su una Galant grigia.

Cole aveva battuto un pugno sul muro, nel sentirlo. L'uomo non aveva visto nessun altro nella macchina, ma ciò non significava necessariamente qualcosa. Owen poteva aver già nascosto Sarah da qualche parte, o poteva averla fatta sdraiare sul sedile posteriore. Cole si rifiutava di considerare la possibilità che fosse nel bagagliaio, in quel momento, o che Owen l'avesse già ferita o uccisa.

I tasselli del puzzle iniziavano ad incastrarsi. Ryder aveva fatto qualche telefonata e nel giro di un'ora aveva scoperto un legame tra Aubrey e la piccola città. I suoi genitori, i nonni di Owen, avevano vissuto lì per alcuni anni, molto tempo prima, e si erano trasferiti a Castle Rock quando era ovvio che la piccola città non stava prosperando.

Ma avevano una baita lassù, ereditata poi da Aubrey.

E Ryder aveva finalmente trovato la prova che la donna aveva pagato le tasse su quella casa e su quel terreno per anni. Registrazioni che avevano trascurato perché erano mescolate tra tutti i dati finanziari della casa a Castle Rock. Per qualche strana ragione, la baita non era stata elencata in nessuno dei documenti legali di Aubrey o nel suo testamento, motivo per cui nessuno ne conosceva l'esistenza.

Ma Owen ovviamente sì.

Twin Cedars era a circa un'ora di macchina da Castle Rock, ma i fratelli Anderson e i due poliziotti che li accompagnavano erano arrivati in quarantacinque minuti.

Trovare la strada per la piccola capanna era stato più difficile, ma alla fine avevano percorso il sentiero sterrato fuori dalla strada principale. Così fermarono i due veicoli abbastanza lontano dalla capanna, in modo da non allertare nessuno all'interno, percorrendo il resto della strada a piedi.

Ryder e uno degli agenti si diressero verso il lato destro della cabina, mentre Logan andò dall'altro lato per assicurarsi che Owen non cercasse di scappare da una delle finestre laterali. L'altro poliziotto si avvicinò silenziosamente alla porta e rimase lì per un lungo momento ad ascoltare.

Cole non riusciva a stare fermo. Voleva irrompere nella stanza e far fuori lo stronzo che gli aveva portato via la sua donna.

"Calma, Cole," disse Blake.

"Ho bisogno di entrare," sibilò lui.

"E lo farai. Ma lascia che gli altri facciano il loro lavoro."

Era proprio quello il punto. Nessuno sapeva come avrebbe reagito Owen una volta affrontato. Era armato? Aveva già ferito o ucciso Sarah? L'avrebbe tenuta in ostaggio, una volta capito che c'erano i poliziotti? Cole si tormentava con quelle domande.

C'era una finestra sul lato della cabina, Logan fece un segnale a Blake e Nathan, che erano in piedi con Cole. Blake poi passò il segnale a Ryder e ai poliziotti.

"Cosa? Che significa?" chiese Cole con impazienza.

"Logan ha il campo visivo," rispose Blake.

Tutto lì. Cole non aveva intenzione di stare a guardare,

nascondendosi dietro un maledetto albero. Non sapeva cosa significasse "visivo". Non sapeva se significasse che Sarah stava bene o che il suo amico avesse visto il suo cadavere.

Senza dire un'altra parola, Cole si chinò e corse verso la porta d'ingresso della casa. Sentì Blake imprecare alle sue spalle, ma non avrebbe più aspettato.

Era a circa sei metri di distanza quando l'ufficiale vicino alla porta la aprì con un calcio e si precipitò all'interno tenendo l'arma puntata. Un urlo squarciò l'aria insieme a un grido di panico. La forte voce dell'ufficiale che urlava ordini aggiunse solo altro caos.

Cole si spinse a correre più velocemente di quanto avesse mai fatto in vita sua.

———

Un attimo prima Sarah si stava preparando mentalmente per un'altra partita a carte, l'attimo dopo scoppiò un caos totale. Avrebbe voluto gettarsi a terra e rotolarsi sotto il letto, ma con la sua povera caviglia ferita non poté fare altro che rimanere immobile e fissare l'agitazione.

La porta della capanna si aprì improvvisamente e apparve un poliziotto con la pistola puntata in alto.

Owen si mosse più velocemente di quanto lei avesse mai pensato che fosse capace; prima che lei potesse chiudere gli occhi, era in piedi davanti al suo letto. Aveva le gambe e le braccia aperte, come se ciò potesse impedire al poliziotto di portarla via.

"No! Vattene!" urlò Owen.

"Si allontani dalla donna!" ribatté il poliziotto, puntando la pistola al petto di Owen.

"No! Lei è mia! L'ho portata qui onestamente!" Era ovvio che Owen era stressato e nel panico.

Sarah si chinò per guardarsi intorno e sussultò quando vide Cole volare nella cabina attraverso la porta aperta. Era seguito da Blake e dal resto dei fratelli Anderson. La cabina divenne rapidamente affollata, piena dei suoi soccorritori irritati e preoccupati.

"No! No no no!" disse Owen, andò verso il letto e afferrò Sarah per il braccio, tirandola al suo fianco.

Ansimando dal dolore, Sarah fece del suo meglio per mettere il ginocchio buono sotto di sé e reggere il proprio peso. La caviglia le inviò una scossa di dolore, a momenti sveniva. Ma si costrinse a rimanere cosciente.

I poliziotti puntarono le loro armi contro Owen, i fratelli Anderson si sparpagliarono intorno alla casa, lasciando Owen senza via di fuga.

Facendo un respiro profondo, Sarah alzò la mano libera, cercando di calmare la scena intensa e caotica.

"Calmatevi tutti!" urlò.

Ovviamente sorpreso, l'ufficiale che aveva sbraitato ordini si limitò a fissarla.

Sapendo che se avesse guardato Cole avrebbe iniziato a piangere, Sarah si voltò e guardò invece Owen.

"È ora che io me ne vada," gli disse dolcemente.

"No! Restiamo!" disse Owen ostinatamente. "Vivremo qui e ci prenderemo cura l'uno dell'altra per sempre."

"Cosa succede quando finiamo i soldi?" chiese Sarah, orgogliosa di mantenere una voce salda.

"Ricevo soldi ogni mese. Staremo bene," disse Owen, senza guardarla, fissando invece in modo bellicoso gli agenti.

L'aveva già visto comportarsi così quando non otteneva ciò che voleva. Un giorno voleva giocare a carte per la millesima volta, Sarah gli aveva detto di no: lui aveva messo il broncio, incrociato le braccia, urlato e blaterato per mezz'ora. Ma lei lo aveva convinto che una partita a Sorry! sarebbe stata altrettanto divertente.

Sarah doveva essere paziente. Naturalmente, Owen in quel momento aveva molto più da perdere e lo sapeva.

"Owen, mi fa molto male la caviglia," gli disse dolcemente. "È rotta e ho bisogno di vedere un dottore."

"No. Nessun dottore!" sbraitò Owen, ma la sua protesta non era più così forte.

"So che vuoi prenderti cura di me, ma alcune cose devono essere guardate da esperti."

"Mi prenderò cura di te," piagnucolò ostinatamente Owen.

"Sarah..." iniziò Cole.

Ma lei scosse la testa e non distolse lo sguardo da Owen. Cole sembrava più vicino. Così vicino che lei non voleva fare altro che lasciargli posto per affrontare Owen e costringerlo a lasciarla andare. Ma se non avesse tenuto la situazione sotto controllo in quel momento, non c'era modo di sapere cosa sarebbe successo a quell'omone.

"Owen, guardami," gli ordinò Sarah.

Lui scosse la testa. "Ti porteranno via da me se mi volto."

Probabilmente aveva ragione. Sarah si voltò a guardare gli agenti di polizia. "Per favore, mettete giù le pistole. Owen non mi farà del male."

"Non sono sicuro..." iniziò l'uomo che aveva fatto irruzione nella stanza, ma Cole lo interruppe.

"Fate come dice lei."

Lentamente, entrambi i poliziotti abbassarono le loro pistole. Non le rimisero nella fondina, ma almeno non c'erano più armi puntate.

"Vedi? Non ci faranno del male," disse Sarah a Owen.

Lui le strinse forte la mano sul braccio. "Non voglio farti andare," piagnucolò lui.

"Lo so. Ma a volte nella nostra vita succedono cose che non vogliamo."

"Come la morte della mamma?" chiese tristemente Owen.

"Esattamente. Sono stata bene con te qui nella tua casetta," gli disse Sarah. Non stava mentendo completamente.
Non voleva stare lì, ma tutto sommato poteva andare molto
peggio. "Ma devo tornare a casa mia, a lavorare. Devo aiutare
le mamme degli altri in ospedale. Ricordi come ho aiutato tua
madre? Anche altre persone hanno bisogno di me."

Owen la guardò tristemente, poi tornò a fissare gli altri
uomini. Gli Anderson non avevano detto una parola, ma era
più che ovvio che erano pronti ad attaccare alla prima
occasione.

"Ho bisogno di te," la voce di Owen si abbassò quasi a un
sussurro. "La mamma ha detto che non posso vivere da solo.
Ho bisogno di qualcuno che si prenda cura di me come ho
fatto io con lei. Voglio che tu ti prenda cura di me."

Per quanto quell'uomo l'avesse spaventata negli ultimi
mesi, Sarah provò improvvisamente molta pena per lui. Era
solo un ragazzino che viveva nel corpo di un uomo. Non
capiva come funzionava il mondo. Sua madre, la persona che
si era presa cura di lui per tutta la vita, era morta; era perso,
ferito e spaventato.

Ciò non significava che non potesse essere un pericolo. Se
si fosse preso una cotta per un'altra, pensando di aver trovato
una donna che si prendesse cura di lui, avrebbe potuto
pensare che fosse giusto rapire la sua nuova preda. Sarebbe
stato orribile. Sarah non avrebbe augurato a nessuno il terrore
che aveva provato lei.

"E se ti aiutassi a trovare qualcuno che possa prendersi
cura di te?" gli chiese Sarah. "Scommetto che là fuori ci sono
altri uomini e donne proprio come te, che hanno bisogno di
essere accuditi. Potreste vivere tutti insieme e prendervi cura
gli uni degli altri."

Sarah sapeva che c'erano delle case famiglia per persone
come Owen. Lei e Cole ne avevano anche parlato. C'erano
degli assistenti che aiutavano i residenti a vivere in modo

parzialmente indipendente. Non aveva idea di quanto costassero o dove fossero, ma sapeva senza dubbio che Cole e gli amici della Ace Security l'avrebbero aiutata a trovarne una per Owen.

Ma non poteva portarlo lì se lui avesse fatto qualcosa di stupido e folle nei prossimi cinque minuti. Doveva convincerlo a lasciarla andare, a non fare del male a lei o a qualcun altro... anche per non farsi sparare. L'ultimo posto in cui Owen Montrone doveva essere era la prigione. Non sarebbe durato un giorno.

"Guardami, Owen. Per favore," lo supplicò.

Lentamente, Owen abbassò lo sguardo su di lei. Aveva gli occhi spalancati, pieni di paura. Lei mosse lentamente una mano fino a quando non gli toccò il lato del viso. Aveva la barba ruvida, non era esattamente entusiasta di toccarlo in quel modo, ma lo spirito altruista dentro di lei non poteva negargli quel gesto gentile. "Ci siamo divertiti questa settimana, vero? Ma è ora di andare. Sarò sempre tua amica, ma non posso prendermi cura di te come faceva tua madre. Posso aiutarti a trovare qualcuno che lo faccia."

"Prometti?" sussurrò lui.

"Lo prometto."

"Conosco il posto giusto," disse Logan a bassa voce.

Sia Sarah che Owen si girarono per guardarlo.

"Conosco la donna che lo gestisce. È fantastica. Ci sono altri quattro residenti, proprio come te, Owen, che vivono con lei. Hanno le loro stanze, vanno al lavoro ogni giorno, poi tornano a casa e lei prepara loro una grande cena."

"Mi piaceva quando lavoravo," disse Owen in modo tranquillo. "Ero bravo. Pulivo i pavimenti e portavo fuori la spazzatura. C'erano molte persone con cui parlare."

Logan annuì. "Scommetto che potresti trovare di nuovo un lavoro come quello. E poi potresti andare a casa e giocare a carte con i tuoi nuovi amici, e la gentile signora che vive nella casa ti preparerà ogni sorta di prelibatezze."

"Come la pizza?" chiese Owen, che sembrava molto più interessato.

"Esattamente," concordò Logan.

Owen si voltò di nuovo verso Sarah. "Ma chi si prenderà cura di te se me ne vado?"

Sarah aprì la bocca per rispondere, ma Cole la precedette.

"Lo farò io."

Owen lo guardò e strinse gli occhi. "Ti ho visto."

Cole annuì. "Sì. Io amo Sarah. Lei significa tutto per me... e farò tutto il necessario per tenerla al sicuro."

Sarah cercò di non trasalire. Sapeva che Cole stava minacciando Owen. Sperava che l'omone non l'avesse capito.

"Anch'io la amo."

"Lo so," disse Cole, con una voce che era molto più dolce di quanto Sarah avrebbe pensato di sentirgli usare con l'uomo che l'aveva rapita. "Ma sta per avere un bambino con me, ho bisogno di starle accanto per assicurarmi che lei e il bambino stiano bene."

Sarah sentì le lacrime formarsi negli occhi. Nessuno dei due sapeva se era già incinta o meno, ma alla fine non aveva importanza. Entrambi sapevano che Cole avrebbe fatto qualsiasi cosa per tenere lei e suo figlio al sicuro.

"Un bambino?" chiese Owen.

Sarah annuì. Non aveva ancora guardato Cole, convinta più che mai che se lo avesse fatto, avrebbe perso la testa. Aveva bisogno del suo abbraccio e delle sue parole rassicuranti più di ogni altra cosa. Ma Owen le teneva ancora una mano sul braccio e lei non voleva che succedesse qualcosa di tragico.

Owen sorrise. "Mi piacciono i bambini." Poi il sorriso si spense. "Ho paura," le disse.

"Lo so, ma non ce n'è bisogno. Logan e gli agenti di polizia si assicureranno che tu stia bene."

Lui guardò le carte sparse sul letto e sul pavimento. "Non abbiamo potuto giocare a carte."

"Possiamo giocare quando vengo a trovarti."

"Promesso?"

"Lo prometto." Stava facendo molte promesse a quel ragazzone, ma dopo aver passato una settimana con lui, lo capiva molto meglio.

"Ok," disse Owen. Le lasciò il braccio così all'improvviso che Sarah vacillò.

Ma nell'istante in cui pensava di cadere, sentì il braccio di Cole che le cingeva la vita, tenendola al sicuro.

C'erano anche Logan e uno dei poliziotti. Il poliziotto prese il braccio di Owen, proprio come aveva fatto con lei, e Logan fece in modo di mettersi in mezzo tra lui e Sarah.

Owen la guardò di nuovo, sembrava triste e rammaricato. "Non sapevo che avessi un bambino nella pancia, Sarah."

"Lo so."

"Non volevo farti male," aggiunse.

"So anche questo."

"Non vedo l'ora di vedere il tuo bambino e di giocare a carte insieme!" Tornò ad essere allegro.

"Anch'io. Vai con il poliziotto e Logan ora, Owen. Ti porteranno in un posto dove la gente giocherà con te tutto il tempo che vuoi, si prenderanno cura di te e lasceranno che tu ti prenda cura di loro. Ok?"

"Ok. Ciao!"

Sarah non ebbe la possibilità di dire addio prima di essere cullata tra le braccia di Cole. Seppellì il viso nell'incavo della spalla di lui e lo strinse più forte che poteva.

"Sarah?" le chiese, ovviamente agitato.

"Sto bene," riuscì a dire prima di scoppiare in lacrime.

Non piangeva da quasi una settimana, ma vedere Cole e stare tra le sue braccia la spezzò.

"Sporgerà denuncia?"

Sarah sentì la domanda del poliziotto e scosse immediatamente la testa. Tra le lacrime, disse: "Owen non deve andare in prigione. Davvero non capisce che quello che ha fatto è sbagliato."

"Cazzo, ti amo," disse Cole. Non cercò di convincerla a cambiare idea. Non urlò e non le disse che era pazza. Semplicemente la strinse più forte contro di sé. Lei lo sentì dire: "Fammi sapere quando se ne saranno andati."

Non capì le parole per un secondo, poi si rese conto che Cole stava parlando con gli altri ancora nella stanza. Non alzò la testa quando sentì Blake scattare foto con il suo telefono. Non si mosse quando sentì Nathan imprecare per aver trovato nel bagno l'asciugamano che aveva usato per pulirsi il sangue dalla ferita alla testa. Si rifiutò di muoversi quando Ryder cercò di parlarle di quanto fosse grave la sua caviglia.

Non poteva fare altro che sedersi sul letto e aggrapparsi a Cole, così dannatamente felice che lui fosse lì e che l'avesse trovata.

Cole non cercò di parlare, ovviamente sopraffatto quanto lei dall'emozione. Ma riuscì a godersi quel contatto solo per un altro minuto circa, prima che Cole si tirasse indietro. Lui la guardò negli occhi, beandosi di lei, come se la vedesse per la prima volta. In un certo senso era proprio così. Avevano avuto una seconda possibilità. Erano entrambi molto consapevoli di essere stati fortunati ad averla.

"Stai davvero bene?" le sussurrò.

Sarah annuì. Non smetteva di piangere, ma se ne accorse appena. "Non mi ha fatto male. Neanche una volta. Sono salita in soffitta e quando l'ho visto mi sono spaventata e sono caduta. Mi si è incastrato il piede in uno dei pioli della scala e ho battuto la testa quando sono atterrata. Non mi sono svegliata finché non mi sono ritrovata qui. Avrei voluto scappare, ma per via della caviglia non potevo."

Cole le guardò il piede, poi di nuovo il viso. "Ero così spaventato."

Lei annuì e sussurrò: "Anch'io. Ma avevi promesso che non avresti smesso di cercarmi. Così ho ingoiato il rospo e ho aspettato che tu arrivassi."

"Mi dispiace che ci sia voluto così tanto tempo," le disse.

Sarah gli fece un debole sorriso. "Ti amo."

Lui le mise una mano sulla pancia. "Anch'io ti amo, angelo."

Coprendo la mano di lui sulla pancia, lei borbottò: "Voglio fare una doccia."

Lui sorrise, ma disse: "Prima sistemiamo quella caviglia."

"Avrà bisogno di un'operazione," disse lei. "Il che significa che non potrò tornare a casa per un po'." Sarah non era un'idiota. Aveva visto abbastanza fratture ossee da sapere che la sua era grave. Se non avesse avuto bisogno di un'operazione, sarebbe stato un miracolo.

"Se ne sono andati," li informò il poliziotto rimasto.

"Ora ti farà male," l'avvertì Cole.

"Lo so," disse Sarah. Ogni volta che Owen l'aveva portata in bagno, le aveva fatto un male cane. Ma avrebbe sopportato qualsiasi tipo di dolore, se significava uscire da quella capanna e tornare a casa con Cole. "Posso sopportarlo."

Cole le baciò una tempia; sentire di nuovo la sensazione delle sue labbra calde contro la pelle le fece sciogliere il cuore. Averlo vicino era meglio di mille pillole di ossicodone.

"Aspetta," le disse, prendendola in braccio; Sarah strinse i denti.

Sentiva male. Ma poteva giurare che il dolore era minore rispetto all'ultima settimana, solo perché era tra le braccia di Cole. Lui la portò fuori dalla capanna, la sua prigione negli ultimi sette giorni; annusare l'aria fresca di montagna fu fantastico. Non si era resa conto di quanto fosse soffocante la capanna fino a quel momento.

Si rilassò completamente tra le braccia di Cole e chiuse gli occhi mentre lui la portava lungo il vialetto sterrato, verso il luogo in cui supponeva li stesse aspettando la macchina con cui erano arrivati.

———

Ore dopo, Cole sedeva accanto al letto d'ospedale di Sarah. Era esausto, ma si rifiutava di lasciarla. Lei aveva avuto ragione: c'era bisogno di un'operazione per sistemare le ossa rotte della caviglia. Fortunatamente, le fratture erano abbastanza nette, il dottore non pensava che ci sarebbero stati danni permanenti.

Mentre lei era in sala operatoria, Logan aveva chiamato per far sapere a Blake che Owen era già stato messo in una casa famiglia per adulti mentalmente disabili, a Denver. Dato che Sarah non aveva sporto denuncia, si sperava che Owen potesse sistemarsi velocemente e vivere la sua vita.

A Cole non sembrava giusto, ma capiva la decisione di Sarah. Era persino d'accordo... fino a un certo punto. Se fosse stato preso qualcun altro oltre alla sua donna, non avrebbe esitato a prendere la stessa decisione. Ma era troppo combattuto. Non poteva dimenticare l'agonia dell'ultima settimana. Il non sapere se Sarah era viva o morta, se era stata torturata o violentata... Il fatto che stesse bene non lo faceva sentire meglio: era stata rapita e lui non poteva perdonare. Non ancora. Forse mai.

Ma la sua donna era dolcissima e Cole non avrebbe cambiato nulla di lei. Dopotutto non sarebbe stata il suo angelo, se fosse stata spietata e vendicativa.

Cole si spostò e le appoggiò una mano sul ventre... poi sorrise.

Sarah era incinta.

Aveva detto al medico che c'era quella possibilità, prima di essere portata in chirurgia. Dopo aver sentito che erano passate meno di due settimane da quando lei avrebbe potuto concepire, il medico li aveva avvertiti che era probabilmente troppo presto per dirlo, ma quando aveva confermato che il test era positivo, Cole non poteva smettere di essere raggiante.

In una settimana o due avrebbero ripetuto il test, nel caso fosse stato un falso positivo, ma Cole sapeva che non era così. Sarah avrebbe avuto il loro bambino. Sarebbero diventati presto una famiglia.

Cole aveva un anello in tasca, avrebbe fatto di Sarah sua moglie il prima possibile. Doveva chiamare i genitori e il fratello per farglielo sapere, così come capire un centinaio di altri dettagli; ma prima avrebbe reso le cose ufficiali, più sarebbe stato felice.

Cole aveva già parlato con Blake, che avrebbe organizzato il trasloco delle cose di Sarah nell'appartamento di Cole. Non c'era modo che lei si trasferisse in quel monolocale. No, sarebbe stata al suo fianco, così lui avrebbe potuto coccolare sia lei che il figlio per il resto della loro vita.

Sarah iniziò a svegliarsi, Cole aspettò pazientemente che lei si riprendesse completamente e che ricordasse dove si trovava. Odiava il modo in cui si irrigidiva, come se pensasse di essere ancora in quella casetta sperduta tra i monti, ma quando lui le strinse la mano, lei si rilassò.

Girando la testa, lo vide seduto al suo fianco. "Ancora qui?" gli chiese con voce roca.

"Dove altro potrei essere?" le chiese.

"A casa? A letto? Come una persona normale?"

"Andrò a casa quando tornerai anche tu. Non ti perderò di vista un secondo."

Lei sgranò gli occhi, Cole sapeva di non aver mai visto

niente di più bello. Anche dopo una settimana di prigionia, senza doccia e subito dopo aver subito un intervento chirurgico, era comunque la donna più incantevole che avesse mai visto.

Sarah mise una mano su quella che Cole le teneva sulla pancia. "Perché non mi sorprende che tu mi abbia messo incinta la prima volta che mi hai scopata senza preservativo?" gli chiese. "Non sono sicura che questo sia di buon auspicio per il mio fisico, in futuro."

Cole sorrise, si portò la mano di lei alla bocca e ne baciò il dorso. "Sarai bellissima, incinta. Voglio darti tutti i bambini che riesci a gestire e quando diventeranno troppi assumerò una tata."

"Se ti dicessi che voglio dodici figli?"

"Allora assumerò due tate," disse Cole ridendo. "Voglio che tu abbia la famiglia che ti è stata negata da piccola. Voglio circondarti di tutto l'amore che meriti. Puoi avere dei bambini finché il medico dice che è sicuro e finché li desideri. Andremo a parlare anche con il responsabile del programma all'Adoption Exchange. So che ci sono dei fantastici bambini che hanno bisogno di qualcuno come te che li ami. Qualcuno come noi. Sarai la madre migliore che qualsiasi bambino possa avere, non vedo l'ora di vedere l'influenza che avrai su di loro."

Sarah sentì di nuovo le lacrime agli occhi. "Ti amo," gli sussurrò.

"Ti amo," rispose lui. Cole si chinò e le baciò la fronte, poi le sfiorò con la bocca le labbra secche e screpolate.

Lei gli strinse la mano. "Rimarrai?"

Lui sorrise. Sapeva che lei non avrebbe voluto che se ne andasse. Si erano quasi persi, entrambi sapevano di aver rischiato. Sarah non lo voleva perdere di vista, e lo stesso valeva per lui. "Certo, angelo."

Lei chiuse gli occhi, Cole pensò che si fosse riaddormentata, fino a quando lei mormorò: "Vuoi un maschio o una femmina?"

Buon Dio. Non riusciva a decidere. Entrambi. Li voleva entrambi. Una ragazza con i capelli rigogliosi e il carattere equilibrato di Sarah, un ragazzo con i suoi occhi verdi. "Non mi interessa," le disse.

"Maschio," disse lei con fermezza. "Abbiamo bisogno prima di tutto di un maschio, in modo che possa badare alla sua sorellina."

Cole annuì. Sì, aveva senso.

———

Mezz'ora dopo, Felicity infilò la testa nella porta della stanza d'ospedale di Sarah. Voleva vedere Sarah e dirle che era contenta che stesse bene.

Ma la vista del suo migliore amico la bloccò. Cole era profondamente addormentato. Aveva una mano sulla pancia di Sarah, con l'altra le stringeva una mano. Appoggiava la testa sul materasso, anche se era tutto contorto sulla sedia e sembrava scomodo, lei non si sarebbe sognata di svegliarlo.

Scivolando fuori dalla stanza, chiuse silenziosamente la porta. Avrebbe aspettato per salutare la sua amica. La soddisfazione sul volto di Cole era tutto ciò che aveva bisogno di vedere per sapere che sarebbero stati entrambi bene. Felicity si era preoccupata per lui nell'ultima settimana, ma era sicura che sarebbe andato tutto bene... finalmente.

EPILOGO

EPILOGO

SARAH ERA APPOGGIATA contro una parete della grande palestra, sorrideva e guardava il suo uomo dall'altra parte della stanza. Lui si era offerto di andare a prenderle da bere, ma naturalmente era stato fermato da chiunque mentre tentava di portare a compimento la sua missione e in quel momento era circondato dagli uomini della Ace Security, intenti a chiacchierare.

La Rock Hard Gym aveva organizzato un'altra delle sue famose notti di con luci psichedeliche e sembrava che l'intera città si fosse presentata.

Sarah era con Grace, Bailey, Alexis e Felicity, tutte intente a chiacchierare, mentre i loro uomini si prendevano una pausa dal controllo dei documenti e giravano per la palestra per assicurarsi che tutti fossero al sicuro e felici.

"Come va la caviglia?" chiese Felicity a Sarah.

Lei sollevò il piede e lo roteò un paio di volte. "Una meraviglia. Joel la chiama gamba bionica."

Bailey si mise a ridere. "Giuro che lui e Nathan sono ossessionati da queste cazzate fantascientifiche. È pazzesco."

"Hanno messo solo pochi punti, giusto?" chiese Grace.

Sarah annuì. "Sì, ma potrei aver esagerato un po', quando stavo raccontando tutto a Joel."

Scoppiarono tutte a ridere.

"Ti vedo bene," le disse Alexis.

Sarah sorrise e si portò una mano sulla pancia. Aveva appena iniziato a sporgere davvero, ogni giorno sembrava meglio del precedente. "Grazie. Mi sento bene."

"Beh, io mi sento di merda," si lamentò Bailey, appoggiando a sua volta la mano sulla pancia sporgente. "Sono pronta ad avere questo bambino. Se non avessi già fatto l'ecografia, e se non avessi fatto promettere al dottore che c'era solo un bambino dentro di me, giurerei che ce ne fossero almeno due."

Sarah serrò le labbra e guardò il pavimento.

"Sarah? Devi dirci qualcosa?" chiese Felicity.

Merda. Lei e Cole avevano deciso di tenere la cosa per loro il più a lungo possibile, ma lei era sempre stata pessima nel mantenere i segreti.

Fece spallucce, poi sorrise. "Avremo due gemelli."

"Ci prendi per il culo?" chiese Bailey.

"Oh mio Dio, davvero?" esclamò Felicity.

"Che figata!" strillò Alexis, saltellando per l'eccitazione.

"Sono così felice di non essere l'unica!" disse Grace con un piccolo sorriso.

Sarah fu circondata da abbracci e non poté fare a meno di ridere. Era così felice da esserne quasi spaventata.

"Dicci tutto," la esortò Felicity.

"Volevamo aspettare di scoprire il sesso, ma il dottore era preoccupato per quanto stavo diventando grossa. Così abbiamo accettato di fargli fare un esame più approfondito. Si è scoperto che c'era un motivo per cui ero così grossa: c'erano ben due fagiolini!"

"Porca miseria! Scommetto che Cole ha quasi perso la testa!" disse Felicity.

Sarah annuì. Era andata proprio così. Cole si era così eccitato che l'aveva portata subito a casa per "fare conoscenza con i suoi bambini," per usare parole sue. Lei aveva cercato di ricordargli che lui stava "familiarizzando" con loro da settimane, ma lui l'aveva ignorata.

Il modo in cui aveva fatto l'amore con lei, così teneramente e delicatamente, le aveva fatto scendere le lacrime sul viso. Poi, essendo Cole, il lento fare l'amore era diventato rapidamente carnale, così lui l'aveva presa con forza e con velocità, giurando di tenerla incinta e piena dei suoi bambini per i prossimi dieci anni.

"Si vantava di avere lo sperma più potente di tre contee," ammise Sarah alzando gli occhi al cielo.

Le ragazze risero di gusto.

"Tipico di Cole," disse Felicity ancora scossa dalle risatine. Poi si morse un labbro e guardò Sarah con una strana espressione sul viso. "So che io e te non siamo ufficialmente parenti, non come lo siamo noi," indicò le altre, "ma reputo Cole come un fratello, quindi questo fa di te mia cognata. E se tu sei mia cognata... allora questo farebbe dei nostri figli dei cugini."

Ci volle un secondo per assorbire quelle parole, ma poi Sarah fece un enorme sorriso. "Stai dicendo... quello che spero tu stia dicendo?"

Felicity annuì. "È presto. Otto settimane oggi, ma ancora..."

Ci furono altre grida da parte delle donne e tanti altri abbracci.

Alexis alzò le mani quando tutte ebbero finito di congratularsi con Felicity. "Non guardate me eh! Io e Blake aspetteremo ancora qualche anno. Vogliamo goderci il fatto che siamo solo noi due ancora per un po'."

"Spero che tu abbia un buon contraccettivo," disse Grace seccamente mentre si accarezzava la pancia piatta, "perché sembra che gli Anderson abbiano uno sperma molto potente."

"Non dire minchiate!" disse Alexis con finto disgusto, mentre tutte ridevano e iniziavano il terzo giro di abbracci di congratulazioni, con Grace.

Sarah stava in cerchio con le donne che erano diventate sue sorelle e amiche, non poteva fare a meno di ricordare com'era la sua vita solo pochi mesi prima. Si sentiva sola e stava semplicemente andando avanti. Ma in quel momento, sposata con l'amore della sua vita, incinta di due gemelli, intenta a festeggiare l'attesa di mettere al mondo nuove vite con alcune delle donne più belle e toste che avesse mai conosciuto... le sembrava di vivere in un sogno.

Lei e Cole avevano deciso di aspettare ad adottare dei bambini fino alla nascita dei gemelli, ma ci avrebbero pensato senza dubbio l'anno successivo. Avevano già inoltrato la domanda e fatto completare i controlli sul loro passato, quindi si trattava solo di trovare il bambino giusto.

La vecchia casa di Sarah era stata venduta quasi immediatamente, Cole aveva insistito che i soldi della vendita andassero in un conto a nome solo di Sarah: aveva detto che non voleva che lei si sentisse dipendente da nessuno, nemmeno dal marito. Voleva che avesse la libertà rappresentata dall'indipendenza economica, l'indipendenza che Mike e Jackson avrebbero voluto per lei.

Aveva anche sostenuto senza riserve la decisione di Sarah di tenere anche il proprio cognome, specialmente dopo aver letto la bellissima lettera che i suoi padri avevano scritto per il suo futuro marito... ovvero per Cole.

Sarah diede un'occhiata a suo marito, impegnato a chiacchierare con i fratelli Anderson dall'altra parte della palestra. Lui intercettò il suo sguardo e inarcò un sopracciglio, come per chiederle se stesse bene.

Lei annuì e gli mandò un bacio. Cole sollevò il mento in cambio.

Sarah si voltò di nuovo verso le sue amiche, felice di essere lì con loro, ma contando i minuti che mancavano al ritorno a casa con il marito. Più andava avanti nella gravidanza, più aveva voglia. Non c'era da meravigliarsi che Cole volesse tenerla sempre incinta. Certamente approfittava degli ormoni che le scorrevano in corpo.

Inoltre, aveva una sorpresa speciale per lui quella sera. Aveva finalmente deciso cosa voleva per il tatuaggio che aveva accettato di farsi, dopo aver perso quella scommessa con Felicity, tutti quei mesi prima.

Cole si era rifiutato di permetterle di farsi tatuare mentre era incinta, Sarah sapeva che avrebbe avuto solo una piccola finestra per farsi tatuare il disegno sul corpo, dopo la nascita dei gemelli, prima che Cole probabilmente la mettesse di nuovo incinta... non che fosse un problema. Voleva condividere il disegno con lui. Sarebbe rimasto a bocca aperta, era ansiosa di vedere la sua reazione.

———

"Vedo che le nostre donne hanno finalmente condiviso la buona notizia," disse Logan ai suoi fratelli e a Cole.

Risero tutti. Logan, Blake, Nathan e Ryder non erano mai stati così uniti. Quando i tre gemelli erano tornati in città e avevano fondato la Ace Security, erano praticamente degli estranei. Ma vivere di nuovo vicini li aveva uniti di più, per non parlare dei casini che avevano passato con le loro donne,. Il ritorno di Ryder all'ovile non aveva fatto altro che cementare il loro legame.

Cole sapeva che Logan aveva sparso la voce con i suoi fratelli il giorno dopo che Grace aveva fatto un test di gravidanza, anche se lei gli aveva fatto giurare di non dirlo a nessuno almeno fino alle otto settimane. Lo stesso era successo con Ryder. Era così entusiasta di condividere la notizia di aver messo incinta Felicity, che non aveva onorato la promessa di mantenere il segreto.

Di conseguenza, i cinque uomini si erano già congratulati a vicenda e si rallegravano del fatto che i loro figli sarebbero cresciuti insieme.

Cole non aveva ancora condiviso il fatto che Sarah avrebbe avuto due gemelli; lui stesso era ancora scosso dalla notizia. Non aveva idea di come potesse essere così fortunato. Sarah era la cosa migliore che gli fosse mai capitata; era entusiasta dei gemelli, ma era anche spaventato a morte. Certo, aveva detto a Sarah che le avrebbe dato tutti i figli che voleva, ma era un po' scoraggiante averne due allo stesso tempo.

Giurando di fare una lunga chiacchierata con Logan più tardi su come crescere i gemelli, guardò di nuovo il gruppo di donne in piedi dall'altra parte della palestra.

Vide Sarah che lo guardava e inarcava un sopracciglio. Quando lei sorrise e gli mandò un bacio, Cole le diede un'alzata di mento in cambio e rivolse la sua attenzione agli uomini al suo fianco.

"Hai saputo qualcosa di Owen?" chiese Blake.

L'argomento del rapitore di sua moglie fu una bella doccia fredda per l'eccitazione di Cole. "Sì, la signora che si occupa della casa famiglia mi manda un'e-mail ogni settimana con gli aggiornamenti. A quanto pare sta andando molto bene. Gli piace lavorare un paio d'ore al giorno in una tavola calda locale vicino alla casa, è diventato molto amico di uno degli altri residenti. Dice che giocano a carte per ore ogni sera."

Gli altri uomini sorrisero tutti, tranne Logan. "Come va con le visite di Sarah?"

Cole sospirò. Avevano avuto il loro unico e solo litigio qualche mese prima, riguardo al suo desiderio di andare a trovare Owen. Lui aveva ceduto quando aveva capito che era qualcosa che lei doveva fare per superare il trauma che aveva passato. Ma le aveva fatto giurare che non sarebbe mai e poi mai andata senza di lui. Temeva che vedere Owen le avrebbe riacceso dei brutti ricordi, ma sembrava che si sbagliasse. Vederlo felice e fiorente nella casa famiglia le aveva fatto sparire i pochi incubi che aveva avuto.

"Non ne posso più, cazzo," disse Cole a Logan e agli altri. "Ma Sarah ne ha bisogno. Penso che una parte di lei si senta in colpa per aver avuto paura di lui, e un'altra parte sente di doverlo andare a trovare come un dovere di essere umano."

Ryder mise una mano sulla spalla di Cole in segno di solidarietà, ma non disse nulla.

"Vedrai che con il passare del tempo, quando sarà impegnata con i bimbi, le visite diventeranno sempre meno frequenti," disse Logan.

"Lo spero. Amo Sarah esattamente com'è, amo da morire il fatto che non abbia un briciolo di cattiveria in corpo, ma vederla vicino a lui mi fa ancora venire i brividi."

"Gliel'hai detto?" chiese Nathan.

Cole scosse la testa. "No. È un problema mio, non suo. Ma... lei lo sa, comunque. Non ho dormito bene dopo che siamo tornati a casa, le ultime due volte che siamo andati a trovarlo." Era rimasto sveglio, tenendo Sarah tra le braccia, rivivendo la settimana da incubo che aveva passato quando non sapeva dov'era e se era ancora viva. Quando i suoi demoni erano diventati troppo forti, l'aveva svegliata e l'aveva presa con forza, per assicurarsi che lei fosse lì con lui, al sicuro e in salute.

"Spero che alla fine Owen stesso si dimentichi di lei. L'ultima volta che siamo andati lassù, gli ci è voluto un attimo per ricordare chi fosse, il che mi ha dato un po' di sollievo."

"Parla con lei, amico," suggerì Blake.

Cole scosse la testa. "No. Posso gestirlo. Voglio quello che vuole Sarah. E se ha bisogno di vederlo per mantenere la promessa che gli ha fatto, allora farò in modo che accada."

Gli uomini rimasero tutti in silenzio per un momento, Cole sapeva che avevano capito. Sapeva fin troppo bene che i suoi amici avrebbero fatto tutto ciò che era meglio per le loro mogli, senza fare domande o mostrare esitazione. Potevano essere considerati sottomessi, ossessionati... ma a nessuno di loro importava. Amavano profondamente le loro mogli e non avrebbero mai cambiato idea.

"Cambiando argomento, le mostrerai il tuo nuovo tatuaggio stasera?" chiese Ryder.

Cole sorrise. "Sì. Ho fatto la mia ultima seduta qualche giorno fa, giusto qualche ritocco."

"Non posso credere che tu abbia evitato di farglielo vedere per così tanto tempo," disse Nathan scuotendo la testa.

Cole scrollò le spalle. "Si addormenta facilmente. La gravidanza l'ha resa sempre stanca. È stato più facile di quanto si possa pensare. E quando facciamo sesso, mi lascio semplicemente cavalcare da lei e poi mi si addormenta sopra." Sorrise. "Mi metto una maglia, se siamo in piedi."

Gli altri si limitarono ad annuire e a sorridere. Cole non era mai stato il tipo d'uomo che parlava molto delle sue imprese sessuali, ma erano amici intimi, avevano avuto più di una conversazione sul sesso in passato.

Ryder alzò il mento, indicando le donne. "Sembra che il loro piccolo raduno sia finito. Ci vediamo domattina per allenarci?"

I cinque uomini avevano iniziato a riunirsi alcune mattine ogni settimana per andare a correre e poi sollevare pesi in palestra, prima di iniziare la loro giornata.

"Ci sto," disse Nathan.

"Anch'io," aggiunse Blake.

"Ci vediamo lì," concordò Logan.

I quattro Anderson guardarono Cole.

Lui diede un'occhiata a sua moglie, al suo corpo meravigliosamente arrotondato dai bambini in arrivo, pensando a quanto fosse eccitata ultimamente. Combinato anche con quello che le avrebbe mostrato più tardi, prese una decisione. "Passo. Vi raggiungo più tardi, però."

Tutti iniziarono a ridacchiare e dargli pacche sulla schiena e sulle spalle.

"Divertiti!" gli disse Logan.

"Ho intenzione di farlo," gli disse, poi si voltò per andare incontro a sua moglie.

———

Sarah si sedette sul bordo del letto e fissò nervosamente Cole. Era stato tranquillo durante il tragitto verso casa, anche se l'aveva fatta uscire di corsa dalla palestra come se non vedesse l'ora di portarsela a letto. Da quando erano tornati al loro appartamento, però, si era comportato in modo molto misterioso.

"Ti amo."

Sarah lo fissò. Oh, merda. Non era un bell'inizio. "Anch'io ti amo," gli rispose.

"Ti ho tenuto una cosa nascosta."

Sarah si accigliò. "Sì?"

"Sì. Voglio dire, sono abbastanza sicuro che ti piacerà, ma volevo che fosse una sorpresa."

"Non mi piacciono le sorprese," rispose Sarah, dicendogli qualcosa che lui già sapeva.

Cole trasalì. "Lo so. Ecco perché sono un po' nervoso."

L'ultima volta che l'aveva sorpresa, le aveva infilato un anello di fidanzamento al dito mentre lei dormiva ancora in ospedale. Lei si era svegliata con l'anello, sentendo uno strano oggetto al dito, con Cole che le diceva che si sarebbero sposati quel pomeriggio. Aveva fatto in modo che il prete dell'ospedale arrivasse nella loro stanza e li sposasse. Lei era eccitata e felice, ovviamente aveva accettato. Anche se non le piacevano le sorprese, *quella* era stata davvero fantastica.

Negli ultimi cinque mesi circa, Cole era stato delizioso, non le aveva fatto regali esagerati e non aveva fatto nulla di strano come, per esempio... mettersi in ginocchio, cosa che aveva fatto al loro ricevimento di nozze dopo che lei era uscita dall'ospedale, sorprendendola a cantare quella stupida canzone resa famosa nel film Top Gun: "You've Lost That Lovin' Feelin'". Non era nemmeno lontanamente una canzone da matrimonio, ma quando tutti e quattro gli Anderson si erano uniti, lei aveva riso delle loro buffonate fino a piangere. Non le importava nemmeno che la canzone parlasse di qualcuno che aveva perso il suo sentimento d'amore, era in preda alle risate. Quel momento era uno dei suoi ricordi preferiti del ricevimento.

Dopo di che, Cole non le aveva tenuto nascosto nulla che assomigliasse anche lontanamente a una sorpresa. Compreso assicurarsi di farle sapere che sarebbe andato a parlare con il direttore del complesso di appartamenti sicuri, pregandolo di dare loro il posto con tre camere da letto che si stava liberando.

Ma le aveva anche presentato un suo amico che era un membro della palestra... e che si dava il caso fosse un agente immobiliare. Sarah aveva detto a Cole che non pensava di essere ancora pronta a vivere di nuovo in una casa, lui era d'accordo, ma non le aveva nascosto il fatto che stava parlando con l'agente immobiliare e stava navigando online per cercare nuove case.

Sarah non era un'idiota; sapeva che alla fine avrebbero dovuto lasciare l'appartamento e prendere una casa tutta loro... specialmente con i gemelli in arrivo, l'adozione e chissà quanti altri bambini dopo.

Ma comunque Cole non le avrebbe comprato una casa per sorprenderla... Giusto?

"Allora?" chiese lei con trepidazione.

Invece di rispondere con le parole, Cole le voltò le spalle e si tolse la camicia.

Nel momento in cui si rese conto di cosa stava guardando, a Sarah mancò il respiro.

Aveva sempre ammirato i tatuaggi sulle braccia e sul petto di Cole. L'aveva anche preso in giro per la bussola sopra il pacco, mentre segretamente pensava che fosse sexy da morire.

Sapeva che Cole si era fatto un tatuaggio sulla schiena (certo che lo sapeva, era enorme), ma lui non voleva che lei lo vedesse finché non era completo. E non le aveva detto che l'avrebbe finito presto.

"Volevo farti una sorpresa. Sono andato in studio qualche giorno fa e l'ho fatto finire. Penso che sia piuttosto sorprendente, non credi?"

Sarah notò il suo tono incerto, semplicemente non riusciva a trovare le parole per esprimere quello che stava provando.

Aveva visto parte del contorno quando lui aveva iniziato a farselo fare, ma su sua richiesta aveva fatto del suo meglio per non guardarlo, anche dopo che lui aveva fatto diverse altre sedute. Ma una volta finito, il tatuaggio era un'opera d'arte assoluta.

Cole l'aveva messa sulla sua schiena. Non era la sua immagine, ma sapeva perfettamente cosa stava guardando.

Un angelo gli copriva la pelle da spalla a spalla. Aveva i capelli della stessa lunghezza di quelli di Sarah, le ali spiegate. Le piume sembravano così incredibilmente reali che Sarah dovette allungare la mano e toccarlo per assicurarsi che non fossero incollate sulla pelle in qualche modo. Le braccia dell'angelo erano distese, indossava un bellissimo abito. Aveva una cuffia da infermiera vecchio stile, davanti all'angelo appariva una pletora di immagini: cani, gatti, un senzatetto steso a terra con una coperta, una donna con le stampelle e un bambino che sbirciava da dietro la gamba, un altro bambino in una culla.

Aveva persino incluso il logo dell'Adoption Exchange, l'agenzia tramite cui lei era stata adottata tanto tempo prima.

Sopra una delle spalle dell'angelo c'erano due uomini. Erano guancia a guancia, sorridevano e si tenevano per mano... e sembravano proprio i suoi papà.

Sopra l'altra spalla dell'angelo c'era un altro uomo. Cole. Era identico a lui. La figura non sorrideva; teneva un braccio teso verso l'esterno, come se stesse proteggendo l'angelo da chiunque volesse avvicinarsi.

Era molto intricato e così incredibilmente bello che Sarah non sapeva cosa dire.

Sarah sentì formarsi le lacrime negli occhi (maledetti ormoni!) e non riuscì a fermarle, per quanto ci provasse. Cole si girò e la prese tra le braccia, lei voleva spingerlo indietro, dirgli che non aveva finito di guardare il suo tatuaggio, ma nel momento in cui fu avvolta nel suo stretto abbraccio, capì che non voleva essere da nessuna parte se non dove si trovava.

"È bellissimo," singhiozzò.

Lui ridacchiò. "Quindi queste lacrime sono perché ti piace?"

Sarah scosse la testa. "No. Sono perché lo amo. È la cosa più bella che abbia mai visto e non credo che sarò mai in grado di essere all'altezza del significato."

"Ma l'hai già fatto," disse Cole dolcemente. "Sei un angelo per tutti quelli che incontri. Ti ho visto abbracciare senza battere ciglio uomini e donne che sembravano non essersi fatti la doccia da settimane. Riesci a far smettere di piangere i neonati, i bambini ridacchiano pochi minuti dopo averti conosciuto. Sei la cosa migliore per i pazienti a cui sei assegnata, e loro lo sanno benissimo. Farò di tutto per proteggerti dalla merda di questo mondo. Ti copro le spalle, così puoi fare le tue cose, angelo."

Sarah alzò lo sguardo e gli prese il volto tra le mani. Le lacrime continuavano a scenderle lungo le guance, ma non riusciva a fermarle. "Non ti meriterò mai," gli disse.

"Sbagliato," disse Cole. "Ci meritiamo l'un l'altra."

"Dannatamente vero," disse lei con un piccolo sorriso.

Cole la baciò per diversi minuti, poi si tirò indietro, respirando pesantemente, allungò un braccio e mostrò a Sarah l'avambraccio. C'era un piccolo cuore tatuato che lei non aveva notato. C'era un pizzico di rosso in mezzo all'inchiostro nero che ricopriva il resto del corpo.

Lei alzò lo sguardo verso di lui con sorpresa. "Anche questo è nuovo?"

"Sì. Questo cuore è per te... perché tu tieni il mio. Ogni bambino che avremo avrà il suo cuoricino. Tu e i nostri futuri figli siete il mio tutto. Tu sei più importante per me di qualsiasi cosa, o di chiunque altro. So che ho promesso di amarti in salute e in malattia, ma voglio essere sicuro che tu capisca. Il pensiero di perderti mi spaventa a morte. Non permetterò che tu mi lasci. Se lo facessi, mi rinsecchirei e morirei. Dico sul serio. Non ti darò mai per scontata e mi farò sempre in quattro per darti tutto ciò di cui hai bisogno, tutto ciò che vuoi."

"Non vado da nessuna parte, e tutto ciò di cui ho bisogno e che voglio sei tu," gli sussurrò lei.

"Sono già tuo."

Sarah fece un respiro profondo. "Ho deciso cosa mi farò tatuare. Appena posso, dopo l'arrivo di questi bambini."

"Sì?" chiese Cole con le narici dilatate. A lei piaceva vederlo eccitato, quando se la immaginava con un tatuaggio.

A lei i tatuaggi non erano mai interessati molto... finché non aveva incontrato Cole. Non vedeva l'ora di farsi tatuare. Specialmente dopo aver visto il suo tributo a lei e al loro amore.

Sarah si staccò dalle braccia di Cole, il che non fu facile, dato che lui era riluttante a lasciarla andare, poi andò verso il cassettone dalla sua parte del letto. Tirò fuori un pezzo di carta, era nervosa. Quando aveva visto quello che l'artista aveva disegnato, le era piaciuto molto, ma dopo aver visto il tatuaggio enorme di Cole, non era più così sicura.

"Fammi vedere, angelo," la esortò Cole.

Sarah tornò da lui e gli porse il pezzo di carta.

Lui prese il foglio e lo dispiegò mentre lei gli diceva: "Avevo pensato di farmelo sulla scapola. Non è grande come il tuo, ma ho pensato che probabilmente sarò una fifona e farà male."

Quando lui non disse nulla, lei gli chiese nervosamente: "È troppo grande? Posso fare qualcos'altro."

Senza dire una parola, Cole lasciò cadere il foglio e la strinse forte a sé. Sarah emise un forte "oof" quando atterrò contro di lui; prima che lei potesse dire o fare qualcosa, lui la strinse tra le braccia e la buttò sul letto.

"Cole?" gli chiese, puntellandosi su un gomito.

Lui si stava slacciando in fretta e furia il bottone dei jeans e grugnì: "Spogliati. Ora."

Sorridendo, Sarah sentì i capezzoli diventare duri e si bagnò immediatamente tra le gambe. Adorava quando Cole faceva il possessivo con lei. Si mise in ginocchio e spinse i leggings e le mutandine giù per le cosce. Aveva alzato la maglietta sopra la testa, ma non era riuscita a togliersi del tutto i leggings quando sentì le mani di Cole sui fianchi: la girò come se lei non pesasse nulla e non fosse incinta di sei mesi di due gemelli.

Cole la spinse finché lei non finì su mani e ginocchia, di

fronte a lui. Le fece scivolare le dita tra le gambe, sulle labbra e poi fino al clitoride. Cominciò ad accarezzarla esattamente come piaceva a lei, facendola gemere. "Cole..."

"Ho... bisogno di te," disse lui. Sarah amava quando lui era così eccitato da non riuscire a formulare frasi compiute.

Annuendo, lei abbassò la testa e spinse contro le dita di lui, che cominciava così a penetrarla. Sarah poteva allargare molto le gambe a causa dei leggings, mugolava per la frustrazione. Prima che lei potesse implorarlo di lasciarla finire di spogliarsi, lui la stava già penetrando con l'uccello.

Poi iniziò a fotterla come se fosse la prima volta... o l'ultima. Non era sicura di quale delle due. Entro un minuto o due, Sarah sarebbe venuta. La sua gravidanza l'aveva resa estremamente sensibile, non mancava mai di venire almeno due volte quando faceva l'amore con Cole.

"Ecco, angelo. Vieni per me."

Cole la sentì stringersi e gemette in estasi mentre lei esplodeva. Come prevedibile, Sarah sentì le spinte di Cole accelerare dopo la sua venuta. Con una mano le pizzicò un capezzolo, con l'altra tornò a stimolarle il clitoride.

"Merda... Cole... merda!"

Lei era senza parole mentre lui la scopava conducendola verso un altro orgasmo mostruoso. Sentiva che la riempiva anche mentre lei si contorceva sotto di lui.

Invece di cadere immediatamente al suo fianco e prenderla con sé, come faceva di solito quando la prendeva in quel modo, Cole le accarezzò delicatamente la schiena. Quel tocco le provocò la pelle d'oca su tutto il corpo.

"Proprio qui," le disse dolcemente. "Dovresti fare quel tatuaggio proprio qui."

Sorridendo, Sarah annuì.

"Voglio vederlo ogni volta che ti giro così. Voglio sapere che è sotto la mia mano quando cammino accanto a te. Amo il pensiero di avermi tatuato su di te. Ti amo, angelo. Non saprai mai quanto."

Detto ciò, si lasciò andare su un fianco, portandola con sé e mantenendosi dentro di lei fino all'ultimo momento possibile. Con il pancione di Sarah, era più difficile rimanere connessi dopo aver fatto l'amore, ma lui le accarezzò delicatamente le grandi labbra. Manteneva il contatto tra loro. Sarah sapeva che Cole si stava anche godendo la sensazione di essere venuto, anche se ormai era uscito, ma non lo rimproverò.

Sorridendo, Sarah intravide il bordo del foglio con il disegno del suo tatuaggio, che giaceva sul pavimento dove Cole lo aveva lasciato cadere. Non aveva bisogno di vederlo per sapere com'era fatto, però. Aveva memorizzato quel disegno, aveva descritto in dettaglio ciò che voleva al tatuatore.

Un uomo teneva una donna contro il petto, la donna a testa bassa. Era un angelo. Le braccia dell'uomo erano coperte di tatuaggi che combaciavano perfettamente con quelli di Cole. L'angelo aveva i capelli come quelli di Sarah e aveva gli occhi chiusi. Era accoccolata nel petto dell'uomo, la parola *casa* era stata scritta più e più volte, da un capo all'altro, intorno alla coppia, formando un cuore.

"Tu sei la mia casa," disse Sarah con dolcezza. "Ovunque tu sia è dove voglio essere."

"Ti amo".

"Ti amo anch'io."

Lui le mise una mano sulla pancia e lei gliela coprì con la propria.

Intrecciarono le loro dita e Sarah sorrise quando sentì Cole russare un minuto dopo. I suoi leggings erano ancora intorno alle cosce, aveva ancora la mano di Cole sopra le parti intime. Era sdraiata in una zona umida e il reggiseno le scavava nelle costole, ma Sarah non era mai stata così comoda.

Non aveva idea di cosa avrebbe riservato la vita a lei e Cole. Sicuramente avrebbero litigato, probabilmente lei avrebbe pianto quando le cose sarebbero diventate troppo folli, ma sapeva senza dubbio che a prescindere da cosa sarebbe successo, Cole sarebbe stato al suo fianco. Lui era il suo tutto, così come lei era il suo mondo.

La vita era strana. Un attimo prima potevi essere spaventata a morte, sicura che nulla avrebbe mai funzionato, l'attimo dopo eri più felice di quanto potessi mai immaginare. Sarah non vedeva l'ora di sperimentare ogni secondo delle montagne russe della vita, con Cole sempre seduto accanto a lei.

Sospirando, chiuse gli occhi e si addormentò, sicura che quando si sarebbe svegliata, Cole sarebbe stato lì a proteggerla, a incoraggiarla e, cosa più importante, ad amarla.

PER QUELLI DI voi che hanno seguito questa serie, sapete che questo libro è stato pubblicato un po' dopo *Il Riscatto di Felicity*. Inizialmente questa doveva essere una serie di soli tre libri... poi, naturalmente, quando stavo scrivendo il quarto libro, mi sono resa conto che avevo davvero bisogno di dare a Cole il suo lieto fine. Ho fatto al mio editore alla Montlake una faccia triste e supplicante, così hanno accettato di aggiungere un altro libro a questa serie! LOL!

Apprezzo il vostro sostegno per questa serie. Mi è piaciuto molto poter creare questa aggiunta finale. Buon divertimento!

NOTE

CAPITOLO 5

1. Con Navy SEAL si indicano le forze speciali della United States Navy.

Also by Susan Stoker

Ace Security
Il riscatto di Grace
Il riscatto di Alexis
Il riscatto di Bailey
Il riscatto di Felicity
Il riscatto di Sarah

Mercenari di Montagna
Difendere Allye
Difendere Chloe
Difendere Morgan
Difendere Harlow
Difendere Everly
Difendere Zara
Difendere Raven

Forze Speciali alle Hawaii
Trovare Elodie
Trovare Lexie (10 Aug 2021)
Trovare Kenna (19 Oct 2021)
Trovare Monica
Trovare Carly
Trovare Ashlyn
Trovare Jodelle

Delta Force Heroes
Salvare Rayne
Salvare Emily
Salvare Harley
Il Matrimonio di Emily
Salvare Kassie

Salvare Bryn
Salvare Casey
Salvare Sadie
Salvare Wendy
Salvare Mary
Salvare Macie
Salvare Annie (Feb 2022)

Armi e Amori

Proteggere Caroline
Proteggere Alabama
Proteggere Fiona
Il Matrimonio di Caroline
Proteggere Summer
Proteggere Cheyenne
Proteggere Jessyka
Proteggere Julie
Proteggere Melody
Proteggere il Futuro
Proteggere Kiera
Proteggere i figli di Alabama
Proteggere Dakota

In inglese:

Delta Force Heroes Series

Rescuing Rayne
Rescuing Aimee (novella)
Rescuing Emily
Rescuing Harley
Marrying Emily (novella)
Rescuing Kassie
Rescuing Bryn
Rescuing Casey
Rescuing Sadie (novella)

Rescuing Wendy
Rescuing Mary
Rescuing Macie (novella)
Rescuing Annie (Feb 2022)

Delta Team Two Series

Shielding Gillian
Shielding Kinley
Shielding Aspen
Shielding Jayme (novella)
Shielding Riley
Shielding Devyn
Shielding Ember (Sep 2021)
Shielding Sierra (Jan 2022)

Eagle Point Search & Rescue

Searching for Lilly (Mar 2022)
Searching for Bristol (Jun 2022)
Searching for Elsie (Nov 2022)
Searching for Caryn (TBA)
Searching for Finley (TBA)
Searching for Heather (TBA)
Searching for Khloe (TBA)

Badge of Honor: Texas Heroes Series

Justice for Mackenzie
Justice for Mickie
Justice for Corrie
Justice for Laine (novella)
Shelter for Elizabeth
Justice for Boone
Shelter for Adeline
Shelter for Sophie
Justice for Erin

Justice for Milena
Shelter for Blythe
Justice for Hope
Shelter for Quinn
Shelter for Koren
Shelter for Penelope

SEAL of Protection: Legacy Series

Securing Caite
Securing Brenae (novella)
Securing Sidney
Securing Piper
Securing Zoey
Securing Avery
Securing Kalee
Securing Jane

SEAL Team Hawaii Series

Finding Elodie
Finding Lexie (Aug 2021)
Finding Kenna (Oct 2021)
Finding Monica (May 2022)
Finding Carly (TBA)
Finding Ashlyn (TBA)
Finding Jodelle (TBA)

Ace Security Series

Claiming Grace
Claiming Alexis
Claiming Bailey
Claiming Felicity
Claiming Sarah

Mountain Mercenaries Series

Defending Allye
Defending Chloe
Defending Morgan
Defending Harlow
Defending Everly
Defending Zara
Defending Raven

Silverstone Series

Trusting Skylar
Trusting Taylor
Trusting Molly
Trusting Cassidy (Nov 2021)

SEAL of Protection Series

Protecting Caroline
Protecting Alabama
Protecting Fiona
Marrying Caroline (novella)
Protecting Summer
Protecting Cheyenne
Protecting Jessyka
Protecting Julie (novella)
Protecting Melody
Protecting the Future
Protecting Kiera (novella)
Protecting Alabama's Kids (novella)
Protecting Dakota

BIOGRAFIA

L'autrice

Susan Stoker è annoverata da *New York Times*, *USA Today* e *Wall Street Journal* quale scrittrice di successo, le cui collane di libri includono Badge of Honor: Texas Heroes, SEAL of Protection e Delta Force Heroes. Sposata con un sottufficiale dell'esercito in pensione, Stoker ha vissuto in ogni dove negli Stati Uniti - dal Missouri alla California e al Colorado - e attualmente vive sotto i grandi cieli del Texas. Quale vera sostenitrice del "vissero felici e contenti", Stoker ama scrivere romanzi in cui una relazione romantica si trasforma in amore.

Per ulteriori informazioni sull'autrice e il suo lavoro, visita il sito web www.stokeraces.com

www.ingramcontent.com/pod-product-compliance
Lightning Source LLC
Chambersburg PA
CBHW060241100726
47907CB00003B/727